La máscara de los Gonzaga

Colección Novela Histórica

La máscara de los GONZAGA

Clare Colvin

Ediciones Martínez Roca

Traducción: J. A. Bravo

Diseño cubierta: Compañía de Diseño
Imagen cubierta: *El olfato*, Jan Brueghel, «Brueghel de Terciopelo»

Título original: *Masque of the Gonzagas*

Provença, 260, 08008 Barcelona

Primera edición: octubre de 2001
ISBN: 84-270-2735-4
Depósito legal: M. 41356-2001
Fotocomposición: Pacmer, S. A.
Impresión: Brosmac, S. L.
Encuadernación: Atanes Laínez, S. A.

Impreso en España – Printed in Spain

ÍNDICE

PRÓLOGO

1611

Todos los viernes hay música en el Salón de los Espejos. Mi señora Adriana canta en concierto y ello presta a la música tal poderío y gracia tan especial que es una delicia para los sentidos y casi convierte el lugar en un teatro nuevo.

Carta de Claudio Monteverdi
al cardenal Ferdinando Gonzaga,
enero de 1611

Te he visto en el espejo. Tardo anduviste para verme a mí. Por un instante tuviste la sensación de que alguien se movía por ahí cerca. Un destello apenas captado por el rabillo del ojo, pero ya desapareció.

¿Cómo viviríamos si no hubiese espejos? Son las ventanas por donde nos vemos a nosotros mismos. Mírate ahora en ellos conforme vas pasando. Ahí viene otro en donde mirarte, y otro. Éste es el Salón de los Espejos que refleja tus imágenes, lo que tú eres y lo que te gustaría ser. Miras el espejo adrede, y ves lo que te gustaría ser. Pero si tropiezas inopinadamente con tu imagen, desprevenido, ves el semblante de una persona desconocida.

¿Te gusta nuestro Salón de los Espejos? Levantas la vista al techo y te fijas en la cuádriga con su auriga. Veo que pasas al otro lado de la estancia, y te das cuenta de que ahora los caballos van en sentido contrario. Una ilusión óptica, como tantas de nuestras pinturas. Jugamos con las dimensiones.

En la habitación no se ve nada más. El vacío y tú mismo reflejado en los espejos. ¿Acaso no oyes la música, aunque sea tenuemente, a través del velo del tiempo? ¿No sientes la atención, los susurros contenidos en el aire? Ya no miran hacia los espejos ni se miran los unos a los otros. Están atentos a los músicos y al personaje flaco de negro que los dirige. Muchas veces he visto su rostro inclinado sobre la viola. Me interesa más contemplar las caras de los que le contemplan, así que me he colocado a un lado, la vista fija en el espejo donde se refleja el público.

Estoy observando al duque. ¿Has visto sus ojos, lo pálidos y alucinados que parecen en los retratos? Eso es lo que parecen hoy, absortos en la música de nuestro mago. He visto durante años sus distintas expresiones, el humor desgarrado, el verbo fogoso cuando mira a una mujer, el destello de astucia al comparar una deuda con otra, la helada dureza del homicida. Es hombre de muchas caras nuestro duque Vincenzo: ruin y generoso, derrochador y prudente, amable y cruel. Y vanidoso, gloriosamente vanidoso. Pero ¿por qué no? Si tú hubieras nacido en medio de ese esplendor, ¿no lo serías también?

Mira a la duquesa Eleonora, que está a su lado. La serenidad de su semblante, puesta a prueba por veintisiete años de matrimonio con el libertino más grande de nuestra época. No porque sea hombre frío, tú ya me entiendes, sino tan pletórico de amor que no tiene otro remedio sino derramarlo sobre quienes le rodean.

La vemos pálida por culpa de la gripe. Estamos en enero de este año de 1611 y el viento que sopla sobre los cenagales de Mantua se cuela hasta los rincones de este conventual palacio. Es una mujer de mediana edad, que ha parido cinco hijos y ha soportado año tras año este clima tan rudo, los veranos abrasadores, los inviernos gélidos, las fiebres de los pantanos que vienen con las lluvias. Vivimos cerca de la tierra aquí. Pese a nuestros dorados, nuestros *trompe l'oeil* y nuestros espejos, nos gobiernan las estaciones.

Eleonora está indispuesta. Isabella viste de negro. Hace cuatro años que enterró a don Ferrante, pero le sienta bien el luto. Veo que se vuelve hacia el duque, y las miradas que se cruzan un momento. Después ella mira hacia el espejo y se tropieza con mis ojos, tal como yo había previsto. No hay mujer tan candorosa ni tan astuta como nuestra Isabella. Cuando Ferrante murió ella lloró inconsolable, y sin embargo, fue feliz por primera vez desde hacía no pocos años. ¿Quién se lo podría reprochar? Salvada del confinamiento, de vuelta en la corte.

Esta noche Vincenzo sólo tiene ojos y oídos para la música y para su nueva cantante, la incomparable Adriana. Está considerada como la más grande, la mejor actriz, la más bella de nuestra época. Tan pronto como Vincenzo supo de ella, deseó tenerla. Era cuestión de principios. Es menester que Mantua tenga los mejores artistas, los mejores músicos. Que lo vean los Médicis, que lo vea el mismísimo emperador. En nuestras paredes, donde no están recubiertas de espejos, lucimos las obras del Tiziano y de Rubens. Nuestro director musical es el mejor de Italia, el divino Claudio. El duque Vincenzo supo verlo hace más de veinte años, en Cremona, cuando aquél era un joven violinista, y luego de nuevo en Florencia. Nadie puede resistirse al duque cuando él quiere apoderarse de algo, ni siquiera Adriana, pese a sus protestas de virtud. ¿Has visto qué quinta? ¿Has visto qué carrozas, qué joyas? ¿A que no sabes cuánto le paga el tesorero? Veinte veces el salario de nuestro maestro de música. No es de extrañar que Monteverdi tenga la cara apenada. Cuando no está ocupado con su música el único pensamiento que cruza por su mente es: «¿De qué vamos a vivir?». Flaco porque está angustiado, y porque en su casa apenas se encuentra nada que comer. Lástima de hijos que tiene.

Pero escucha cómo se eleva la voz de Adriana: ella se lamenta y nosotros lloramos con ella. El milagro de tanta emoción como engendra... o, mejor dicho, engendran ambos, el hombre melancólico y angustiado y la mujer entretenida, Adriana Basile *la Codiciosa*. Mira el efecto de esa música y de esa voz sobre la audiencia. El duque tiene lágrimas en los ojos, convertidos en dos lagos azules que resplandecen sobre sus mejillas enrojecidas. Desde luego no carece de motivos para llorar, y momentos así le dan ocasión para hacerlo. En otras circunstancias mantiene los demonios a raya con su permanente agitación, su febril afán de viajar, su incesante actividad de enterrar tesoros y humanos. ¿Encontrará la paz alguna vez? Eso es lo que debe preguntarse Eleonora, aunque supongo que ya habrá desesperado de hallar la respuesta.

Conozco al duque tanto como pueda conocerle cualquiera. Yo estoy en las sombras ahora, pero él sabe acerca de mí. Aunque tal vez haya olvidado los tiempos en que, hace de eso muchos años, nos quedábamos desvelados, charlando hasta el amanecer de la filosofía de Platón y las obras de Ficino, Mirandola, Giordano Bruno, la cábala, la alquimia de los elementos y muchas cosas más. De mantener vivo el espíritu de investigación en un mundo cada vez más sofocado por el dogma. El inquisidor finalmente había llegado a Mantua. El difamador, le llamábamos nosotros. En palacio se guardaban muchos libros que él habría quemado de buena gana, si pudiera echarles mano.

Recuerdo que Vincenzo me leía de lo escrito por Bruno: «Si no os hiciereis iguales a Dios, nunca podréis entender a Dios, pues se necesitan iguales para abarcar a los iguales. Creed que nada es imposible para vosotros, creed que sois inmortales y capaces de entender todas las artes, todas las ciencias y la naturaleza de cada uno de los seres vivos. Escalad más alto que la montaña más empinada y descended más allá de las mayores profundidades. Absorbed las sensaciones de todo lo creado en la tierra, en el océano, en el cielo, en la matriz y más allá de la muerte. Si abarcáis todas las cosas de una sola vez en vuestro pensamiento, las épocas, los lugares, las sustancias, entonces podréis entender a Dios».

Vincenzo ha vivido esa filosofía. Ha subido más alto y ha descendido más bajo que ninguno de nosotros. Pero todavía no ha entendido a Dios, puesto que no ha encontrado el reposo. Y envidia a Monteverdi porque al escuchar su música intuye que Claudio está en comunicación con Dios, o con los dioses. Lo mismo que yo envidio a Vincenzo, no por lo que es ahora sino por lo que era entonces: un joven dios del amor, alto y hermoso, el rubio cabello revuelto siempre, los ojos relucientes de vitalidad, la complexión hercúlea heredada de su madre austríaca. Todo el mundo sabe que soy envidioso, eso forma parte de mi naturaleza, pero nadie sabe que Vincenzo envidia el don divino. ¿Lo sabe él mismo? Mira el techo laberíntico en busca de la contestación, esas palabras esculpidas que serpentean a través del laberinto. *Forse che si, forse che no*. Tal vez sí, y tal vez no. ¿Cómo puede nadie escoger un lema así?

Cruza el espejo que te enseñaré los cuadros.

PRIMERA PARTE

1589-1593

Teniendo en cuenta que su aspecto exterior es perfectamente conocido voy a referirme únicamente a sus cualidades interiores, entre las cuales brilla especialmente por su liberalidad y su humanidad, que le han ganado la reputación de ser el duque más espléndido que nunca haya tenido Mantua, y al mismo tiempo el cariño universal, tanto de los nobles como del pueblo…

Informe del embajador veneciano en Mantua
acerca de Vincenzo Gonzaga, 1588

Me congratulo en la esperanza de que así como el sol extrae la virtud de las raíces de las plantas haciendo que se asome a las flores, y de éstas a los frutos, así vuestra alteza serenísima, a quien es mucha razón que yo llame mi sol tanto por los efectos que producís en mí como por el valor que resplandece en vos, quiera concederme su merced acostumbrada de modo que habiendo florecido mi destreza al tañer la viola para vos, pueda serviros más digna y más perfectamente con los frutos que ahora maduran.

Monteverdi, dedicatoria de su Tercer libro de madrigales,
a Vincenzo Gonzaga, 1592

1

Aquí hay una galería que mira a un lago y un joven sentado sobre la barandilla y que descansa sobre ella un pie, consciente de estar mostrando el perfil de una bien formada pantorrilla en reposo. Lleva el cuello de la camisa desabrochado, aflojados los lazos del jubón. Va vestido como para una partida matutina de caza, pero se le pegaron las sábanas y luego se le ha acumulado un retraso tras otro. Secretarios que le presentan documentos, mensajes de la tesorería. Y así sucesivamente, etcétera, *und so weiter.**

Hermosa la mañana de primavera. Vincenzo está impaciente. Son muchos los que andan pisándole los talones y todavía más los que le demandan su tiempo. Sosiega mirar afuera, hacia las aguas de los lagos de los alrededores de Mantua, las orillas distantes bordeadas de prados entre verdes y plateados que mece el aire. La misma brisa que le agita el cabello, rubio y siempre rebelde al peine.

–Mira esos viejos de la orilla. Hoy han salido todos –dice–. Esta noche cenaremos lucio.

Apoyado de espaldas contra el pórtico vecino veo luego a ese otro joven que fui yo mismo, Ottavio. Usa una capa gris cuidadosamente recogida por detrás de manera que envuelve todo su cuerpo. Tiene

* En alemán en el original.

unos veinte años, el cabello oscuro, los ojos de mirar inquieto, furtivo, como queriendo atrapar lo que sucede fuera del alcance de su visión. En la mano tendida presenta una carta, pero el duque finge no fijarse en ella hasta que la agita para llamarle la atención.

–Reclama sus cartas. Que se le devuelvan todas, sin omitir ni una. Ha escrito una relación de las fechas.

Vincenzo suspira.

–En lo que hemos venido a parar. Tanta pasión derramada y ahora tendremos que hacer inventario de sus epístolas amorosas. ¿Quién le mandaba escribir tanto? No sé dónde estarán. En tal cajón o tal otro. *Magnus*, el perro, se comió una, me parece. Yo se la presté para que olfateara el perfume, pero él la llenó de babas, así que preferí dejar que se la comiera.

–Ha insistido mucho y parece bastante fuera de sí.

Vincenzo levanta un punto la voz, como suele hacer cuando se siente agobiado.

–¿Y qué cree ella que voy a hacer con sus condenadas cartas? ¿Enviárselas a su marido? ¿Repartirlas en la plaza Mayor? Ya me gustaría, Ottavio, aunque sólo fuese por la desconfianza que manifiesta hacia mí. Nadie sabe guardar un secreto mejor que yo.

Ottavio se sonríe, recordando los pasajes que el duque había leído en voz alta.

–Con todo, ella insiste –dice–. Será preciso devolverle las que logremos encontrar.

–Encárgate tú, Ottavio, ¿quieres hacerme el favor? No soporto la idea de andar buscando esas cartas y que todo el mundo me pregunte qué es lo que busco. Hazlo esta noche, cuando no quede nadie en el despacho. Ya sabes dónde están las llaves.

–Para sacar las castañas del fuego a vuestra alteza.

–¡Lo haces tan bien!

Vincenzo ha impostado la más cálida de sus sonrisas, los ojos brillantes de afecto hacia toda la humanidad. No hay hombre o mujer que pueda resistirse a ese encanto. Ottavio pliega la carta y se la guarda en la bocamanga.

Vincenzo se asoma para contemplar a los pescadores. Uno de ellos se ha metido en el lago y acecha los bultos que pasan veloces. Él recoge un guijarro plano junto al limonero y lo lanza de modo que pase junto al hombre rebotando sobre el agua. Parece el salto de una trucha. El pescador hace un ademán como queriendo atraparlo. Su perro, que ha visto el proyectil, se mete en el agua de un salto entre histéricos ladridos. El hombre lo reprende con una maldición y los demás pescadores se ríen de él. Vincenzo también ríe.

–Fíjate qué cosa tan pequeña y qué efecto tan grande. El jaleo que se ha armado.

Mira hacia la entrada de la galería y la cordialidad desaparece de sus facciones. En lo alto de la escalera se ha detenido una muchacha. Lleva el cabello suelto sobre los hombros, el corpiño muy ceñido le da un aspecto de muñeca. Tendrá unos catorce años. La actitud, dubitativa, como si estuviese a punto de huir corriendo pero la retuviese, al mismo tiempo, la curiosidad. Mira al duque como quien contempla un magnífico monstruo mitológico.

–¿Quién es ésa?

La voz de Vincenzo traduce una desacostumbrada ansiedad.

–Es de Novellara. Una prima segunda, pariente mía por parte de madre. A doña Vittoria, la madre de ella, os la presentaron ayer. Son invitadas de la duquesa.

–¡Ah! Por un momento…

Vincenzo se interrumpe. Aunque no lo diga, para Ottavio es evidente lo que está pensando. Por un momento ha recordado a Margherita Farnese, su primera esposa, la que el padre de Vincenzo le adjudicó sin contemplaciones como prenda de un juego de política. Ella era muy joven, casi una niña demasiado espantada para amar. Reclusa ahora en un convento, su lamentable destino es motivo de rencillas entre la casa de Mantua y la de Parma.

La joven mira a Vincenzo con no disimulada curiosidad. Él le tiende un brazo en señal de bienvenida.

–*La bella ragazza. Che bella!* ¿Has subido para verme a mí, o para ver el paisaje?

Detrás de ella, en un peldaño más bajo, dos amiguitas ríen con malicia. Ella se lleva la mano a la boca. Los ojos muy abiertos miran al hombre, como lo haría una mujer adulta. Cuando él se pone en pie, ella retrocede y las tres huyen escaleras abajo en un revuelo de faldas y cascabeleo de risas.

–Ya sabe lo que es un hombre –comenta Vincenzo–. ¿Cómo se llama?

–Isabella. De Novellara.

–Bonito día... –replica distraído otra vez, mirando el lago, y luego añade–: Bien, Ottavio, ¿qué vas a hacer por mí hoy?

–Buscar todas las cartas de la señora, excepto la que se comió el perro, a fin de devolvérselas.

–Átalas con una cinta dorada y unas perlas. Que parezca que devolvemos algo precioso para nosotros, no que nos alegramos de librarnos de ellas.

Para que veas. Ése es nuestro duque Vincenzo Gonzaga, joven y despreocupado en ambos sentidos de la palabra. Corre por sus venas una extraordinaria vitalidad. Eso es lo que atrae a todo el mundo, más que su buena figura y su considerable riqueza. Se diría que hierve de vida, y los que le rodean se sienten más vivos a su vez. En cuanto a la alegría casi ingenua que manifiesta ante la fortuna que le dejó su padre, es bastante conmovedora. Me parece estar viendo ahora mismo su cara cuando salió de su primera visita a la cámara del tesoro y me hablaba de los millones de escudos de oro, las piedras preciosas, las escrituras, los archivos llenos de pagarés, todo lo que acumulaba la prudencia del tacaño de don Guglielmo. Que ya no estaba allí para exhortar a su hijo, la mano puesta en el hombro. Nuestro duque metía el hocico en el oro como un sabueso en un montón de trufas.

En la manera de gastar su fortuna, sin embargo, hay una especie de divino descontento. No le basta con gastar, él necesita que sea además una creación. Hay que crear cosas bellas, o eventos sensacionales, que dejen la impresión de algo maravilloso. Era un muchacho cuando visitó por primera vez la corte de los D'Este en Ferrara y escuchó el *concerto delle donne*. Respiró la belleza de aquellas voces y aquella música, y tan pronto como se halló duque y dueño del tesoro mandó a buscar músicos y cantantes en Ferrara, en Venecia y en Florencia, rivalizando con el tío de su mujer, el Gran Duque Ferdinando.

Eleonora de Medici no es necia y sabe bien que no lo hace sólo por amor al arte cuando trae a Mantua las mejores cantantes, y una compañía permanente de teatro. La gente se ríe de ese harén musical del duque. De vez en cuando, una muchacha de buena voz se marcha a su casa y nunca más se sabe nada de ella. Así tenemos algo de que hablar en nuestros mentideros.

¿Has notado un deje de envidia? En la sangre que corre por las venas de nuestra familia hay una tara que se revela de vez en cuando y entonces aparecen algunos cuerpos deformes, algunos miembros encanijados. En mi caso apenas se ve. He aprendido a envolverme en la capa de manera que parezco sólo un poco cargado de espaldas. No como el padre de Vincenzo, que era en verdad un jorobado. El duque Guglielmo *il Gobbo*. Somos hijos de estas tierras pantanosas; nuestra virtud es la capacidad para sobrevivir, no esperéis que salgamos guapos además.

Pasemos al cuadro siguiente. De lo profano a lo sagrado. Estás en una catedral. Mira las columnas altísimas, como una avenida flanqueada de árboles de piedra, las ramas rematadas en la filigrana que sustenta los techos pintados. Escucha la pureza de las voces que elogian a la Señora de los Cielos. ¿Ves aquel joven, allá a la izquierda, que viste de negro como cumple a su condición de músico, el rostro arrobado, pero atento a la música que él mismo está cantando? Luego señalará con el dedo a sus compañeros del coro que han alargado demasiado una corchea. Que no es la manera de hacerse apreciar, desde luego, pero él lo sacrificaría todo por la perfección de su música. Delgado, los ojos negros y grandes, la frente ancha, la boca delicada, Claudio, el hijo del doctor Baldassare Monteverdi de Cremona, tiene ya publicado un libro de madrigales en Venecia, y otro en preparación, que saldrá pronto en Milán. Sólo veintidós años y lanzado a un viaje de descubrimiento. En esas dos cualidades se parece a nuestro duque: el amor a la música y el mismo tipo de divino descontento le consumen. Para él no basta con crear música. Quiere capturar las almas, la suya, las de quienes lo escuchan. Todavía falta un poco para que se conozcan ambos; estamos en 1589, el Gran Duque Ferdinando de Toscana ha colgado los hábitos de cardenal, ha asumido el título de su hermano y se ha aliado con Francia mediante su matrimonio con Christine de Lorena. Ni el emperador Habsburgo ni su muy católica majestad el rey de España ven con buenos ojos la penetración de la influencia francesa en Italia, pero el Gran Duque es hombre astuto y decidido. Claudio conoce las intenciones políticas de la boda, pero de ella sólo le interesan los intermedios musicales de la comedia que va a representarse, *La Pellegrina*. Ha salido de Cremona con sus colegas para dirigirse a Florencia. Con el mismo destino han salido de Mantua los seiscientos hombres que forman el séquito del duque Vincenzo.

Las bodas son buenas para el comercio y nunca hubo ciudad más dispuesta a comerciar que Florencia. Toleraban la aglomeración, la escasez de alimentos, ya que estaban requisadas todas las provisiones para atender al Gran Duque, todo lo soportaban conscientes de que al final serían ellos los beneficiados. Y el más beneficiado iba a ser el Gran Duque, la esplendidez de cuya celebración se vería más que sobradamente compensada por la dote de la novia. Los florentinos se veían capaces de tolerar incluso la irrupción de un número incalculable de mantuanos dando voces por las calles en su áspero dialecto, ocupando las aceras con sus corros de a cuatro y dando codazos a todo el mundo, no por mala fe sino sencillamente porque ellos están acostumbrados a los grandes espacios abiertos que rodean su ciudad y cuando se ven entre colinas se sienten encajonados.

La expedición de los mantuanos comprendía unos doscientos hombres en armas así como toda la corte y sus cómicos, entre ellos, un cargamento de enanos que se les metían a los transeúntes por entre las piernas. El esplendor de sus arreos y libreas era una declaración de vanidad, destinada a causar impresión entre los franceses y los florentinos. El gran duque Ferdinando confiaba en que la calidad de sus espectáculos restableciera el equilibrio de la balanza. Le había pedido prestados al duque Vincenzo sus cantantes favoritas, las hermanas Pellizari, pero los compositores y los libretistas eran florentinos y el escenógrafo no era otro sino el gran Buontalenti, el arquitecto de los Médicis.

Girando en órbitas diferentes, separadas por el rango y la posición social, el duque y el músico de Cremona veían el mismo acontecimiento desde distintas perspectivas. Con rápidas ojeadas Claudio abarcaba a los nobles del público, sus brocados de seda, sus gorgueras almidonadas, sus vueltas de perlas. En el escenario, los sombreros emplumados, las joyas y las sedas de los dioses y de las musas, así como el decorado pintado con tanto esmero como si fuese a durar por los siglos de los siglos. El compositor Peri, ataviado de poeta Arión con arpa de cartón piedra, cantó sus propias composiciones hasta que cuarenta hombres disfrazados de marineros le obligaron a huir arrojándose a las olas del mar, representadas por unas cintas que manos invisibles agitaban desde los foros. Los de la orquesta comentaban con sorna la suerte que había tenido Lo Zazzerino: ¡verse perseguido por cuarenta marineros! Qué felicidad para él, murmuraban los músicos. Y así continuaron, los actores con sus posturas, los del público pavoneándose, hasta las siete horas que duraba la función.

Nadie lucía más fino plumaje que el duque de Mantua, pero en ese caso el pavoneo servía para disimular una cabeza bien amueblada. Entre toda aquella extravagancia se había fijado en el joven Monteverdi, había asistido a los ensayos, había hojeado ya el primer libro de madrigales. Tenía buen ojo para los jóvenes prometedores de todas las especies, y sabía que no era conveniente esperar hasta que estuvieran demasiado solicitados y se volvieran, por consiguiente, demasiado caros. Siete días después se recibió en Cremona, en casa del doctor Baldassare, una carta con el sello de los Gonzaga.

El nuevo músico sigue a los demás por un laberinto de pasillos. Suben unos peldaños de piedra, cruzan el Salón del Zodíaco y el Salón de los Sátiros, y llegan a la Galería de los Ríos. En sus paredes se hallan pintados los seis ríos que corren por tierras de Mantua. En el techo, bandadas de aves a un lado, una gruta de piedra al otro, y en medio, las cuatro águilas negras y la cruz que forman el emblema de los Gonzaga. Los músicos disponen sus atriles y sus instrumentos frente a las filas de asientos, y esperan a su público. En el palacio de Mantua dan concierto las noches de los viernes. Y todas las semanas se estrenan composiciones, para distracción del duque.

Mirando las dos primeras filas de sillas se adivina quiénes son los influyentes de la corte. Entre ellos veremos siempre a Giaches de Wert, el antiguo maestro de música, más influyente de lo que incumbe a su cargo en razón de su privanza con el duque en el tiempo que éste pasó en Ferrara. Durante la interpretación él le dirigirá la palabra al duque para hacerle notar tal o cual particularidad de las composiciones. Está atento al nuevo violinista, algunas de cuyas obras ya conoce, y hace esta observación: que el de Cremona está acostumbrado a un ambiente algo más libre que el de la corte mantuana. Termina el concierto y mientras todos aplauden, el duque se vuelve hacia De Wert, el rostro radiante sobre la gorguera almidonada, acalorado de entusiasmo por el éxito de la velada.

–Mantua será el centro de la nueva música. Vamos por delante de Florencia en eso. ¿Por qué no tocas ahora, Ottavio? –añade dirigiendo la pregunta al joven cortesano que se sienta al lado de De Wert, siempre en el lugar oportuno.

Porque habiendo traído vuestra alteza tantos músicos excelentes de Venecia, Florencia y Ferrara, apenas queda lugar para un pobre aficionado.

Hay que saber emplear esta clase de lenguaje cortesano en presencia de terceros.

–No digas tonterías, Ottavio –replica Vincenzo–. Tú tocas tan bien como cualquiera de ésos.

Luego, volviéndose hacia De Wert:

–Que el nuevo maestro componga una pieza para don Ottavio. La semana que viene me complacería que me diese a escuchar su interpretación.

Monteverdi se inclina al oír la petición aunque parece menos honrado por el encargo que se le hace que preocupado por la calidad del músico. Cualquier otro habría aceptado con grandes demostraciones de gratitud, para recopilar luego unos cuantos retazos de diferentes composiciones y satisfacer así lo que no puede ser sino un capricho efímero. No así el señor Claudio. A los ensayos siempre comparece pálido por haberse pasado la noche en vela, trabajando. Ensayamos la nueva pieza para conjunto de violas. Monteverdi habla en la jerga especial de los músicos, cuando las palabras ceden su lugar a las notas y al compás.

–Este pasaje debe continuar así, ta-ta di da, semicorchea, alegro.

No es de extrañar que los músicos siempre anden juntos, puesto que nadie más puede entender lo que dicen. Isabella se presenta con su madre para asistir al ensayo, por divertirse y con un punto de envidia.

–Yo podría cantar para el duque –dice–. Tengo buena voz, tú lo sabes, Ottavio.

La oí el verano anterior en Novellara. En el jardín de su quinta, cuando los sembrados de los alrededores brillaban bajo la dorada luz del atardecer, toqué el laúd mientras Isabella cantaba con su pura voz de soprano. Como un ángel, comentó luego su madre.

Ahora lo que dice su madre es:

–Desde luego que no cantarás para el duque, no sea que te confunda con alguna de las de su harén.

Lucia Pellizari se volvió para mirarla con furia y exclamó:

–¡Silencio durante los ensayos!

Isabella sonríe. Todo le interesa, hasta un exabrupto de mal humor. Es un día caluroso. Los músicos se han desabrochado los cuellos. Lucia Pellizari se da viento con un abanico pintado que tiene forma de viola. Quitándose el collar de perlas, lo deja sobre la tapa del clavicordio. Es un regalo del duque. El sudor corre por la cara de Monteverdi mientras marca el compás a las violas desde su lugar. Es un síntoma de la fiebre de los pantanos.

–Vamos a repetir este pasaje –dice–. Desde lo de ta-ta di da, y...

Repetimos, y la música empieza a cobrar forma. Habla al corazón de una manera que jamás había oído yo antes, como alas de ángel dentro de mi pecho, golpeando contra las costillas. Veo los ojos de Monteverdi que me contemplan como a un instrumento de su música, y se me antoja que estamos unidos a él, yo mismo y mi viola. Cerca de la conclusión del movimiento miro a nuestra audiencia y veo los ojos de Isabella fijos en mí. Entonces comprendo que algo late todavía dentro del pedazo de hielo en que yo creía convertido mi corazón.

–Eres como una salamandra –me dijo una vez Vincenzo–. No tienes el calor que yo tengo.

Pero la música me dijo que en alguna parte dentro de aquél estaba el don que se nos confiere a todos al nacer.

–¡Ay, Ottavio! –ha dicho luego Isabella, tocándome el brazo–. Estabas muy guapo mientras tocabas.

Y así fue como me pareció por primera vez que con la música todo es posible. Que los feos se conviertan en bellos, que los mal amados lleguen a ser amados. La música es el material con que se construyen las esperanzas y los sueños.

2

Estamos en temporada de Carnaval, dos años más tarde, y aquí en el espejo hay otra imagen. Son hombres enmascarados. Mira esa máscara dorada y alada, su portador envuelto en una capa negra que cuando él se vuelve descubre el forro de brocado de oro. Su acompañante va de negro y plata. Este año los colores del carnaval son plata y oro.

Los dos hombres siguen al maestro de armas y han pasado de los salones pintados a otra parte más antigua y más lóbrega del palacio. A sus espaldas el rumor cada vez más lejano de la fiesta, delante de ellos unos pasos de soldado, una tos en lo oscuro, el tintineo metálico de un llavero. En el frío aire de febrero, el aliento que sale por debajo de las máscaras proyecta una nubecilla visible.

–Lleva casi una hora hablando –dice el capitán–. Ha corroborado todo lo que sospechábamos.

Es el capitán Antonio, mandíbula cuadrada, ojos brillantes, rostro curtido por cuarenta inviernos. Un hombre concienzudo. Sabe lo que se pretende que confiese el preso y no piensa defraudar al duque. Ecos de las pisadas sobre desgastados peldaños de piedra. Pesadas botas militares con puntera de acero, taconeo de zapatos de salón. Una cancela que se abre dando paso a una mazmorra abovedada. A la luz incierta de las bujías, tres guardianes en actitudes tranquilas cerca de una mesa sobre la cual se ha derrumbado un hombre casi cayéndose de su silla. Tiene la cara magullada y el cabello empapado rezuma sangre. El pecho, ensangrentado también y sudoroso, parece tallado en caoba. Los ojos, fijos, tienen una expresión alucinada.

–Aquí está su confesión –dice el capitán Antonio al tiempo que le tiende un papel al duque, quien se ha quitado la máscara para leer el documento.

–No la ha firmado.

–Ha puesto su marca. No pudo hacer más.

El duque lee el papel y se lo pasa a Ottavio antes de volverse hacia el prisionero con la mirada fría en un rostro congestionado de rabia.

–Así que conspiraste con otros para incendiar el arsenal y el teatro. Y lo hiciste por orden del príncipe Ranuccio Farnese. Has intentado destruirnos por encargo de los Farnesio.

El hombre lo mira como si hubiese dejado de entender el habla humana. El capitán interviene:

–Según ha confesado, incendió los decorados que estaban amontonados detrás del escenario y el fuego saltó de ahí al arsenal. Que sólo tenía el propósito de incendiar el teatro.

–¡Sólo el teatro! Y luego el arsenal. Toda nuestra historia destruida en una sola noche. Las armas de Luigi, de Gian Francesco. Todo por culpa de un rufián pagado por los Farnesio. Averiguad los nombres de sus cómplices y preparad los papeles para juzgarlo.

El duque abandona la estancia sin dignarse dirigir otra mirada al hombre, uno de tantos aventureros a sueldo y bandoleros que infestaban el país. Llegado al rellano, se detiene y se vuelve hacia Ottavio.

–De haber podido elegir cualquier lugar del palacio que se le antojase, no habría acertado con otro más caro a mi corazón. El arsenal y el teatro. Cuando veo las ruinas me da ganas de llorar. Construiremos en ese lugar un teatro magnífico, donde se representarán los espectáculos más maravillosos. Quiero que llaméis al mejor arquitecto de Italia. ¿Quién es el más grande, Ottavio?

–Antonio Maria Viani ha trabajado para Roma.

–Que llamen a Viani. No, escríbele mañana mismo. Que acuda en seguida y empiece a trazar sus planos.

Con estas órdenes el duque ha suprimido de su mente la escena del calabozo.

El rumor del carnaval se intensificaba conforme iban llegando al patio de palacio. Ventanas iluminadas, músicas, risas. Vincenzo se caló la máscara antes de entrar en el salón principal y sumergirse en el remolino de varios centenares de rostros recubiertos de oro y plata, los ojos relucientes detrás de las máscaras. El ambiente, cálido y recargado por el humo de miles de velas, pebeteros de popurrí, lirios de invernadero y cuerpos ardorosos, vibraba de excitación.

–*Ah, le belle donne*! –exclamó Vincenzo mientras se paseaba entre la multitud.

Los ojos detrás de la máscara pasaban revista, trataban de adivinar nombres. Tiempo de carnaval, anhelo de nuevas aventuras. Pocas identidades ocultaban las máscaras para quienes se conocían los unos a los otros, pero quienes las llevaban disfrutaban la ilusión de un feliz anonimato. Ahí estaba la duquesa, su delgado y fino semblante oculto sólo a medias por un antifaz de brocado de oro con brillantes. Y también Agnese, inconfundible detrás del disfraz de plumas. Agnese del Carretto, *marchesa* de Grana, la belleza de ojos negros oriunda de Córdoba por cuyos encantos el inconstante duque había olvidado los demás pasatiempos. Agnese, casada con un cortesano complaciente y ahora instalada con una corte propia en el *palazzo* del Te. Descendiente de diplomáticos, por nada del mundo consentiría Eleonora que nadie adivinase el dolor de su corazón. Guarda fidelidad al duque y habla cortésmente a Agnese. Pero jamás volverá al palacio de aquella isla pantanosa, al menos mientras sea la residencia de Agnese. Ahora se ha dado cuenta de que el vestido de brocado de Agnese deja adivinar un bulto bastante más sustancial que el de un simple miriñaque. Seguro que está embarazada.

El cortejo de bailarines empieza a formarse al tiempo que los músicos atacan una nueva pieza. Vincenzo se inclina sobre la mano de

Eleonora, quien apunta con un gesto tembloroso a su propio pecho para indicar que se siente fatigada, aunque acepte un baile más. La orquesta toca una *canzonetta* reiterativa, de ritmo obsesivo, martilleante. Con un balanceo, el cortejo formado de dos en dos da tres pasos adelante, dos pasos atrás y una cabriola a un lado. Los primeros que siguen a su alteza serenísima danzan con solemnidad y precisión. Los de la cola no van tan acordes. Un caballero equivoca el salto y pisa la cola de la dama que va delante y que se vuelve para abofetearlo con su abanico en ambas mejillas. Otro pierde la cuenta de los pasos y choca con su seguidor. Al final de la procesión, dos enanos hacen muecas y, con saltos y aspavientos, se mofan de las damas y los altos señores.

Justo delante de los enanos iba Isabella, jubilosa y acalorada por la excitación del baile, del brazo de uno de los pajes y con la máscara levantada sobre el peinado. Las guedejas sueltas cayéndole sobre la frente, reía y devoraba con los ojos todo cuanto la rodeaba, con infantil curiosidad. Con sus dieciséis años ahora ya no era una niña, aunque sentía el vértigo de la inminente entrada en una nueva vida pletórica de tentaciones. Pasó por delante de la orquesta, dedicó una sonrisa al violista el joven Claudio y miró con curiosidad a Agnese, entronizada cerca de los músicos y atendida por su complaciente esposo. El cortejo cerraba el corro, y los de la cabecera iban al encuentro de los que formaban la cola. Y el primero de todos, el duque con su duquesa, taconeando al ritmo de la música, los ojos detrás de la máscara atentos a los demás bailarines mientras éstos iban desfilando, para estudiar con mirada de entendido la curva de un cuello, el brillo de unos ojos, en el instante del encuentro. Isabella, risueña y sin máscara, y de súbito el duque mirándola fijamente. Así expuesta, ella siente esos ojos en lo más hondo. Hay en ellos un extraño resplandor claro cuando se clavan en los suyos, y luego descienden hacia el cuello y los hombros, los pechos, la cintura y lo demás, enfundado en rígidas sayas de seda adamascada. Ella se da cuenta de que está desnudándola con esa mirada. Cuando levanta la mano obedeciendo a la súbita necesidad de calarse la máscara, él sonríe y la obsequia con la calidez de su encanto. Renunciando a ponerse la máscara ella le devuelve la sonrisa y un instante después él pasa de largo, salto, paso, cabriola y vuelta.

–Me sentí desnuda en ese momento, Ottavio –confesó ella mucho más tarde–. Y luego su calor me envolvió y lo amé por eso.

Yo nunca querría desengañar a Isabella, pero es que ése es uno de los trucos del duque, al que nadie, ni hombres ni mujeres, puede resistirse. Pero los adultos saben que no hay que acercarse al fuego.

Se aprende mucho observando a los demás. Yo estoy de pie con algunos de los compañeros que no saben bailar, o no quieren. A mi lado, Giaches de Wert, el maestro de música. Oigo su respiración sibilante. Los pulmones de los viejos sobrellevan mal la niebla de los pantanos.

–Es pegadiza esa música –comenta–. Hasta yo sería capaz de bailarla.

–Obsesionante más bien, maestro, ¿es vuestra la pieza?

–No, es de mi joven señor Claudio. Un músico que siente la vocación como un sacerdocio.

–Ha de medrar aquí, teniendo al duque entre sus parroquianos.

De Wert soltó la carcajada.

–El joven también lo cree, de ahí que se apresure a causar impresión.

–Estoy seguro de que convendréis conmigo en que no sirve de nada el tratar de ocultar el propio talento –replico para tirarle un poco de la lengua, a ver qué opina.

–Ha aprendido mucho de mí, aunque está convencido de que todo el talento es suyo.

Celillos profesionales, entonces, lo que es casi natural para uno que está al término de su carrera y contempla a otro que empieza. No vale la pena discutir. Los músicos a sueldo toman a ofensa cualquier cosa que se les diga.

Isabella se acercó hacia nosotros con la máscara puesta. Sus ojos brillaban a través del antifaz azul y plata.

–Magnífica velada. Qué magnificencia, ¿no os parece?

–Me recuerda los bailes que celebrábamos en Ferrara hacia los años ochenta –dice De Wert–. El *balletto della duchessa* en blanco y negro, el *concerto delle donne*, todo empezó allí.

–Vos habréis visto otras veladas parecidas. Para mí todo es nuevo y emocionante –exclamó Isabella–. Qué magnificencia.

Y volvía otra vez la cabeza en busca del duque.

–¿No querrías bailar conmigo, Ottavio?

Adiviné en seguida la astucia. Otra oportunidad para cruzar miradas con el duque.

–Yo no bailo, Isabella.

–Bailaste conmigo el verano pasado, en Novellara.

–En Mantua no bailo.

Sí bailé en Mantua, sin embargo, hace algunos años, cuando la coronación de Vincenzo. Las fuentes de la ciudad manaban vino, hubo fuegos artificiales y un banquete de mil cubiertos. Bailamos, y de pronto vi que el enano del duque iba detrás de mí, haciéndose el jorobado y con muchos aspavientos. Algunos borrachos le reían su imitación de mi persona. ¿Para qué hacer caso de un enano y de un puñado de beodos? Pero nunca volví a bailar en Mantua por más que los pies se me movieran solos. Ottavio tiene un carácter melancólico, decía el duque, no le gusta bailar. Así es como otros nos asignan una personalidad, y nosotros la adoptamos.

El día siguiente era Miércoles de Ceniza. Los penitentes se encaminaron hacia la catedral, otra vez el duque el primero, la frente cubierta de cenizas y una tela de saco encima de la blusa de seda. Al anochecer doña Vittoria, la madre de Isabella, se había recobrado de los festejos de la víspera lo suficiente para recibir visitas. Isabella estaba en misa con la criada, así que consideré llegado el momento de cantarle las cuarenta a la madre.

–A todas nos preocupa la protección de nuestras hijas –admitió ella–, aunque Isabella siempre va conmigo o con la dueña. ¿Qué queréis que haga, que la encierre en un convento?

Doña Vittoria se quedó mirando a Ottavio con sus ojos miopes y de color desvaído.

–¿Cómo voy a quedarme en Novellara durante esta época del año? La duquesa me necesita aquí y no puedo excusarme. ¿Que Isabella regrese sola a casa, con estas intemperies, estas lluvias e inundaciones? Ella no puede quedarse allí en invierno, ni yo tampoco. Sería como enterrarse en vida.

–Entonces, anunciad el compromiso con don Ferrante. Adelantad la boda. No es posible que viva en la corte y sin esposo.

–Toda precipitación sería desastrosa –objetó doña Vittoria–. Todavía estamos en negociaciones sobre la dote y las propiedades. No es fácil complacer a don Ferrante, y no conviene demostrar demasiada impaciencia.

–Si lo demoramos demasiado, puede ocurrir que ella se niegue a casarse con él. Insisto, es preciso que salga de Mantua.

Doña Vittoria adoptó un aire comprensivo.

–Claro está que resulta difícil para vos, Ottavio. Lamento mucho que os duela su presencia.

Un recordatorio de lo ocurrido el verano anterior, cuando doña Vittoria rechazó la petición de mano de Isabella por parte del mismo Ottavio. Ella trató de expresarse con el mayor tacto posible. Era cuestión de hallar el mejor partido, y por otra parte, interesaba matrimoniar a Isabella con alguien de otra rama de la familia, a salvo de lo que pudiese ocurrir... Esto, dicho con una rápida ojeada a la espalda de Ottavio, envuelta en la capa. Poco después, él se marchó de Novellara para regresar a Mantua.

–No lo digo por mí –replicó Ottavio–. Sino por causa del duque. Se ha fijado en ella.

–Tonterías, Ottavio. Él no se fija en las jovencitas, sino en las mujeres casadas, y en sus actrices. Me consta porque tengo la confianza de Eleonora. Además, está muy prendado de Agnese, que va a darle un hijo, como seguramente sabrás. Incluso ha salido una nota en los *avvisi*.

Sobre la mesa doña Vittoria tenía, al alcance de la mano, dos panfletos nuevos recién llegados de Venecia y de Roma, cuyos chismes ella absorbía con avidez. Tendió la mano hacia uno de los papeles.

–¿Por dónde andará? No, éste es el de los infundios escandalosos acerca de su santidad. No me creo ni una sola palabra. ¿De dónde sacarán todas esas mentiras? Informadores a sueldo, supongo. Los *menanti* tienen sus espías en todas partes.

–Que en ocasiones reciben el pago merecido por sus noticias, y no en dinero.

Hacía apenas un año que uno de aquellos corresponsales, acusado por calumnia, fue preso y conducido a Roma, donde le cortaron el brazo derecho y luego la lengua, antes de ahorcarlo.

–En cualquier caso –continuó doña Vittoria–, no podemos ausentarnos de Mantua antes de la primavera, ni abreviar las negociaciones con don Ferrante. De manera que todo seguirá como hasta ahora. Tendréis que confiar en mi capacidad de madre que conoce bien a su criatura.

Respuesta poco satisfactoria, pero que ponía punto final a la discusión. Ottavio se inclinó sobre la mano de doña Vittoria y abandonó los aposentos de ésta. Sentía una urgente necesidad de alejarse del palacio y de todo cuanto contenía. Recogió la capa y el chambergo, y al salir llamó a un portador de antorcha. Por la plaza de la catedral desfilaba, cantando el *misera culpa*, una cofradía de encapuchados que portaban un relicario iluminado con candiles de aceite. Les seguían algunos penitentes vestidos de saco, pero la mayor parte de la parroquia se había recogido ya. Una niebla malsana se pegaba a la garganta y se arremolinaba bajo la luz de las antorchas que alumbraban las esquinas. Ottavio cruzó por los pórticos que unían la plaza de la catedral con la *piazza* dell'Erbe, a la sombra de la Torre de la Jaula, donde el duque Guglielmo, el padre de Vincenzo, había mandado colgar una jaula de hierro para espanto de delincuentes. Una vez lejos del dorado palacio y del alumbrado de la plaza, cayó sobre él la oscuridad de las calles. Eran rúas estrechas, encajonadas entre paredes altísimas. Ruido de pisadas sobre el empedrado, cada vez más cerca. Un pelotón venía marcando el paso, acompañado de unas llantas de hierro. Esperó amparado en la sombra, la mano sobre el pomo de la espada, mientras su acompañante alzaba la luz para ver las caras de los hombres. Cuando estuvieron más cerca, Ottavio reconoció a dos de los guardias del duque. El carromato, cuyo cochero venía encapuchado, transportaba algo que parecía un cadáver envuelto en una lona. A varios pasos de distancia le seguía el capitán Antonio con otro portador de antorcha.

El militar saludó a Ottavio.

–Andaba buscándoos. Para dar el parte sobre el preso.

–¿Qué ha pasado?

Pregunta ociosa, a la vista del vehículo.

–Murió anoche, poco después de vuestra visita. Lo siento. Redactaré un informe detallado.

Ottavio se santiguó ante la presencia de la muerte.

–Será una contrariedad para su alteza. Se ha quedado sin pruebas contra los Farnesio.

–¿Quién hubiera dicho que este matón tenía un corazón tan débil? Creíamos que resistiría más. Su hermano espera a las afueras para recogerlo. Hasta los rufianes tienen familia.

Los soldados reanudaron la marcha. La luz de la antorcha y el ruido del carro se alejaron hacia la bocacalle. Ottavio se estremeció bajo el relente. Recordaba los ojos del hombre mirándole, la expresión sorprendida, casi se diría de inocencia ultrajada. ¡Como para ponerse a averiguar la verdad del asunto! En aquella ciudad no se encontraría nada sano ni en los palacios, ni en las calles. El portador de antorcha preguntó:

–¿Adónde vamos, señor?

–A la catedral.

Necesitaba una bendición que le protegiese frente a la noche, o acogerse a la seguridad de lo sagrado. Al entrar en la catedral el coro entonaba el último salmo de vísperas. Ennegrecía el aire el humo de las antorchas y de los cirios. Un vaho blanquecino y perfumado se elevaba de los incensarios. La orquesta y el coro de la catedral eran instituciones que no dependían del palacio ducal, pero distinguió en la congregación a dos músicos del duque. Uno de ellos era el señor Claudio, enfrascado en la música. Ottavio esperó hasta que el obispo impartió la bendición final y, con el sanctus, cuando se persignó por segunda vez aquella noche, sintió que la tiniebla interior le abandonaba.

La congregación enfiló hacia la salida; entre los fieles iban Isabella y la criada. Adelantándose, se ofreció a acompañarlas y el trío cruzó la plaza escoltado por el portador de antorcha. Mientras se acercaban a los soportales salió un jinete. Aunque iba embozado, por el frío, su figura era inconfundible. El duque iba sin escolta, como solía cuando estaba en su ciudad, confiado en el afecto del pueblo. Acompañado por un solo portador de antorcha, cabalgó hacia la calleja por donde antes había salido el carro con el muerto. Isabella le siguió con la mirada hasta que se perdió de vista.

–¿Lo ves? –comentó Ottavio no sin cierto deje de satisfacción–. Incluso en una noche como ésta, incluso en Miércoles de Ceniza, no puede dejar de visitar a su dama en la isla del Te.

Isabella volvió hacia él su rostro sereno.

–Ha de ser maravilloso que la amen a una así –dijo.

3

La discordia ha estallado entre los músicos de la sala de ensayos, después de tantos rumores acerca de lo que ha de ocurrir con la comedia pastoril *Il Pastor Fido*. La agitación de ahora la protagonizan los actores del intermedio sobre la armonía de los elementos, que se han declarado en huelga. Lucia Pellizari les da la razón. Como si no bastase con obligar a las actrices a disfrazarse de ninfas envueltas en gasas transparentes, aunque al menos ellas tienen buena figura. Pero cuando se pretende que los actores veteranos se pongan apenas una hoja de parra para taparse las vergüenzas, es natural que haya discrepancia. Y además, ¿a quién le apetece ver a unos vejestorios desnudos?

Uno de los *cornetti* levanta la voz para opinar a favor de los hombres desnudos cualquiera que sea su edad. ¿Por qué habrían de desnudarse sólo las mujeres? Los intermedios evocaban las leyendas pintadas en las paredes del *palazzo* del Te, y allí se veía a gentes desnudas de uno y otro sexo, incluyendo algunos hombres ancianos.

Pero no había ninguna mujer anciana, por fortuna, señaló el *basso*, con lo que desató otra discusión sobre los límites de edad en que las personas dejan de ser idóneas para mostrarse tal como vinieron al mundo.

Gianbattista Guarini está harto de los actores, comenta el *viola bastarda*. Ahora cree que su poema es irrepresentable, y que el duque debería anular el evento y limitarse a producir una versión concertante.

Texto, música, actores, cantantes, bailarines, escenografía, tramoya, es demasiado para una sola obra, dice el *trombone*. Su alteza quiere superar la *Pellegrina* del Gran Duque, pero es que el de Médicis tiene a Buontalenti.

Escucha, que yo te diré exactamente por qué Guarini ha desistido de la idea de hacer representar su obra, chilla Lucia Pellizari para hacerse oír por entre los demás de la orquesta. Es que le da vergüenza verse envuelto en la rivalidad entre dos mujeres. Es Agnese, la *marchesa* de Grana, la inquilina del *palazzo* del Te, quien desea verla representada a mayor gloria suya, para demostrar que el emporio cultural se centra en su corte. Y nuestra duquesa opina que se ha excedido, saliéndose del lugar que le corresponde. En eso consiste todo el busilis del asunto, y Guarini se halla a disgusto en medio de esa disputa por el poder.

Y por supuesto, la madre del duque está de parte de la duquesa, añade Isabetta Pellizari, la hermana de Lucia.

¡Ah! ¡La madre!, gritan varias voces al unísono, y el *basso* remacha con su voz gruñona:

–La madre es una Habsburgo y se hará lo que ella diga.

Después de lo cual las voces callaron y los músicos se pusieron a templar los instrumentos. Satisfecha la curiosidad impertinente, puede comenzar por fin el ensayo.

En otro lugar del palacio, en los aposentos del duque, se alzaban otras voces. Vincenzo corría de una habitación a otra mientras los centinelas iban abriendo a su paso las puertas de doble batiente. Le pisaba los talones el secretario a quien estaba dictando una carta cuando irrumpió su madre.

Pese a la maniobra de retirada, la duquesa madre Eleonora no quiso aplazar la discusión y embistió al duque como un ariete de asalto forrado de seda. Cuando él protestó diciendo que estaba todo preparado, los actores y los músicos en pleno ensayo, la fecha fijada para la noche de la primera luna llena de mayo, ella replicó que todavía faltaba un mes y que estaban a tiempo para cancelar el espectáculo.

–Ese poema no debe representarse –insistió–. Es inmoral y pagano, y la Iglesia lo desaprueba. Es una indecencia que hagáis representar en público esa obra.

–El público no la verá, sino únicamente las personas de la corte dotadas de sensibilidad artística suficiente –replicó Vincenzo, y añadió fingiendo un aparte, aunque no tan bajo que ella no lo oyera–: Entre las cuales tal vez no figuráis vos.

Ofendida, ella redobló el asalto por la vía moral poniendo en la voz todas las energías de su voluminoso corpachón. Hasta que juzgó llegado el momento en que la cólera de él estaba a punto de estallar (después de lo cual ya no habría razonamiento posible), desistió y giró dignamente sobre sus talones presentando una espalda inexpugnable, donde las palabras rebotaban como flechas de juguete. Vincenzo cruzó la última puerta y se metió en su estudio, lamentando que la presencia del guardia le impidiera cerrar de un portazo.

–*Madre del Dio, quale madre!* –se dejó caer en un sillón.

El secretario y Ottavio cambiaron miradas, y ambos adoptaron un aire comprensivo.

–¿Es delito soñar, Ottavio? –preguntó el duque.

Denegación con la cabeza por parte de Ottavio, seguida de palabras tranquilizadoras y conciliadoras.

–En esta época de represión, cuando recibimos ataques por todas partes, hasta en nuestros pensamientos, ¿es tan malo querer crear un mundo mejor, una Arcadia, un lugar lleno de acontecimientos maravillosos, de música y de espectáculo?

–Al contrario, es muy recomendable, y tengo por sabido que todo el mundo elogia a vuestra alteza por ello.

El duque contempló el semblante tranquilo de Ottavio.

–Tendré que hacerte mi embajador en Roma –dijo.

Al otro lado de la puerta se alzaron más voces, y el centinela entró para anunciar que uno de los músicos solicitaba audiencia para entregar una composición nueva. En el curso normal de los acontecimientos, lo oportuno habría sido entregársela al secretario del duque, pero por aquellos días reinaba una situación algo anárquica, como sucede cuando son muchas las voluntades que se disputan la supremacía. Entonces el primero que llama a la puerta tiene permiso para entrar, aunque sólo sea para distraernos de la cólera que amenaza con arrasarlo todo.

–Sí, que pase ese hombre –dijo el duque con impaciencia–. Veamos esa obra. Que me la ofrezca.

Así pasó a presencia del duque el músico joven y enlutado, llevando en la mano la partitura de un poema del Tasso que el duque había encargado musicar para soprano y contralto. Los ojos de la última diversión encontraron los del duque, y se inclinó al hacer entrega de la partitura para quedarse luego esperando mientras el duque la hojeaba.

–La escucharemos esta noche durante el concierto en el Salón de los Ríos –dijo el noble.

El rostro del compositor perdió su expresión de deferencia. Replicó ceñudo:

–Los músicos no van a tener tiempo para ensayarla a mi satisfacción. Están demasiado ocupados con *Il Pastor Fido*.

Hubo un silencio tan espeso como si el aire se hubiese cargado de una niebla tangible. El secretario bajó los ojos hacia su escritorio, como desentendiéndose de la escena.

–¡Ah! ¿Vuestra satisfacción? –replicó el duque–. ¿Y qué me decís de la mía? Mi deseo es escucharla en seguida.

El señor Claudio hizo una inclinación, adoptó de nuevo la actitud deferente y contestó:

–La satisfacción de vuestra alteza no será segura sino cuando se haya ensayado bien la obra. Es difícil para los cantantes interpretar una pieza que todavía no se domina, y estropearía el efecto de la composición. Estará a punto para el concierto del viernes y os aseguro que quedaréis complacido.

–Entonces, esperaré con impaciencia el viernes –dijo el duque–. No sea que nos llevemos una decepción, ¿verdad?

En vez de la cólera entraba en juego la otra arma ducal, la seducción, que se apoderó del joven con su fuerza irresistible. Claudio devolvió la sonrisa y sus ojos se encendieron reflejando el calor recibido. Así permanecieron un instante los dos hombres, el joven y obstinado músico, que aún no tenía veinticinco años, pero ya seguro de su genio, y el duque Vincenzo a sus treinta, rico, temido, amado y prisionero del laberinto de su mente. ¿Hacia dónde dirigirse? El soberano, el político, el soldado, el estudioso, el amante, el padre, todo ello comprendido en un mismo hombre ya consciente del tiempo que huye.

Noche de la primera luna llena de mayo, hervor de conversaciones en el patio del *palazzo* de Te mientras los invitados de la *marchesa* de Grana van ocupando sus asientos. Se han colocado sillas por entre las estatuas y las pérgolas de hierro forjado. Las antorchas puestas en las argollas de los pórticos suman su calor amarillo a la claridad lunar. Se oye el rumor de muchas voces que hablan al mismo tiempo, el roce de muchas varas de tela en movimiento, sedas, terciopelos y brocados que envuelven unos cuerpos cargados de energía, a los que iban a disciplinar quedándose dos horas sentados. Algunos echarían a pasear por la periferia del patio durante los descansos entre composiciones. La *marchesa* mantiene una corte joven y poco dada a guardar silencio, ni siquiera mientras escuchan su música preferida.

Así pues, la *marchesa* ha salido vencedora, ¿no? Pues no, en absoluto, porque esto no es más que un concierto. Guarini ha retirado *Il Pastor Fido*. Hay quien dice que por la intransigencia de los actores; otros aseguran que ha prevalecido la voluntad de las dos Eleonoras. Agnese no quiere darse por vencida. Tendrá su concierto, y sabe que la fuerza de su posición depende de ser admitida por la duquesa. Durante algún tiempo, mientras hacía estragos la discusión, llegó a sentirse vulnerable. Pero ahora, sentada al lado del duque, se ve restablecida en su situación de favorita.

Fíjate cuántas atenciones. A la ligera redondez de la falda va dirigido todo su interés. Está en conversación aparte con ella, mientras el público en derredor luce las galas y cotillea. Ella ríe y acerca su cara a la de él. Hasta que los murmullos cesan de repente. Los músicos ocupan sus puestos, y están saliendo los cantantes: las hermanas Pellizari, la una en sedas rosa y plata, la otra recamada de flores, seguidas por el tenor y el bajo. El resto son señoras de la corte que presumen de tener buena voz. Agnese podría cantar, porque para eso es miembro de la *Accademia degli Invaghiti* formada por damas y caballeros mantuanos aficionados a la música, pero la tensión de las últimas semanas y su estado la indujeron a declinar el ofrecimiento.

La música, el canto, las risas, todo confundido en el ambiente del crepúsculo, calentado por las luces, la multitud y las sobras del calor diurno. El calor humano de la corte, agradable por demás para todos los presentes, lo era todavía más para los habitantes de los pantanos. A las ocho de la tarde el aire se puso a vibrar. Las trompetillas agudas de miríadas de mosquitos se oían con claridad a cada pausa de los músicos. Audibles, también, las palmadas y los papirotazos sobre las carnes desnudas, las maldiciones reprimidas, el crescendo de lamentaciones. Los incensarios se evidenciaban impotentes bajo el ataque frenético de los dípteros. Las Pellizari se azotaban los hombros desnudos mientras cantaban, los músicos se rascaban la cabeza con frenesí al término de cada frase, sin soltar de la mano los arcos. De pronto, tan repentinamente como habían venido los mosquitos se marcharon. Algunos volaban tan cargados de sangre que caían en los lagos, y en vez de flotar se hundieron y murieron ahogados.

El duque, tras haber defendido galantamente con su propia mano el busto de la *marchesa*, pidió más incienso por si se producía un segundo ataque. El aire nocturno empezó a parecer el interior de San Pietro, y las volutas de humo oscurecieron la luz de la luna. Algunos murmuradores comentaron que hubiera valido más celebrar el concierto a puerta cerrada, con lo que todos se habrían ahorrado el suplicio.

El duque hizo una seña a Ottavio para que llamase a Monteverdi.

–¿Vuestra alteza? –la cara del músico estaba tumefacta de picaduras. En Mantua los forasteros siempre eran los más sufridos, como si en ellos los insectos encontrasen la sangre más dulce.

–Me gustaría escuchar otra vez vuestra composición, lo del Tasso. Le tengo un afecto especial.

–Será un honor para mí.

Y mientras la concurrencia seguía charlando, el maestro celebró una rápida consulta entre los músicos, a ver quiénes conocían mejor la obra. Lucia Pellizari, el cutis veneciano devastado por la plaga mantuana, declinó el ofrecimiento.

–Vuestra pupila se la sabe mejor que yo. Por mi parte, ahora no puedo concentrarme en una canción nueva. Estoy como si me hubieran clavado en la cara un centenar de alfileres al rojo.

Y así fue como Isabella cantó para el duque aquella primera noche de luna llena de mayo, acompañada por el *concerto delle donne*. Iba de azul y plata lo mismo que la noche de Carnaval, y sus cabellos despedían pálidos reflejos bajo la luz de la luna. Y yo, Ottavio, estaba de pie a un lado del patio, desde donde abarcaba tanto al público como a los intérpretes. Su voz clara de soprano se elevaba sobre la del coro desplegando la floreada melodía que cantaba a la armonía en el amor. Su semblante, exento de picaduras, resplandecía de gozo artístico y expresaba la emoción añadida por el compositor a la letra. Miraba al duque con ojos llenos de ingenua seducción. Él sonrió, le dijo algo en voz baja a Agnese, y ambos parecían muy complacidos. Terminó la canción, los cantantes agradecieron los aplausos con sus reverencias, y para la mayor parte de los presentes allí terminó todo. Una deliciosa pieza nueva, deliciosamente cantada.

Pero yo vi que cuando se alejó Agnese del lado del duque para atender a sus invitados, la mirada de Vincenzo se volvía hacia Isabella. Ésta quedó sola unos instantes al cruzar desde la parte del patio donde estaban los músicos hacia la concurrencia. Yo había visto antes esa expresión, la mirada aguda, la cabeza inclinada como husmeando el aire. Isabella pudo creer que era de admiración, o tal vez, en su egoísmo juvenil, incluso de amor. Pero no era más que el instinto de caza de los Gonzaga a la vista de una nueva presa.

4

Isabella se mira en el espejo. Está complacida con lo que ve. Se ha soltado el cabello para secarlo al sol después de lavárselo con zumo de limón y, tenía razón la dueña, se ha aclarado un poco. Contempla sus propios ojos, admirada de su claridad, y vuelve la cabeza a un lado tratando de captar el propio perfil, que siempre se le escapa. El duque ha dicho que se parece al del retrato de Simonetta Vespucci por Piero di Cosimo. Con las dos manos se levanta el pelo, a ver cómo resultaría peinado así, y decide que semeja un ovillo de sedosos hilos dorados.

Sobre la vida en la corte, piensa, es todo tan emocionante que no querría estar en ningún otro lugar. Dos años antes, cuando llegó, se sintió prisionera del protocolo, de la obligación de andar solemnemente, con ese curioso paso deslizante que afectaban las damas cortesanas, de la necesidad de saber siempre a quién saludar y cómo. Echaba en falta los largos veraneos rurales. Ahora le sucedía lo contrario, no deseaba regresar a Novellara y quedarse sin asistir al gran juego de la corte.

Porque era eso en realidad, un juego. Le parece que todo el mundo conspira con el fin de medrar, de adelantar casillas sobre el tablero. Pero el que cae en casilla equivocada pierde varias vidas. Como poco, queda desterrado de la corte por siempre jamás. El primo Ottavio es hábil en ese juego, lleva muchos años practicándolo. Es un peón del duque, que lo coloca aquí y allá para tapar el movimiento de un caballo o de un alfil. Los Gonzaga de su rama tuvieron, en tiempos, sus desavenencias con los de Mantua. Ahora, en cambio, míralos, bien recibidos por el duque y por la duquesa, y todo ha sido obra de Ottavio.

Se pregunta cómo andarán las negociaciones con don Ferrante. Lo conoció el verano pasado y le pareció bien, aunque un poco más viejo de lo que a ella le gustaría. Tiene buena figura y modales exquisitos, pero se puso muy pesado con tanto hablar de fincas y de la dote. Así que dejó de gustarle. No es de caballeros ni de personas educadas el perder tanto tiempo discutiendo de fruslerías. Recuerda las historias de la corte que le contaba su abuela, de los tiempos de su tocaya Isabella d'Este: la galantería, los amores exaltados, ¡a nadie se le habría ocurrido hablar entonces de dinero, ni de si estas tierras producían tanto más que estas otras! O se aviene don Ferrante a declararme su amor, promete a su imagen en el espejo, o lo despido.

Tan inaudita decisión le comunica una ilusoria sensación de poder, y se imagina a sí misma libre de don Ferrante, como una de las damas de aquella corte con esos nombres que se adjudicaban: Tortorina, Chiarina, Diana *più calda del sole*. Tenían más estilo entonces, o por lo menos eso aseguraba su abuela. Y un ambiente más liberal. Eso sí, los caballeros de la corte pugnan por destacar, para no quedar desdibujados ante la presencia del duque. En cambio, la vida de los músicos es tan diferente, piensa, con su indumentaria sobria y su actitud de espectadores, mientras los instrumentos que ellos tocan hacen posibles los movimientos de los enjoyados cortesanos sobre el tablero de juego. Y Claudio, tan serio, tan perfeccionista, incluso mordaz cuando adivina, cualquiera sabe cómo, que alguien no está dando lo mejor de sí. Más de una vez se había revelado bastante ofensivo cuando ella se distraía durante la lección, días después de cantar en el concierto. Hombre sensible y orgulloso, como todos los superdotados que además son pobres. Y también Ottavio era sensible, con la susceptibilidad de quien está descontento consigo mismo. Cuando ella era una niña, y él no mucho mayor, una vez quiso montarse sobre su espalda y él la derribó con tal violencia que estuvo más de una hora llorando. Ahora siempre viste como queriendo pasar inadvertido, de negro o de gris, y siempre con la capa puesta. Cuando monta a caballo se transfigura, sin embargo, convertido en un centauro capaz de realizar saltos prodigiosos fundido en uno solo con el animal.

Lo ve ahora a través del espejo, bulto oscuro que la observa. Ha entrado sin hacer ruido, para pillarla desprevenida.

–Tienes una carta ahí –dice.

–Sí la tengo –está todavía en su mano. La habría escondido si le hubiese dado tiempo.

–¿De quién es?

–De una amiga. Es personal.

–¿Puedo verla?

–Desde luego que no. No tienes ningún derecho.

–Viniendo hacia aquí he visto al enano del duque, ¿ha sido él quien te ha traído la carta?

–Nada de eso –miente Isabella–. El enano siempre anda por todas partes, dando vueltas por los pasillos. Lo mismo que algunas otras personas, diría yo.

Se nota que no ha quedado convencido. Cuando sale, ella se queda esperando un par de minutos por si se le ocurre volver. Luego despliega otra vez la carta. Es una poesía del duque, o mejor dicho, no suya en realidad, pero no importa. Unos versos de *Il Pastor Fido*, con el deseo de que ella los cante algún día.

Quanto il mondo ha di vago e di gentile,
opra è d'Amore.
Amante è il cielo, amante
la terra, amante il mare…

Todo lo que hay de bueno y hermoso en el mundo es obra del amor… Ella sonríe mientras relee la carta.

En otro lugar del palacio Vincenzo escuchaba a Ottavio mientras se sometía al masaje de su cuero cabelludo a manos del barbero. El olor a esencia de romero empapaba la habitación. El barbero escuchaba también, el rostro impasible, los negros ojos brillantes como aceite.

–Las negociaciones con don Ferrante han entrado en una delicada fase final –decía Ottavio–. Estamos en proceso de redactar las capitulaciones, y luego se podrá proceder al casamiento.

–Así que don Ferrante todavía discute de dinero, ¿eh? Me debe diez mil escudos, y sé que ha falseado el catastro de sus propiedades para parecer menos rico de lo que es. ¿La familia sigue empeñada en formalizar ese matrimonio?

Ottavio titubeó un instante y luego replicó en tono sosegado:

–Es un buen partido. No nos agradaría que nada viniese a comprometer ese enlace.

Las manos del barbero se detuvieron un instante y el duque volvió la cara hacia Ottavio.

–No estoy seguro de haberlo entendido bien –dijo el duque–. ¿Por qué motivo vendría a quedar comprometido?

El barbero esperaba inmóvil, los ojos bajos. Ottavio alzó las manos en un gesto conciliador frente al fuego glacial del duque.

–Sólo en cuanto la corte de vuestra alteza es tan magníficamente civilizada, que de permanecer aquí más tiempo tal vez ella se resistirá a cambiarla por los sobrios deberes matrimoniales. Solicitamos vuestro permiso para regresar a Novellara en el más breve plazo.

–Si te parece necesario no me opongo, naturalmente. No querría retener a nadie aquí en contra de su voluntad. Pero antes de vuestra partida deseo hacerle un regalo a Isabella. Por lo bien que cantó en el concierto, y para que no olvide que deseamos oírla cantar en Mantua alguna otra vez.

Doña Vittoria dejó a un lado el último *avviso* de Venecia y alzó la mirada para recibir a Ottavio.

–¿Qué ha dicho el duque?

–Que consiente con mucho gusto que nos vayamos, pero antes quiere darle un regalo a Isabella.

–¿Ha dicho qué clase de regalo? –preguntó doña Vittoria.

–No tuve ocasión de preguntárselo, sobre todo porque estaba presente su barbero que, como sabrás, también es su alcahuete, y no se le escapaba ni una sola palabra.

–Debería darte vergüenza, Ottavio. Por hacer caso de murmuraciones, y con doble motivo por repetirlas.

–Opino que conviene partir cuanto antes, madama. Me consta que ella ya ha recibido una misiva del duque.

–*Dio!* ¡Qué muchacha tan inconsciente! Quedará comprometida si alguien se entera. Tendré que hablar con ella muy seriamente, y emprenderemos la marcha en seguida. ¡Qué lástima! No veo cómo se las arreglará la duquesa sin mí.

Doña Vittoria suspiró y plegó el papel.

–¿Qué nuevas hay de Venecia? –preguntó Ottavio.

–Nada de importancia. Han prendido al sedicente filósofo Giordano Bruno, y van a juzgarlo.

–¿De qué se le acusa?

–De infamias contra la Iglesia. Y dichas en suelo italiano, para colmo. Lo que habrán disfrutado los protestantes. Cuenta aquí que cuando el instructor de la causa le anunció que sería entregado a la Inquisición, el señor Bruno le rogó que lo soltara y le prometió enseñarle todo lo que él sabe. Me parecen palabras del diablo.

–A mí me parecen palabras de un hombre atemorizado y desesperado –replicó Ottavio–. Aquí no se salva nadie, ni siquiera en Venecia.

Vincenzo está harto de los agobios de la corte. Demasiadas querellas que resolver, demasiados peticionarios de favores. Necesita alejarse unos días y descansar entre personas que no le martilleen el cerebro. Su montero mayor Ippolito tiene preparadas algunas distracciones para él, y se ha mudado a su quinta cerca de Marmirolo, lo bastante cerca para regresar en un par de horas si hace falta pero a salvo de su corte, por fortuna. El entorno del duque se dispersa, se pone en camino y abandona Mantua. Los que se han quedado en la corte también respiran con más libertad.

Era el momento idóneo para alejar discretamente a Isabella, le sugirió Ottavio a doña Vittoria. Desconfía del supuesto regalo del duque. Pero doña Vittoria dice que no es fácil partir de improviso. Eleonora está indispuesta y necesita compañía. Y además, no pueden marcharse por las bravas, sin autorización. Que la conceda ella misma, propone Ottavio. Decidle a su alteza que el aire de Mantua no sienta bien a Isabella. Lo comprenderá, teniendo en cuenta lo mucho que ha perjudicado a su propia salud. Doña Vittoria replica que Isabella no puede ir sola, que el viaje a Novellara es muy largo. Por último, llegan a una solución de compromiso. Si la duquesa da su permiso, Isabella irá al convento de una tía suya que está camino de Brescia, y doña Victoria se reunirá con ella una semana más tarde. Como todos los compromisos, éste no contentó del todo a nadie, y menos aún a Isabella.

5

Las aguas del río Mincio se ensanchan formando lagunas que rodean la ciudad como un gran foso. Bosquecillos de sauces llorones en las orillas, flores amarillas de la mostaza en los matorrales de los islotes, lirios de agua que levantan sus copas doradas sobre los platos verdes que son las hojas. Por la superficie del lago rueda algo blanco que parece espuma, y que son vilanos de álamo arrastrados de un lado a otro por el viento. Cuando se amontonan en los rincones de la ciudad parece como si alguien hubiese vaciado una almohada o un edredón de plumas de pato, y se acumulan sobre la isla de Te como una nevada temprana.

El coche rodó sobre el largo puente. Al asomarse Isabella vio agua por ambos lados. Las ventanillas abiertas dejaban entrar un aire recalentado, con olor a estancado. Junto a ella se sentaba Emilia, su doncella, en ropa de algodón, y frente a ambas el enano del duque, en terciopelo con bordados y gola almidonada.

Hay ocasiones en que uno daría varios años de su vida con tal de poder atrasar el reloj hasta deshacer lo que hizo, o desdecir lo dicho. En esa situación se hallaba Isabella. Todavía se le encendía la cara de rubor cuando recordaba lo ocurrido la noche de la víspera, y todo por culpa de aquel enano, Archimedeo, que se ofrecía a acompañarlas. Llevaba varios días distrayéndola con sus chistes e historietas. Muchas de éstas tenían que ver con el duque y ella no deseaba otra cosa sino escuchar su nombre, satisfacción que los demás, perversamente, parecían empeñados en negarle.

–Yo os acompañaré. No hace falta que venga el enano, que sólo sirve para molestar –había dicho Ottavio.

Y entonces ella, encendida por el vino y sintiéndose de humor frívolo, dijo que prefería viajar acompañada por ambos. Que así tendría una escolta como las princesas en los cuentos de hadas, con su jorobado y su enano.

O algo parecido, quizá dicho con no tanta acritud, o al menos así lo esperaba mientras intentaba recordar el tenor exacto de las palabras que habían salido de su boca. En cualquier caso, tan pronto como estuvieron en el aire supo que habría dado cualquier cosa a cambio de no haberlas dicho. Quiso mudar de conversación y distraerlo, pero se tropezó con una muralla de silencio gélido, vio su rostro ensombrecido, y luego él giró sobre sus talones y desapareció.

Al día siguiente, Ottavio se presentó a recogerla para llevarla al coche, el semblante impasible, la mirada fría. Cuando él le tendió la mano para ayudarla a subir, ella creyó que la seguiría, pero Ottavio dijo:

–Voy delante, con la escolta –y le cerró la portezuela en las narices.

–Alguien está de mal humor hoy –se burló el enano–. Pero no importa, yo estoy alegre –y se puso a cantar.

Así rodaron a través de la campiña, entre bromas de Archimedeo que Isabella reía de vez en cuando, por educación, y Ottavio cabalgando sobre su caballo gris, por delante con los soldados. Al cabo de un rato el enano dijo:

–Aquí traigo otra «*carissima* Isabella» para vos. Mil perdones por el retraso, hace más de un día que la llevo encima.

Isabella desplegó la carta. Era una poesía escrita por el duque, aunque no suya. Sonrió mientras la ojeaba, pero al leer la posdata frunció el ceño.

–Aquí dice que espere a su regreso, que quiere darme un regalo. Y resulta que nos vamos.

–¡Por Zeus! –exclamó Archimedeo–. Sabía que debí entregárosla antes. Ya estoy otra vez en un apuro.

Encabezaba la comitiva Ottavio, el aire en la cara. Bajo el sol del verano incipiente brillaban las llanuras de Mantua hasta las lejanas colinas de Brescia. Se captaba una armonía del murmullo de la brisa por entre árboles y herbazales con los cantos de los pájaros, los crujientes cueros de sillas y correajes, y el clipclop de los cascos. Armonía en todas partes excepto dentro de sí mismo, que seguía cabalgando como una nota negra y discordante en medio de aquel paisaje pacífico, escuchando a medias la conversación de los escoltas y medio enfrascado en su amargura. Cuanto antes se casara Isabella más pronto se libraría él de una atadura emocional que en aquellos momentos le escocía como una llaga. Para curar tal herida no había más remedio que recubrir de hielo el corazón. De momento que ella lo veía según acababa de manifestar, habría sido locura el permitirse albergar otra clase de sentimientos.

Los soldados hablaban de esto y de lo otro, el sol calentaba su rostro y los caballos resoplaron. Apuntaban las orejas de frente y emitieron unos relinchos que señalaban la aparición de otros caballistas que venían como a una milla de distancia por entre las landas. La escolta los observaba con desconfianza. Aunque el camino de Brescia era más seguro que el de Venecia, ellos tenían la obligación de prever posibles tropiezos. Una partida de caza, dijo uno de los soldados, y la tensión disminuyó. Se acercaban a una extensión de terreno boscoso que flanqueaba el camino por la izquierda. A la derecha, un pastorcillo conducía su rebaño de cabras hacia el prado. Parecía una escena bucólica. Se distinguía con más claridad a los jinetes, ya más próximos. Dos de ellos alzaban las manos enguantadas de cuero, sobre las que llevaban sendos halcones. El que estaba más cerca del camino saludó a los soldados y enfiló hacia ellos. La blanca dentadura relucía en su semblante tostado por el sol y Ottavio reconoció a Ippolito, el montero mayor del duque. Entre los demás iba un joven primo de Vincenzo, más conocido por sus hazañas deportivas que por su presencia en la corte, y famoso por su facilidad para las noches de copeo y las jornadas de excursión a caballo por los campos.

–¡Don Ottavio! –le llamó Ippolito–. Súmese a nuestra partida y hagamos un poco de ejercicio.

Ottavio miró el halcón empinado sobre su muñeca, con su cuerpo esbelto, los emplumados tarsos, las garras que se clavaban con fuerza en el guante, la cadenilla con que lo sujetaba. El halcón venía sin la capucha, el ganchudo pico de perfil. Un ojo redondo y reluciente miraba a Ottavio con fijeza.

–Voy en la escolta de la damita Isabella, que visita a su tía –dijo Ottavio.

–Podéis distraeros un rato. Viajan despacio –replicó Ippolito.

Y en efecto, el coche acababa de hacer alto porque el rebaño de cabras había invadido el camino. Ippolito tendió la mano enguantada.

–¿Os gustaría probar el halcón del duque? –ofreció.

–¿Dónde está su alteza? –preguntó Ottavio con repentina aprensión.

–Sufre una de sus jaquecas. Es un mártir de sus excesos, pobre hombre. Hoy no se dejará ver.

Ottavio sacó el caballo del camino y echaron a cabalgar entre matorrales y cañaveral. Al cabo de un rato Ippolito le quitó la cadenilla al ave y sacudió el guante para desalojarla de su percha. El halcón se elevó con lento batir de alas.

–Volverá cuando lo llame yo –dijo Ippolito–. Ponte el guante.

Ottavio se enfundó el pesado guantelete de cuero, de superficie arañada por las garras, y contempló el vuelo ascendente del ave. Aleteaba con majestad, como los ángeles. Al contemplarlo sintió elevarse también su espíritu en círculo cada vez más ancho. Libre como un pájaro, suele decirse, y era verdad. Indiferente a todos los elementos, ajeno a la tierra, a la pesadez, a todo menos al fiero deseo de remontarse hasta lo infinito.

–Cuando yo lo llame con un silbido, levantad el brazo y vendrá a posarse en el guante –anunció Ippolito–. Fijaos en cómo baja.

Tras colocar sobre el guante un pedacito de carne cruda, levantó los ojos al cielo y emitió un silbido largo y melodioso. En lo alto, el halcón describió una espiral cerrada y en seguida se dejó caer como una piedra hacia el guante. Las garras se clavaron en el cuero y Ottavio sintió el fuerte golpe debido al peso y la velocidad del ave, que devoró en un periquete el trozo de carne y luego levantó la cabeza para observar a su nuevo tenedor. El ojo dorado, redondo y brillante, de parpadeo tan veloz que parecía totalmente fijo, le contemplaba con inteligencia más que humana.

–Es el más dócil de los que tenemos –dijo Ippolito–. Vamos a adentrarnos entre las charcas, a ver si encontramos alguna presa para él.

Ottavio le siguió llevando en la mano el halcón, al que Ippolito colocó previamente la capucha. Cuando el caballo dio un paso en falso, el halcón se tambaleó y agarró con más fuerza el guante. Ottavio intuyó la confianza ciega del ave en su portador. Aun cuando no podía verlo, se aferraba a él en su oscuridad, y en esa confianza los dos se fundían en uno.

Empinado sobre el asiento del coche, el enano asomaba por la ventanilla y reprendía al pastor:

–Si se te desmandan las cabras no deberías acercarte al camino. ¡Estás estorbando el paso!

El muchacho miraba al enano y sonreía como si no entendiera su idioma. Excepto el coche, no se veía ningún vehículo en el camino salvo un carro tirado por un burro que venía detrás. Pero la gente de la capital tenía poca paciencia, ya se sabía. El chico agitó una rama recién cortada y llamó a sus cabras. Algunas le hicieron caso y se acercaron. Las demás echaron a andar en sentido opuesto. Un chivo de pelaje blanco y negro, impresionante cornamenta retorcida y ojos saltones se plantó delante del coche.

–Se nos va a hacer de noche –dijo Archimedeo, y luego, dándose una gran palmada en la frente–: Acabo de tener una idea brillante, ¡es increíble que no se me haya ocurrido hasta ahora!

Se volvió hacia Isabella con el entusiasmo pintado en el rostro ante la brillantez de su idea.

–Estamos a poco más de una milla de Marmirolo. ¿Por qué no damos un pequeño rodeo y le presentamos nuestros respetos al duque? Así podríais despediros formalmente y recibir el regalo prometido.

El semblante de Isabella se iluminó lo mismo que el de su interlocutor, pero lo que dijo fue:

–No puede ser. No sería lo mismo que en la corte, y además Ottavio no lo permitirá.

El enano hizo una mueca de desánimo y dijo:

–Ya lo sabía yo. Debí entregar la carta en seguida. ¡Menuda me espera ahora!

Se quedó mirando tristemente por la ventanilla.

–Mirad a don Ottavio –dijo luego–. Parece apenas una mota en el horizonte. Tardará horas en regresar y mientras tanto, nosotros aquí, atascados en el camino. ¿Por qué no dejamos a la escolta con un mensaje para él? Estaremos de regreso, seguramente, antes de que se nos eche en falta.

Isabella se volvió hacia la criada, a ver qué cara ponía. El caso era que Emilia llevaba más de una hora en estado casi agónico, porque había tomado demasiada tisana para desayunar, y los baches y pedruscos del camino hicieron el resto. Estaba a punto de pedir permiso para retirarse hacia la arboleda, así que se manifestó partidaria incondicional de la idea de apartarse un poco del camino.

Archimedeo recobró su buen humor y se apeó del coche para llamar a los soldados, que estaban un poco adelantados. Al cabo de un rato volvió y anunció:

–¡Hecho! Podréis despediros del duque, y yo me ahorro un buen puntapié en las posaderas.

Con gran espanto de algunas cabras que se habían quedado a ramonear por allí, el coche se puso de nuevo en marcha y poco después enfiló una senda a la izquierda, flanqueada de árboles. Las ramas rozaban los costados del vehículo porque la quinta no se había habitado desde el otoño anterior. Una tapia de piedra circundaba la finca y discurría paralela al camino durante un cuarto de milla, hasta que se hallaron frente a una gran verja flanqueada por pilares sobre los que estaban entronizadas las águilas de los Gonzaga. A un lado, tres centinelas sentados a una mesa jugaban una partida de dados. El enano se asomó por la ventanilla y gritó:

–Somos invitados de su alteza serenísima.

Uno de los guardias se puso perezosamente en pie y fue a abrir. El sendero continuaba por entre una alameda, y un pesado aroma dulzón penetró por las ventanillas. A un lado del camino discurría un largo canal, espejo oscuro del que emergían hacia la luz los globos dorados de los lirios de agua. Un gárrulo coro de ranas cantaba a más y mejor, y los rayos del sol encendían el verde de las hojas.

A unos doscientos pasos la arboleda clareaba dejando ver un jardín en medio del cual se alzaba la quinta, que era un edificio clásico al estilo del *palazzo* del Te sólo que más pequeño. El coche se detuvo frente a la escalinata por donde se accedía a la puerta principal. El enano se apeó de un salto y, con una reverencia, tendió la mano a Isabella para ayudarla a descender del vehículo.

El interior del palacete era fresco y sombreado, las paredes decoradas con frescos del maestro Giulio Romano, que representaban un tema diferente en cada estancia. En la que visitaron muy aliviadas Isabella y Emilia, unas ninfas vertían el agua de las ánforas sobre sus cuerpos desnudos. En el salón principal se veía una escena de caza, briosos corceles y mastines persiguiendo a un venado. Cuando fueron a reunirse con Archimedeo, éste anunció en tono plañidero:

–Tendremos que esperar un rato, se le han pegado las sábanas a su alteza.

A Isabella no le importó porque había mucho que ver en las pinturas. Después de contemplar la caza pasó al salón contiguo, donde los muros celebraban una fiesta mitológica. Los sátiros echaban vino en las gargantas de las ninfas. Dos angelotes exprimían racimos en la boca de una doncella revestida de flores, y un querubín se arrodillaba debajo de una cabra nodriza que lo amamantaba. La pintura del techo representaba un caballo tirando del carro, así como el carretero, todo ello visto por debajo y enseñando los traseros, con no poco asombro por parte de Isabella.

De pronto se halló a solas, porque el enano se había llevado a Emilia con el pretexto de enseñarle la casa. Oyó unos pasos que se acercaban. Al fondo del salón se abrió una puerta y apareció Vincenzo.

–*Carissima* Isabella –exclamó, y se pasó la mano por los rubios cabellos como queriendo excusar por cortesía el desorden en que se hallaban. Luego se apoderó de sus manos y la besó en ambas mejillas.

Ella notó el aroma del *acqua di lemone* sobre la piel recién afeitada.

–Excusadme por recibiros de esta manera –dijo el duque–, pero no sabéis la alegría que me habéis dado con vuestra visita. Me habría sentido muy desgraciado si, de regreso en Mantua, me hubiesen participado que os habíais ido sin despediros.

Isabella sonrió.

–A mí también me habría disgustado.

Él la miraba como un muchacho que desea merecer aprobación.

–¡*Carissima* Isabella! No ha pasado por vos el tiempo desde que me fui –y cuando ella rió, agregó cambiando el tono de voz–: He pensado en vos día y noche.

–Nada de eso –dijo ella con una nota de alarma en la voz, y adivinando que se le escapaba él se apresuró a agregar:

–Vamos, es preciso que toméis un refrigerio después de tan largo viaje.

–No ha sido tan largo, apenas dos horas, y todavía nos faltan dos más para llegar al convento.

Él dio una palmada para llamar a un criado y luego se volvió de nuevo hacia Isabella.

–¿He oído bien? ¿Un convento habéis dicho?

–Mi tía y varias de sus nobles amigas se dedican a las obras de caridad. No es una orden de clausura.

–¿Mi pequeña ave cantora en un convento? ¡Cómo son capaces de haceros eso!

–Es sólo hasta que me case –contestó Isabella.

El criado dejó sobre la mesa dos copas de cristal veneciano, una jarra de vino blanco, una bandeja de dulces de almendra y una fuente con melocotones. Luego se despidió, bajando discretamente la mirada. Isabella fue a sentarse frente al duque. Éste llenó las copas y después de examinar los melocotones, eligió el más maduro para ella. Por último, se reclinó en su asiento y se quedó contemplándola.

–¿No me acompañáis? –preguntó Isabella–. Es que me da apuro.

–Estáis tan hermosa mientras coméis que apenas puedo apartar los ojos –dijo el duque–. ¿Os acordáis de esa velada en el *palazzo* del Te, después del concierto? Estabais cerca de una bandeja con higos. Tomasteis uno y lo abristeis para chupar la pulpa.

–Qué mala educación –dijo Isabella–. Estoy avergonzada.

Pero en el fondo, la halagaba que el duque se hubiese fijado en un detalle tan insignificante y lo recordase. Buscó un cuchillo con que cortar el melocotón.

–Mordedlo –ordenó el duque.

Ella obedeció y el jugo corrió por su barbilla y sus manos. Él se inclinó, se sacó un pañuelo y la limpió, rozando la mano de ella con la suya.

–Esta mañana tenía una jaqueca tremenda. Pero al veros se me ha pasado –prosiguió al tiempo que se llevaba una mano a la frente.

–¿Una jaqueca? ¡Pobre Vincenzo!

Era la primera vez que pronunciaba su nombre en presencia de él y no estaba muy segura de no haberse extralimitado. Pero él se limitó a sonreír y aquel curioso fulgor pálido asomó a su mirada.

–¿Así que os casáis con don Ferrante? ¿Para cuándo es la boda?

–Pronto. Hacia finales del mes que viene.

–¿Y vos deseáis casaros con él? –la miraba como si quisiera leer sus pensamientos, dijera lo que dijese.

–No me parecía mal, hasta que…

–¿Hasta que…? –la animó a continuar.

Isabella bajó la mirada, contemplando el melocotón mordido.

–Mi madre siempre dice que toda mujer casada debe amar a su esposo.

–Vuestra madre es una mujer muy sabia, pero no habéis respondido a mi pregunta.

–Es la única respuesta que os daré –replicó Isabella, y se le llenaron los ojos de lágrimas.

–¡Ah, vamos, *carissima* Isabella! –y mientras ella usaba otra vez el pañuelo, Vincenzo se puso en pie y anunció–: Tengo un regalo para vos. Por lo bien que cantasteis, y para que no me olvidéis cuando seáis una mujer casada.

Isabella recobró la sonrisa.

–¿Un regalo? –y le siguió a la estancia contigua.

Ésta era también un saloncito pintado, que contenía un canapé dorado en forma de góndola y provisto de baldaquín. La decoración de las paredes consistía en pájaros de todas las especies, representados con minuciosa exactitud, y angelotes mofletudos portadores de guirnaldas de flores.

–Cada estancia es más bonita que la anterior –se admiró Isabella.

El duque cerró la puerta de doble hoja a sus espaldas y abrió un joyero lacado que estaba sobre una mesita. Ahora que la puerta estaba cerrada, a Isabella le pareció como si el ambiente se hubiera espesado súbitamente y se hubiese vuelto más tenso. No se oía ningún ruido exterior, y las ventanas que daban al jardín tenían las persianas bajadas.

El duque se vuelve y hay en su mano un objeto reluciente.

–¿Me permitís? –dice plantándose delante de Isabella.

Adelanta los brazos y la rodea mientras las manos, sobre la nuca, fijan el cierre del collar. Inclinado sobre ella, el duque roza con su pecho el corpiño de ella y le echa el aliento caliente en el cuello. En seguida se yergue y contemple con ojo crítico el collar, diciendo:

–Os sienta bien –y conduciéndola hacia un espejo de pared–: Acercaos a verlo.

Isabella se contempla en el espejo y ve su cuello adornado de zafiros y perlas. La imagen del duque, colocado a su espalda, busca la mirada de ella a través del espejo.

–No podía elegir mejor –dice–. El color de estos zafiros es casi idéntico al azul de tus ojos, y las perlas emulan la suavidad de tu piel.

Y la obliga a darse la vuelta quedando cara a cara.

–*Carissima* Isabella –susurra–. ¿Te gusta?

–¡Ah, sí! ¡Mucho! –contesta llevándose la mano al collar, y de pronto su corazón empieza a palpitar tanto que le hace daño, como si ella hubiese comprendido súbitamente que se ha aventurado en terreno desconocido.

En su mente una voz dice con claridad «vete ahora y no ocurrirá nada malo». Armándose de valor, va a decir algo pero no encuentra el modo de librarse sin cometer una descortesía. ¿Puede todavía decir «muchas gracias por vuestras joyas» y salir por la puerta como si tal cosa? Gran desaire sería, cuando él se ha mostrado tan atento y tan amable. El titubeo dura demasiado mientras él la mira, expectante. Y hay tanto amor en sus ojos, y un aire de vulnerabilidad en sus facciones. Inclinándose un poco, la besa en los labios. Isabella nota la suavidad, el cosquilleo del bigote. Él levanta la cara y la mira a los ojos.

–¿Es tu primer beso?

–Sí –contesta ella, aunque no es verdad. Ha practicado con el paje.

–Tal vez sí, tal vez no –murmura él al tiempo que se inclina de nuevo sobre ella.

Isabella ve los dos ojos que se confunden en uno y cierra los párpados mientras las bocas entran de nuevo en contacto y nota la lengua de él que roza sus labios. Eso es algo que el paje tenía estrictamente prohibido hacer. Pero con Vincenzo parece diferente, no una intrusión sino una intimidad de su amor. Ella separa los labios cediendo al empuje de la lengua; es agradable, y abre más la boca. Las manos de él la ciñen con más fuerza y ahora puede notar el latido del corazón a través de la delgada tela del justillo.

–¡Ah! ¡Qué hermosa! –gruñe él, y ahora empieza a jadear violentamente. Ella se echa atrás con súbito temor. Pero él la chista con suavidad, diciendo–: *Dolce* –como si fuese cuestión de sosegar a una yegua nerviosa.

De pronto, una mano le toca el pecho y luego, sin saber cómo, se insinúa por debajo del vestido, dentro de la camisa, sobre la piel desnuda. Ella siente el calor del deseo que inunda su cuerpo y quiere amarlo más que ninguna otra cosa en el mundo.

–*Carissima Isabella, mia fanciulla* –sigue murmurando él, junto con otras lindezas, al tiempo que la conduce al borde del canapé, donde ella se derrumba, las piernas convertidas en gelatina.

Arrodillado delante de Isabella procede a levantar las sayas, desnudándole las piernas, y ahora su mano está en aquellos parajes que sólo el esposo tiene derecho a visitar, y ella lanza un grito de alarma. O mejor dicho, su cerebro lanza un grito de alarma, pero su cuerpo dice otra cosa muy diferente. La boca de él besa sus pechos ahora expuestos al aire, y la joven aspira la esencia de romero de sus cabellos. Entonces el duque levanta la cabeza y, mirándola con ojos cuyas pupilas se han oscurecido, susurra otra vez:

–¿Puedo?

A lo que ella contesta:

–Sí –porque eso es lo que desea, y de todas maneras no serviría de mucho contestar que no.

El cuerpo de él está sobre el de ella, que abre las piernas, y súbitamente surge un dolor tremendo. El ariete de carne pugna por abrirse paso y la mente de Isabella se llena de imágenes terroríficas, de cuerpos empalados sobre estacas, de descuartizados entre dos caballos, Vlad *el Empalador*, la pesadilla de su infancia. Otra acometida y el ariete ha penetrado dentro de ella. Está empalada sobre esa carne endurecida que empuja todavía. Isabella grita.

6

El halcón planeaba en lo alto describiendo círculos, como si acechase el movimiento de alguna criatura. Los jinetes miraban, las caras alzadas, los labios fruncidos descubriendo los dientes, el ceño contraído para evitar el deslumbramiento.

–Creo que has acabado con todas las aves de la comarca, Ippolito –dijo el primo del duque.

–No. Siempre quedan más –replicó Ippolito–. Y luego quedan las liebres, y los ratones. Nunca le faltará qué cazar. Fíjate que sería capaz de ver mi pañuelo si yo lo levanto. No se le escapa nada.

Una alondra que permanecía oculta en la hierba levantó el vuelo, la garganta henchida de gorjeos. Volaba en espirales cada vez más altas, hacia el sol, proclamando a los cuatro vientos su alegría de vivir. Mientras se remontaba hasta convertirse en una mota recortada contra el azul del cielo su canción llenó todo el aire, hasta el horizonte. Arriba, el halcón planeaba, vibrantes las alas, hasta que cayó en picado. La última nota de la canción quedó cortada.

–Preferiría que la hubiese dejado vivir –dijo Ottavio–. Es una canción menos para el mundo.

El sobrino del duque soltó una carcajada.

–Parece que el escuerzo tiene el corazón tierno después de todo. No era más que una ave del campo.

Ottavio lo miró y observó a sus dos amigos. Todos reían y se le antojó que había algo lobuno en aquellas risas. Ippolito se encogió de hombros cuando Ottavio le devolvió el guante.

–No se podía evitar, de momento que ella misma se descubrió.

Ottavio se volvió buscando el camino con la mirada.

–He de regresar al coche –y al hallarlo desierto miró en ambas direcciones.

–El coche ha viajado más lejos de lo que te figuras –dijo Ippolito. El halcón se posó con fuerte golpe sobre el guantelete y él le quitó la alondra para echarla en el zurrón que llevaba al costado.

–Pero la escolta sigue ahí –dijo Ottavio, que veía los dos caballos a un lado del camino, y los dos bultos tumbados a la sombra de los árboles. Al volverse miró al primo, que sonreía sardónicamente. Ottavio tuvo una sensación parecida a la de quien despierta y descubre que durante la noche han entrado los ladrones en su casa.

–Menudos guardianes están hechos –murmuró–. Debo irme.

Mientras enfilaba hacia el camino oyó las carcajadas de los hombres que seguían con su diversión.

Los soldados, cuando oyeron el galope que se acercaba, se pusieron en pie con precipitación y para cuando él llegó habían conseguido recobrar cierta compostura.

–¿Dónde está el coche? –exigió Ottavio–. ¿Por qué no estáis con él?

Uno de los guardias contestó al tiempo que se sacudía de la casaca las briznas de hierba:

–Os esperábamos para daros un mensaje. El enano dijo que iban a visitar a su alteza.

–¡Idiotas! –gritó Ottavio, y cuando ellos con cierta impertinencia le preguntaron por qué, prosiguió–: Debisteis venir directamente a decírmelo. Hemos perdido demasiado tiempo. ¿Adónde han ido?

–A la quinta del duque, ya lo hemos dicho –el guardia le indicaba la senda entre los árboles.

Mientras ellos murmuraban de su mal carácter, Ottavio los dejó plantados y echó a galopar hacia la quinta, las ramas azotándole la cara, hasta que encontró la tapia y la verja, que estaba cerrada.

–¡Abrid! ¡He de ver al duque! –gritó por entre los barrotes.

Uno de los centinelas condescendió en dejar la partida de dados.

–Su alteza el duque no espera visitas hoy –dijo; pero en vista de que Ottavio no desistía, se encogió de hombros–: Ya que os empeñáis, voy a anunciaros.

Y echó a andar por el sendero. Ottavio le siguió con la mirada maldiciéndolo por no darse más prisa. Tardó media hora en volver.

–Aquí vienen –anunció, y fue a abrir la verja para franquear el camino al coche.

El cochero hizo alto delante de Ottavio, quien echó pie a tierra, arrojó las riendas de su caballo al ayudante del cochero y abrió la portezuela. Tan pronto como entró oyó los sollozos. La criada lloraba y se tapaba los ojos con el pañuelo, al tiempo que murmuraba «*Madre del Dio*». El enano fingía estar absorto en la contemplación de sus propias uñas. Isabella miraba de frente con ojos vacíos de expresión.

–¡Isabella! –gritó Ottavio, pero ella no dio muestras de oírlo.

Los sollozos de la criada redoblaron.

–¡Silencio! –ladró Ottavio, y luego, volviéndose hacia el enano–: ¿Qué ha pasado con Isabella?

–Tendréis que preguntárselo a ella –replicó el engendro–. Yo no estaba allí.

–¡Sapo! ¡Alcahuete! –vociferó, y tras levantarlo en vilo arrancándolo del asiento lo echó fuera del coche–. Continuarás a pie.

–No puedo –protestó Archimedeo, y cuando Ottavio lo izó sobre su caballo volvió a protestar–: Tengo miedo de ir a caballo. Me caeré.

–Agárrate al arzón, sabandija –con lo cual Ottavio dio orden de continuar, se metió de nuevo en el coche, cerró de un portazo y corrió las cortinillas para que no trascendiera el resto de la conversación.

–Isabella –la tomó del hombro con suavidad, pero ella seguía ausente, sin dar muestras de reconocerle. Se volvió hacia la doncella, que se mecía y lloraba.

De súbito Emilia recobró la voz y se puso a chillar:

–¡Está deshonrada...! –hasta que la sofocó un nuevo acceso de llanto.

Ottavio agarró a Emilia por los hombros y la sacudió con bastante brusquedad. La criada protestó entre lágrimas y tras exhalar un hondo suspiro dijo:

–La ha violado. La ha desflorado, la ha echado a perder.

El semblante de Isabella no acusó ninguna reacción, como si no hubiese oído lo que decía su acompañante. Tampoco pareció volver en sí cuando Ottavio se inclinó hacia su oído y le preguntó en voz baja:

–¿Es verdad eso?

–*Madre del Dio!* ¡Claro que es verdad! La ha poseído a la fuerza –lloriqueó la criada.

En el cuello de Isabella los zafiros despedían fuegos azules entre racimos de perlas.

–¿De dónde sale este collar? –apenas formulada la pregunta, la luz se hizo en el cerebro de Ottavio, y le arrancó la joya de un tirón.

Las perlas y los zafiros rodaron por el suelo del vehículo. La criada sollozó con más fuerza mientras Ottavio, frenético, martilleaba con los puños el respaldo a ambos lados de la cabeza de Isabella, apenas a unas pulgadas de distancia, y vociferaba:

–¡Lo mataré! ¡Lo mataré!

Emilia lloró y gritó presa del pánico, porque Ottavio se sacó del cinto la daga y se puso a apuñalar la tapicería. El respaldo de cuero expulsó su tripa de crin a través de múltiples heridas. Ottavio parecía dispuesto a reventar el vehículo entero. Su violencia rompió el trance de Isabella, que gritó:

–¡No, Ottavio! –y rompió a llorar–. ¡Él no me obligó! Yo lo amaba. No le hagas nada, Ottavio. ¡Yo lo amaba!

La oleada de rabia que bullía dentro de él se le atragantó, ahogándolo, hasta que por fin logró estallar y prorrumpió en un mugido como de toro furioso. Isabella y la criada se quedaron yertas de espanto. La daga cayó al suelo con golpe metálico y Ottavio se derrumbó en el asiento al lado de Isabella, la cabeza hundida entre las manos mientras unos sollozos profundos, angustiados, sacudían su cuerpo. El temor de las mujeres mudó en asombro oyendo a un hombre que lloraba, vuelto del revés el orden natural de las cosas. Isabella se acercó para consolarlo y por primera vez le rodeó con los brazos, mientras él dejaba caer la cabeza sobre el pecho de la joven. Ella lo meció murmurando:

–Tranquilo, Ottavio. *Dolce* –casi con las mismas palabras que el duque había usado para tranquilizarla a ella.

La respiración de Ottavio se sosegó. La criada estaba tan sorprendida que dejó de llorar.

Y así continuaron los tres su viaje en el interior de aquel coche, cada vez más sofocante debido al calor y a la falta de ventilación. Isabella le abanicaba la frente a Ottavio, y la criada se enjugaba el rostro con un pañuelo. Al cabo de un rato Isabella dijo con voz tranquila, pero en tono de urgencia:

–Me parece que estoy sangrando, Emilia.

Ottavio se retiró a un rincón del compartimiento, la cara escondida entre las manos. Se oyó rumor de faldas, exclamaciones preocupadas de Emilia y luego el ruido de una tela rasgada para improvisar compresas. Las mujeres hablaban muy bajo, de modo que no entendió lo que decían, hasta que Isabella anunció en voz alta:

–Ya hemos terminado, Ottavio.

Y durante el resto del viaje se quedó mirando de frente, la cara muy pálida y con el aire de quien no desea sino acabar de una vez.

El coche se detuvo frente a la casona y Emilia, que se había pasado el viaje recogiendo del suelo zafiros y perlas, ayudó a su ama a ponerse en pie. Cuando se bajaron del coche, la señora Caterina Maria, que había salido a recibirlas con las demás damas del convento, no pudo distinguir quién ayudaba a quién. Después de besar a Isabella exclamó:

–Mucho desmayo traéis, hija mía.

Isabella sonrió, aunque con lágrimas en los ojos.

–Es la fatiga. Ha sido un viaje muy largo.

La boda con don Ferrante se celebró quince días después. Isabella recibió el sacramento con donaire y modestia, algunos dijeron que con aire de resignación. Los convidados se despidieron después de dos días de celebración y don Ferrante no trató de retenerlos. Ottavio evitó la corte y se alojó en casa de su hermano mayor, a media jornada de Novellara. Transcurridos otros quince días se presentó un emisario con una carta de doña Vittoria exigiendo su presencia. La encontró postrada en una habitación a media luz, en estado de gran agitación. A su lado, sobre la mesa, una carta.

–No soporto la idea de emprender viaje con este calor, pero ¿qué otra cosa puedo hacer? Ese matrimonio está en crisis.

Le dio a leer la carta de don Ferrante, que revelaba con cierto lujo de detalles la causa de la agitación. Era que Isabella se negaba a cumplir con el débito conyugal. Que cuando Ferrante se acostaba, ella abandonaba el lecho y pasaba la noche hecha un ovillo en un rincón de la alcoba, llorando, y sin admitir ningún consuelo. Don Ferrante no quería tolerar la vergüenza de una esposa que lo rechazaba, y amenazaba con repudiarla si no se conseguía que entrase en razón.

–Bien, henos aquí en un buen aprieto –dijo doña Vittoria–. ¿Qué mosca le habrá picado a Isabella? Yo la he criado modosa, pero esta especie de histeria se sale de todo lo razonable. ¿Sabes tú lo que le pasa, Ottavio?

–No más que vos, *madama* –contestó Ottavio–. Si vos no lográis convencerla de que acepte a Ferrante, ¿cómo voy a poder yo?

–Todo esto es muy extraño –continuó doña Vittoria–. Se adelantó la boda porque mi hermana me escribió que Isabella se consumía por don Ferrante, y resulta que una vez casada lo desdeña. Tampoco quiere hablar con el confesor. Creo que tú sabes de eso algo más que yo. Mira esto, Ottavio.

Le tendió otra carta. Era una factura de la tesorería de palacio, por la que el caballerizo mayor reclamaba unos daños.

–La tapicería hecha tiras. ¿Cómo se te ocurre, Ottavio? Te has comportado como un vándalo.

–Sólo fueron un par de desgarraduras. Han exagerado los daños para hinchar la cuenta. No os preocupéis, *madama*, yo pagaré lo que digan.

–Ahora me arrepiento de haber dejado la corte. La solución está en algo que ha debido de ocurrir ahí –replicó doña Vittoria.

Ottavio se daba cuenta del peligro. Si doña Vittoria averiguaba la verdad, acudiría con su queja a la duquesa, ésta pediría explicaciones al duque, y las consecuencias serían imprevisibles. Por de pronto, la reputación y el matrimonio de Isabella, arruinados. La familia, privada del favor ducal, y todos ellos víctimas de la mofa y la befa de los cortesanos.

–A lo mejor yo sé algo de lo que le pasa a Isabella –dijo Ottavio–. Regreso a Mantua. De camino les haré una visita y hablaré con ella y con don Ferrante. Si consigo reconciliarlos, os ahorraréis el viaje.

Acogidos a una sombra en el huerto de don Ferrante hablaron Isabella y Ottavio. Ella dijo que estaba enamorada de Vincenzo, que había tratado de olvidarlo pero no podía.

–¿Después de la manera en que se comportó contigo? –preguntó con incredulidad Ottavio–. Te engañó y te sedujo, y por lo que vi como testigo de los resultados, tampoco creo que se diese mucha maña.

Isabella se ruborizó.

–A pesar de todo le quiero y espero que me llame. Lo esperaré toda la vida.

–¿Y si él te ordena que no le esperes, sino que te sometas a tu marido?

–Entonces sería diferente, pero sé que no lo hará –replicó Isabella–. Nuestras almas están unidas por un lazo, lo sé.

Ottavio levantó los ojos al cielo en un gesto de desesperación y fue a hablar con don Ferrante para prometerle que solicitaría la opinión de los médicos de Mantua.

–¿Creéis que eso servirá? –le preguntó Ferrante. Estaba sombrío, el semblante lleno de ansiedad, y parecía haber envejecido años en el escaso tiempo transcurrido.

–Antes de ayudaros decidme una cosa: ¿amáis a Isabella?

Ferrante le miró con expresión entre dolorida y ofendida.

–Más de lo que he amado a ninguna mujer en la vida. Me duele su trastorno, tanto más si resulta que he sido yo el causante.

Ottavio lo abrazó y se despidió tras decir algunas palabras de consuelo, para continuar viaje hacia Mantua el mismo día.

El palacio se hallaba en un estado caótico debido al éxodo inminente hacia la quinta de verano que tenía Gonzaga a orillas del lago Garda.

Las doncellas corrían por los pasillos cargadas de prendas de vestir y ropa de cama. Los mozos bajaban portando baúles repletos. Por todas partes imperaba un rumor incesante, producto de la excitación de los que iban a emprender viaje y de la feliz expectativa de pasar unos días sin hacer nada por parte de los que se quedaban en Mantua.

Ottavio se hizo anunciar por los centinelas que guardaban la puerta exterior de los aposentos ducales, y esperó. Por último, se le franqueó el paso y el secretario del duque le introdujo en la biblioteca. Al cabo de un rato se abrió la puerta para Vincenzo. Antes de que Ottavio pudiera hablar, Vincenzo le dio un gran abrazo diciendo:

–Bienvenido a esta casa, amigo mío. Se os ha echado en falta.

Ottavio se libró del abrazo.

–Como sabéis, hubo un motivo para mi ausencia, y ahora hay otro que me obliga a presentarme aquí.

El duque se hizo atrás y entró en conversación formal diciendo:

–Supongo que la celebración de la boda habrá sido un éxito.

Ottavio miró a su alrededor. El secretario se había retirado pero en aquel momento entró un escribiente y se puso a buscar un libro en los estantes. Fuera se oían voces que presagiaban otra irrupción.

–¿No podríamos hablar en otro lugar más tranquilo? –preguntó Ottavio–. Preferiría que nadie oyese lo que tengo que decir.

–No hay un palmo de tranquilidad en todo el palacio, como bien sabes –dijo el duque–. Ven, salgamos al balcón y así nos alejaremos de esa gente.

De este modo se vieron en el mismo lugar donde solían reunirse en otros tiempos, Vincenzo sentado sobre la barandilla que miraba al lago y Ottavio de pie, hablando en voz baja por temor a que irrumpiese alguien de todos modos.

–Isabella está en peligro –dijo–. Ha aceptado casarse con don Ferrante pero ahora lo rechaza, y todo por vuestra culpa.

Vincenzo se mostró avergonzado por primera vez desde que lo conocía.

–Lamento lo que ocurrió. No debí ser tan impulsivo.

–Yo no creo que impulsivo sea la palabra adecuada para describir una campaña de seducción llevada con la complicidad de vuestro fámulo, el enano, y la de vuestro primo.

–¡Ah, vamos, Ottavio! Siempre estás viendo conspiraciones por todas partes. Eso fue una coincidencia. En otras circunstancias tal vez no habría ocurrido nada.

–Pero ocurrió, y ahora la vida de una mujer está arruinada por vuestra culpa. No consiente en compartir su cama.

–¡Cómo! ¿Lo ha echado de la cama? Pobre Ferrante –se carcajeó Vincenzo–. Qué humillación para él.

–No lo ha echado, es ella la que se va y duerme en el suelo.

–Así no es de extrañar que lo rechace. Permitir que la novia duerma en el suelo..., ¡menudo idiota!

–Pero es que no duerme, alteza. Os digo que se pasa casi todas las noches llorando. Vos sois el culpable.

Vincenzo dejó de reír.

–Por nada del mundo desearía perjudicarla.

–Pero lo hicisteis, y ahora su vida está arruinada. Ferrante empieza a perder la paciencia. Si la repudia no tendrá adónde ir, salvo que ingrese en un convento. Una muchacha en la flor de la vida, condenada a tomar el velo. Ése fue el sino de vuestra primera mujer, ¿no es cierto? ¿Os acordáis de Margherita?

–No me hables de ella –dijo Vincenzo–. No puedo soportar ese recuerdo.

–Esta vez ocurrirá lo mismo con Isabella.

–¿Qué puedo hacer? –Vincenzo miró a Ottavio poniendo cara de desvalido.

–Mandarle que ame a su esposo como os amó a vos. Escribidle una carta con todas las dotes de persuasión que tan bien domináis.

–El corazón no admite dictados.

–Al contrario, un corazón puede dictar a otro, y tenéis el deber de hacerlo para salvar a Isabella. Vos sabéis convencer cuando queréis.

Vincenzo miró hacia el horizonte y consideró la cuestión, mientras Ottavio aguardaba en silencio. Finalmente Vincenzo dijo:

–Le escribiré. Acompáñame, Ottavio, y no dejes que entre nadie.

De manera que mientras Ottavio se apostaba cerca del escritorio del duque, y un centinela puesto a la puerta de la biblioteca rechazaba a los intrusos, el duque escribió su carta. Le llevó cerca de media hora, y por último se repantigó en el asiento para releerla. Satisfecho, se volvió hacia Ottavio y dijo:

–Creo que lo he argumentado bien, Ottavio, ¿quieres echarle una ojeada?

–No, ésas son cosas que deben quedar entre vos e Isabella.

El duque dobló la carta y la selló antes de dársela a Ottavio.

–Supongo que eso resolverá el asunto –dijo–. Puedes llevársela.

Ottavio aceptó la carta y se la guardó en la manga.

–Siempre sacando las castañas del fuego a vuestra alteza –dijo con una reverencia.

El duque apartó la mirada. Al fin y al cabo, no había nada más que hablar. Ottavio se despidió, salió de palacio y emprendió viaje sin reparar en el calor ni en la polvareda vespertina, para presentarse en casa de Isabella antes del anochecer.

La quinta de don Ferrante estaba en el límite occidental del ducado de Mantua y era un palacete de estilo clásico y de tres pisos, en medio de un parque umbrío de chopos y tilos. Las estancias se hallaban en penumbra, bajadas las persianas para luchar contra los ardores de la jornada. Don Ferrante anunció que Isabella estaba indispuesta, confinada en su habitación, y que hacía dos días que no la veía. Sólo se comunicaban por medio de la doncella, que ahora dormía en los aposentos de su ama, como un perro de guarda. Aunque bien sabía Dios que él no tenía ninguna intención de poner los pies allí salvo si se le invitaba a hacerlo.

Los dos hombres cenaron en silencio. En el comedor no se oía sino el tictac del reloj y los pasos del servicio. Por fin Ferrante inició una conversación sobre asuntos de interés general: la caótica situación de Francia, la guerra contra los protestantes y la posibilidad de que el conflicto se extendiese a Italia. Mientras tanto, Ottavio le observaba tratando de juzgar su carácter. La cabeza redonda, el cabello corto de color acero, la nuca y los hombros musculosos, los ojos negros, el semblante colérico, el pronto rígidamente controlado. La vena que se hinchaba en la sien de Ferrante traducía la tensión permanente de su cuerpo, que era como un resorte comprimido. Mal enemigo si se sentía traicionado, pensó Ottavio. El documento que él llevaba en una carterilla de cuero al cinto era un arma, pero podía volverse contra el portador y también contra la destinataria.

–Hablaré con Isabella mañana –dijo Ottavio–. Traigo mensajes de su confesor en Mantua y del médico.

–Si se ha repuesto, podréis hacerlo –repuso Ferrante–. Esta noche ya no recibirá a nadie. Se pone mucho más nerviosa por las noches.

Isabella, en qué hemos ido a parar. Ella que encantaba nuestras veladas con su voz, ahora las vive como un tiempo de sombras y de terrores. Ferrante se puso en pie y le dio las buenas noches a Ottavio. Sus pesados pasos resonaron sobre las baldosas del pasillo, mientras Ottavio quedaba a solas con una botella de vino y con el tictac del reloj por todo acompañamiento.

Tenía el jardín de don Ferrante un banco de piedra al fondo de una avenida flanqueada de tilos podados, que fue el lugar elegido por Isabella para leer la carta. Iba del brazo de la doncella, porque estaba debilitada por las noches de insomnio y los días de ayuno.

–¿La ha escrito por propia voluntad? –se volvió hacia Ottavio con la carta en la mano, pero sin abrirla todavía.

–La escribió obedeciendo a su preocupación por vos –replicó Ottavio.

–¿Cómo estaba? ¿Dijo algo de mí?

–Me pareció agobiado por los preparativos para la mudanza a orillas del Garda, y se quejaba de su jaqueca.

–Sí, claro –sonrió ella–. Siempre le duele la cabeza. ¿Dijo algo de mí?

–Lee la carta, Isabella.

Ella suspiró, rompió el sello y desdobló la carta. Se quedó mirando lo escrito un instante, como si recordase otras misivas de aquel mismo puño y letra, y luego empezó a leer. Sus facciones palidecieron. Miró el reverso del papel, y cuando levantó los ojos no quedaba en ellos ni el menor rastro de ensoñación.

–Conque así está la cosa –dijo–. Y muy bien expresada, por cierto. ¡Qué otra cosa podía esperar yo!

–Su intención es buena, Isabella. Dijo que por nada del mundo querría perjudicarte.

–Por supuesto que no. Tiene muy buen corazón, aunque sea egoísta y codicioso. Aunque sea tornadizo, imprudente, desconsiderado... –y se echó a llorar. Al cabo de un rato levantó los ojos anegados en lágrimas y continuó–: Así que he de amar a mi marido lo mismo que una vez lo amé a él. ¿Te parece a ti que es buen consejo?

–En las circunstancias presentes, es lo mejor –dijo Ottavio.

–Bien, puesto que así están las cosas –respondió ella al tiempo que doblaba el papel–. ¿Qué voy a hacer con esta carta, Ottavio? No querría destruirla, pero tampoco puedo quedármela aquí. Si la encuentra don Ferrante es capaz de matarme.

–¿No tienes ningún lugar seguro donde guardarla?

–Ninguno que sea seguro del todo. Me veo obligada a confiar en ti, Ottavio. Guárdamela. Algún día, cuando sea vieja, a lo mejor se me antojará releerla, a ver lo que me parece dentro de muchos años. A lo mejor hasta me dará risa, ¡quién sabe!

–La guardaré hasta que me la reclames –prometió Ottavio.

Ella le tendió la carta.

–Ahí tienes. Para que veas que me fío de ti, Ottavio. Mi vida en tus manos. ¿Qué sensación de poder te da eso?

–Sólo de responsabilidad. Y el deseo de que puedas perdonar y comenzar una nueva vida.

Ella sonrió con fiereza y respondió en voz baja:

–Así se hunda toda la casa de los Gonzaga, y pueda yo contribuir en algo. Al diablo con todos vosotros.

–El tiempo cicatrizará tus heridas, Isabella.

–El tiempo acaba con todo. Llévate la carta, Ottavio. No la necesito más. Vámonos, Emilia.

Isabella se levantó del banco y regresó a la casa, seguida por la doncella a varios pasos de distancia. Ottavio se guardó de nuevo el papel en la cartera, sin leerlo.

Años después, en una tarde veneciana mientras la luz de los canales bañaba la ciudad en una claridad incierta, le conté este suceso a Claudio, porque para entonces el nombre de los Gonzaga había caído en tal descrédito y eran tantos y tan variados los escándalos difundidos por los *avvisi*, arrastrado por el fango el nombre de Isabella lo mismo que los demás, que me pareció innecesario seguir guardando el secreto.

Claudio soltó esa carcajada breve y amarga con la que suele responder a la mención de los Gonzaga, y respondió:

–Cuántas vidas han arruinado. Qué capacidad para aniquilar.

–Y también para construir –contesté.

Él asintió, aunque parecía absorto en otros pensamientos. Estaba ya algo mayor y divagaba a veces. Al cabo de un rato dijo:

–Buen asunto para una ópera.

–¿Isabella, el duque, yo mismo?

–Bajo nombres de los clásicos –dijo Monteverdi–. Vincenzo como Apolo, o como Júpiter.

–¿O Calígula? –propuse–. ¿Un tirano por placer?

Monteverdi sonrió, y el ingenio que lo habita iluminó por unos momentos la melancolía habitual de su semblante.

Tal vez sí y tal vez no. Habrá que esperar y ver. Hace falta una muerte.

Y ya lo creo que las hubo, y fueron más de las que nuestra imaginación podía suponer aquella tarde. Menos mal que nunca llegamos a conocer el futuro, de lo contrario, ¿cómo sería posible la vida?

SEGUNDA PARTE

1594-1605

En sus pabellones, que eran muchos y muy hermosos, se alojaba el señor duque y era servido con mucho boato, pues además de la escolta habitual de arcabuceros llevaba en su séquito el más completo y numeroso servicio imaginable, lo cual le permitía mantener continuamente y con gran esplendor una mesa surtida en abundancia.

Informe del cronista oficial de la
Cruzada en Hungría, 1595

Es humilde petición que os dirigimos sin otro propósito sino el de suplicar que vuestra alteza se digne ordenar que me sean abonados los salarios correspondientes a cuatro meses, cuya situación afecta asimismo a mi esposa Claudia y a mi suegro, y cuya suma va aumentando al paso del tiempo, puesto que no tenemos ninguna esperanza de ingresos futuros excepto los que vuestra alteza se sirva disponer, y sin cuyo socorro todo cuanto he venido edificando corre peligro de ruina y destrucción...

Carta de Monteverdi al duque Vincenzo, 1604

7

Éste es un retrato de Vincenzo hacia la época en que había realizado, sólo que sin saberlo, el sueño de una Arcadia en el palacio de la isla. Pues siendo él un hombre para quien el amor era lo más importante, según afirmaba, lo tuvo perfecto e incondicional en Agnese, la mujer que nunca supo de Isabella aunque sí llegó a saber de otras. Y sin embargo, en ese retrato pintado durante la plenitud de aquellos años de belleza, amor y música, hay en sus ojos una perplejidad, como si estuviera contemplando un vacío.

En la vida real pocas veces se le veía esa expresión porque se movía en un elemento de diversiones. Desde el despacho ducal un flujo de exigencias movilizaba todo el palacio. Era preciso enviar dos de sus mejores caballos a su primo el archiduque, y despachar a Ferrara la composición del último viernes, junto con dos de sus cantantes, para su hermana la duquesa Margherita. Quedaban luego en el estudio pequeño un tazón y una cuchara de oro que debían enviarse para el hermoso bebé de Agnese. Y el papa de Roma que había escrito, y lo más educado será corresponder. Así pues, por qué no contestamos y anunciamos nuestra visita, digamos yo y trescientos de mi séquito.

Mientras la gente se apresuraba a poner en obra las voluntades de su alteza serenísima él pasaba a otra diversión. De manera que se entrecruzaban constantemente los caminos de sus amigos, sus seguidores y sus sirvientes, que atravesaban toda la extensión del palacio para negociar el transporte de los regalos del duque con el caballerizo mayor, el de los cantantes con el maestro de música, el de las antigüedades preciosas con el curador del estudio. Y si por azar se desocupaba su mente en algún momento, iba a buscar libros en los estantes de la biblioteca y los leía. Pero no con disposición contemplativa, sino con voracidad, como si tratase de encontrar en las páginas alguna respuesta a su búsqueda incesante.

Ahí lo tenemos en su biblioteca, delante de él los libros abiertos sobre el escritorio, y mirando las paredes revestidas de lomos de cuero repujado y dorado como si acabase de abrirse un abismo. En esa contemplación lo halló Ottavio y vio en sus ojos el reflejo de la confusión interior. Pero fue sólo un instante, pues el rostro de Vincenzo se animó en seguida con las noticias que traía aquél sobre la inminente visita a Roma.

La relación entre ambos había cambiado desde la caída de Isabella. El confidente servicial convertido en acusador prefirió alejarse de la corte. Pero nadie se aleja del duque si el duque no quiere. El mensaje de Mantua tardó un par de meses, pero llegó en momento oportuno. Conllevaba una extensión considerable de tierras, a poniente del ducado, y con ellas un título de conde. Ottavio regresó; nadie declinaba un favor del duque. La corte tomó nota. El descendiente de una rama menor de la familia Gonzaga, además de compensar su defecto corporal con una lengua viperina, crecía en estatura por la gracia del título. A su debido tiempo, cuando le llegó a Isabella la hora de su primer parto, las mercedes ducales llegaron a la casa de Ferrante. Un tazón y una cuchara de plata para el hijo, una capa de terciopelo con bordado de perlas para la madre. También estos obsequios fueron aceptados con una breve carta de agradecimiento.

Un año transcurrió, poco más o menos, con el duque enfrascado en un frenesí viajero y escenográfico: a Roma, a tomar los aires del mar en Génova, a Innsbruck y Viena para visitar a sus parientes de los Habsburgo, a Florencia para ver a su tío el Gran Duque, a Venecia para disfrutar los placeres de la ciudad. En Mantua la compañía del duque representó la *commedia dell'arte*, y los músicos y cantantes dieron conciertos. Los artificieros dispararon castillos de petardos en todas las ocasiones de celebrar algo, como el nacimiento del príncipe benjamín, el hermano de Francesco y de Ferdinando. El corazón del duque se caldeó de afecto hacia Eleonora y la diminuta criatura envuelta en su mantita de lana, la cabeza cubierta de una especie de plumón suave, los ojos de un azul desvaído apenas abiertos al mundo nuevo para él, la boca siempre agitada en busca del pezón. Bautizaron al niño con el nombre de Vincenzo, como su padre, y Eleonora comentó que parecía lo más apropiado porque de todos sus hijos era el que más se asemejaba a su progenitor desde que nació.

Durante esta celebración llegaron dos cartas de Roma. El embajador de Mantua relataba en su floreada caligrafía la escena ocurrida durante la misa mayor: el papa se había derrumbado frente a toda la asamblea de embajadores y cardenales, y había derramado lágrimas en su pañuelo. La voz del santo padre tembló de emoción cuando anunció a los reunidos la nueva invasión de la cristiandad por el turco. Cinco pañuelos llegó a gastar, el embajador los había contado. La otra carta era del mismo papa Clemente VIII y convocaba al duque de Mantua, en tanto que príncipe cristiano, para que se uniese a las fuerzas imperiales que irían a Hungría para librarla de los infieles que estaban avanzando ya sobre Buda y Pest.

El semblante de Vincenzo se animaba con la energía de una nueva decisión. Los viajes y los espectáculos no eran más que juegos, en comparación con aquella gran aventura de la vida y la muerte. Ésa era la oportunidad que él andaba esperando, declaró. El santo padre no iba a quedarse sin auxiliadores mientras mandase un Gonzaga en Mantua. Y por otra parte, sin duda habría sido también el deseo de su santa madre, descanse en paz, el Señor la tenga en su gloria. Sacó de su librería la *Gerusalemme Liberata* del Tasso y se llenó la mente de imágenes deslumbradoras de aceros que chocaban y de sangre derramada sobre la arena. En aquellas páginas encontró su vocación, ser un cruzado de la fe.

Un bello día de junio la plaza de San Pietro amaneció atestada de caballos y soldados, coches y carromatos. Los porteros y los pajes se abrían paso entre la muchedumbre portando baúles y billetes. Relinchos y resoplidos de los caballos, gritos de los hombres, aplausos de los mirones y llanto de las damas. El ejército vaciaba de hombres la corte de Mantua. El sol arrancó reflejos a los petos bruñidos cuando la formación cruzó el puente para emprender la marcha por el camino del norte. Allá van, una oleada tras otra, siete marqueses, puñados de barones y cortesanos, docenas de pajes, compañías de mesnaderos. Tras ellos ruedan los carromatos con más hombres transportando las necesidades de la vida cotidiana del duque: su ayuda de cámara, su barbero, una brigada de cocineros y pinches, varios médicos, un alquimista y cinco músicos-cantantes con sus instrumentos. Lleva lo indispensable para un concierto: un castrato, dos tenores, dos bajos y el director de música nombrado para la cruzada. Por deseo del duque se ha elegido para ese puesto a Claudio Monteverdi. Es joven, relativamente fuerte, capaz de interpretar cualquier género de música, y tiene una nueva composición que el duque desea hacer escuchar tan pronto consiga reunir un público más amplio. Vincenzo cabalga pletórico de afán de aventuras. En la cola de la procesión, los recordatorios de su finalidad, una docena de cañones sobre armones con llantas de hierro.

Ottavio montaba un estupendo corcel negro, regalo del duque. En sus oídos resonó la música de un ejército en marcha, los cascos de los caballos sobre la arcilla cocida por el sol, los tintineos de los metales, los crujidos de los cueros. La expedición cruzó por entre sembrados en sazón, las caras brillantes por el ardor del verano. Pasaba Ottavio junto a uno de los carromatos cargados de enseres cuando Archimedeo se puso de pie en el pescante y le gritó:

–Bonito animal montáis, ¡oh, ennoblecido!

–Piérdete por ahí, excremento de rata –le respondió Ottavio.

Así la corte en marcha llevaba consigo todas sus rivalidades y todas sus querellas, destinadas a multiplicarse cuando se produjese el encuentro con el resto de los batallones de la Santa Cruzada, los mercenarios de los Médicis, los auxiliares de su santidad, y las fuerzas imperiales. Pero el duque decidió aplazar ese día. Envió el grueso del ejército por delante hacia los campos de batalla húngaros, al mando de su capitán el conde Rossi, mientras él se desviaba con la corte hacia Innsbruck.

–Al fin y al cabo estamos tan cerca, y mi hermana la archiduquesa no me lo perdonaría nunca si dejase de hacerle una visita –dijo.

Desde allí sólo faltaba un salto hasta el Danubio y una travesía en barca hasta Viena para saludar a los archiduques Habsburgo. Quedaba en suspenso la cruzada, para el duque al menos, mientras él disfrutaba la temporada vienesa de fiestas y torneos.

Hacia mediados de septiembre el duque preguntó de improviso:

–¿Qué hacemos aquí? Por poco me mato durante el último torneo. Vale más morir con gloria en el campo de batalla, y además yo soy el comandante supremo de las fuerzas de Mantua. Mi lugar está con ellos.

Con lo cual no hacía sino repetir lo que últimamente venía escuchando Ottavio a los murmuradores. El duque y su séquito reanudaron el viaje por la orilla del Danubio. Al caer la tarde establecieron su campamento cerca de una de las aldeas ribereñas, cuyos habitantes encendieron una hoguera en su honor y llamaron a un grupo de gitanos magiares. Durante la velada, la música plañidera de los violines cautivó los sentidos de los viajeros, ya rápida, ya lenta, elevándose a los cielos o decayendo en un trémolo. El duque sintió que se calmaba su desazón mientras escuchaba aquel sonido nuevo. No lejos de él, su maestro de música contemplaba con arrobo al primer violinista, sin apartar los ojos de su manera de conducir el arco, de las posturas de los dedos sobre las cuerdas. A la luz de la hoguera, el duque y su músico intercambiaron una rápida mirada y comprendieron que habían pensado lo mismo: si existía una música tan persuasiva, tan capaz de expresar emociones, tendrían que apropiársela.

Cuando descansaron los gitanos, Claudio y su bajo Gian Battista examinaron los instrumentos. No tardaron en trabar conversación mediante el lenguaje universal de los músicos, el sonido y la demostración práctica. El cabecilla de los magiares, un hombre menudo de semblante atezado, le ofreció a Claudio su arco y su violín, y asintió con aprobación cuando Claudio empezó a ensayar un fraseo. Las notas se convirtieron en una melodía, una antigua canción popular lombarda. Tan pronto como la reconocieron, los presentes empezaron a cantarla a coro: *Forse che si, forse che no*. En el aire nocturno se alzó una combinación armoniosa de voces de tenor, barítono y bajo acompañando al coro hasta los últimos versos nostálgicos:

Puede que no, puede que sí.
El mundo será siempre así.

Los camaradas reunidos alrededor de la fogata unían sus voces en una sencilla celebración de la alegría de vivir, en una comunicación que sólo puede darse al aire libre de un país extranjero, lejos de las costumbres propias y de la etiqueta. Vincenzo se puso en pie, los ojos llenos de lágrimas, para abrazar a su maestro de música, y volviéndose hacia la compañía reunida declaró:

–Tenemos entre nosotros a un Orfeo. Este hombre es capaz de hacer cantar las piedras. No hay otro artista como él. Tiene el don de los dioses.

A la luz de la hoguera el rostro de Claudio reflejó la cordialidad del duque y también tenía los ojos llenos de lágrimas, relucientes de afecto y de satisfacción.

–El amor del duque –dijo Ottavio, que había asistido a la escena– es más peligroso que su enemistad, porque le convierte a uno en su prisionero.

Esta velada fue la última que discurrió en armonía, porque en la jornada siguiente llegaron al campamento principal. Llevaba dos meses de uso y estaba peor que una colonia de vagabundos y mendigos, la tierra embarrada por las pisadas de miles de caballos, el aire apestado por el hedor de las letrinas cuando el viento soplaba en la dirección desfavorable. Alrededor de las cocinas, vertederos de huesos mondos de bestias que habían sido asadas al espetón. Los cocineros que el duque envió a inspeccionar regresaron indignados y declararon que nadie esperase de ellos que trabajaran en semejantes condiciones, y que el olor más ofensivo de todos era el de la col agria que los alemanes guardaban pudriéndose en sus barriles.

Los jefes militares, después de tanto tiempo de forzada convivencia y sin haberse anotado todavía ninguna victoria contra los turcos, estaban todos enemistados entre sí. Aldobrandini, el comandante de los auxiliares pontificios, ponía en tela de juicio la capacidad del archiduque Matías, el de las fuerzas imperiales. El archiduque estaba enfermo de disentería, lo que le obligaba a abandonar con frecuencia las reuniones. El Gran Duque de Toscana había enviado a los elementos más levantiscos de los Médicis en las personas de don Giovanni, don Antonio y don Virginio, más interesados por el botín de guerra que por la finalidad de la misma.

En la tienda del duque, el conde Carlo Rossi leía la relación de los mantuanos muertos y heridos. Entre éstos figuraba el fiel capitán Antonio, el maestro armero del duque, quien había perdido el cuero cabelludo a manos de un turco armado de cimitarra. El asedio estaba resultando penoso y decepcionante, pero ahora que se presentaba el duque se sintieron con ánimos renovados para intentar un asalto definitivo a la fortaleza de Plintenburg, que dominaba un ancho meandro del Danubio. Quien tuviese aquella fortaleza controlaba prácticamente toda la comarca circundante. Si expulsaban de Plintenburg a los turcos podrían reconquistar las tierras danubianas.

Vincenzo mandó a los cocineros que preparasen un banquete para confortar a los comandantes en vísperas de la batalla. De la tienda de los músicos salían las notas de los instrumentos que estaban templando y de las voces que ensayaban la actuación de la velada. Y fue durante ésta cuando escuchamos por primera vez las vísperas que compuso Monteverdi, interpretadas al órgano transportado expresamente desde Mantua y por el quinteto de músicos. Desde que sonaron los primeros acordes y se alzó sobre el campamento el poderoso bajo de Gian Battista, todos los hombres cesaron en sus actividades y escucharon.

La música se alzó al cielo, hacia la campiña, en medio del aire nocturno, y hacia los turcos que vigilaban desde las torres de Plintenburg. Y cuando se extinguieron los últimos acordes se hizo un silencio. Ni siquiera don Giovanni de Medici supo qué decir, hasta que se alzó una voz de entre las filas de los mantuanos:

–Bravo, Mantua!

Tras lo cual todos los comandantes desfilaron ante Vincenzo para agradecerle aquel recordatorio de la elevada finalidad de la cruzada, así como el buen presagio de una música que les anunciaba que Dios estaba de su parte.

8

Nadie presta demasiada atención al punto de vista de un enano. Cuando uno intenta hablarle a otro echando atrás la cabeza para poder mirarle a la cara, en vez de conformarse con la visión de sus pantalones, entonces es cuando se aprecia la dificultad. Todo lo que se dice queda como disminuido.

En la corte, Archimedeo se acercaba a hablarles cuando estaban sentados, es decir, al mismo nivel y por consiguiente más receptivos. Pero allí en el campo de batalla, el movimiento constante de los hombres y los caballos le daba la impresión de vivir en un bosque viviente de piernas enfundadas en botas de cuero, o en grebas metálicas y salpicadas de barro. Esto en cuanto a los hombres, aunque peor era lo de los caballos, que para su vista eran grandes pezuñas herradas y abultadas barrigas peludas empapadas de espuma; para su oído, flatulencias de estómagos e intestinos. Y de vez en cuando alzaban al aire la cola, lo que para él significaba una intimación a alejarse prontamente, si no quería recibir toda la descarga de boñigas.

Una gran bestia negra se plantó cerca de él y evacuó un chorro acre de orina cuyas salpicaduras le empaparon los pies.

–¡Cuidado, hombre! –gritó Archimedeo.

Ottavio, distraído por la actividad circundante mientras su cabalgadura se aliviaba, miró hacia abajo y exclamó:

—¡Caramba, Archimedeo! ¿Todavía vivo?

—Pese a vuestros esfuerzos por ahogarme en orines de caballo —dijo Archimedeo, no sin reparar en el brillo malicioso de los ojos de Ottavio.

—Cuánto lo siento, señor Archimedeo —dijo éste con exagerada cortesía—. No le había visto ahí abajo.

—¡Así te caigas del caballo y te rompas la joroba! —gritó Archimedeo, pero ya el otro había clavado espuelas y se alejaba; en medio de aquel estrépito, las palabras del enano resultaron tan inaudibles como el zumbido de un mosquito.

A diferencia de la excesiva proximidad terrestre del campamento, la batalla a vista de enano era un panorama distante. Al amanecer el ejército maniobró en dirección a Plintenburg, y Archimedeo contempló el desfile de los jinetes desde uno de los carromatos apostados a las afueras del campamento. El duque lucía su armadura de plata repujada y acero, sobre el brazo la media luna blanca de Mantua. Le flanqueaban sus caballeros como una muralla de acero y caballos. Los mosqueteros iban por delante en sólida formación, los rostros pétreos, con la expresión implacable de quien va a matar o a morir. Una segunda compañía de jinetes mantuanos venía desde otra sección del campamento, al mando de Rossi, y seguida de Aldobrandini con los auxiliares pontificios. Envuelto de pies a cabeza en una capa vieja del duque, Archimedeo contemplaba a los soldados que avanzaban hacia la ciudadela y escuchaba el ruido de pasos al unísono, los redobles de los tambores y los truenos de los cañones que anunciaban la ofensiva de la jornada.

—Ése es un buen puesto de observación, maese Archimedeo.

Dos músicos, los señores Claudio y Gian Battista, se subieron al carromato.

—Más cerca sería demasiado cerca —dijo Archimedeo—. Los turcos tienen artillería de buen alcance.

Sonó un toque de batalla. Un caballo relinchó y se alzó el griterío de muchas gargantas. El viento traía el olor de la pólvora. Se divisó una confusión de hombres y caballos frente a la puerta mayor de la ciudadela, en la parte más castigada por la artillería al principio. Pero ahora los dos bandos estaban demasiado próximos y se llegaba al caos del combate cuerpo a cuerpo. Por un instante se abriría un pasillo en el campo de batalla, un vacío que hombres y caballos se encargarían de rellenar en seguida. Los gritos, el estrépito y los clarinazos iban en aumento y luego volvían a disminuir cuando los soldados de ambos bandos retrocedían para cobrar aliento.

–Si uno de los bandos estuviera compuesto de infatigables las batallas terminarían en seguida –observó Archimedeo.

–Todos los hombres funcionan al mismo ritmo, comen a las mismas horas y descansan al mismo tiempo, sean infieles o cristianos –dijo Claudio.

–Menos mal que nosotros no somos cornetas de regimiento –comentó Gian Battista cuando el clarín calló súbitamente.

Conforme avanzaba la jornada, hombres y caballos regresaban hacia el campamento, y partían de éste las tropas de refresco. Pasó el carromato de los malheridos y los moribundos. Vieron al primo del duque transportado en parihuelas, con el brazo casi cortado a la altura del codo y la cara lívida de dolor y de la pérdida de sangre. Pero él aún decía que se le necesitaba en el campo de batalla.

–Ahí va uno que no saldrá a cazar durante una larga temporada –dijo Archimedeo–. Veamos cómo se desempeña nuestro don Ottavio y si el brioso corcel que le regaló el duque lo devolverá aquí tan arrogante como cuando salió.

–Es como una partida de Calcio –dio Claudio–. Se reagrupan y se dispersan como si formaran sendos equipos. Pero aquí hay algo más en juego, la vida o la muerte. Escucha qué tumulto.

Contemplaba la batalla con ojos que lanzaban destellos, los labios contraídos, al tiempo que memorizaba el fragor y los gritos. Intranquilo, Gian Battista comentó:

–Si pierden, seremos pasados a cuchillo.

–Todos menos Archimedeo –dijo Claudio–. Le pondrán un turbante y lo harán encargado del harén.

–Previa la indispensable operación, naturalmente –remachó Gian Battista, a lo que Archimedeo contestó con un chillido, y los músicos rieron.

–Con lo cual las damas de la corte van a quedar mucho más tranquilas en adelante –añadió Gian Battista, aunque la risa nerviosa traicionaba la tensión del día.

–Dicen que antes de las batallas los turcos inhalan una hierba que los emborracha –dijo Claudio–. Su crueldad no conoce límites. Aquí viene otro grupo de soldados exhaustos, y allá van los Médicis lanzados a la batalla.

Desfilaba por delante de ellos una compañía de jinetes, de los que habían sido los primeros en romper hostilidades. Venían con las caras llenas de barro, sangre y sudor.

–¡Buenos días, don Ottavio! ¿Ya de vuelta? –gritó Archimedeo.

Pero el aludido no le oyó. En sus oídos aún resonaba el clamor de la pelea y sus ojos todavía miraban los del enemigo, enrojecidos de furor y de cansancio lo mismo que los suyos.

–Déjalo. He peleado bravamente –dijo Claudio–. Con su ayuda te salvas de caer en manos del turco.

Al anochecer la compañía del duque regresó, pero el asalto a la ciudadela continuó en oleadas que se relevaron toda la noche. El día siguiente volvieron al ataque y él combatió toda la jornada y se distinguió por su valentía a ojos de todos. Dos tardes más y los defensores turcos enviaron emisarios para ofrecer la capitulación, pero dijeron que sólo se rendirían al pachá de Mantua.

El duque estaba en su tienda recibiendo un masaje de aceites aromáticos en su fatigada musculatura cuando llegaron los enviados turcos. Los recibió en bata mientras ellos rendían pleitesía en términos aduladores que fueron como otro masaje para su amor propio.

–Plintenburg sólo capitulará ante vos, el más caballeroso de los enemigos –dijo el más joven poniendo en la mirada un brillo de admiración.

–Si los cristianos no hubiesen contado entre sus filas con un príncipe de tanta magnificencia y tanto valor habríamos combatido hasta los extremos –dijo el mayor componiendo una expresión parecida.

El duque mandó que les sirvieran comida y mientras ellos se sentaban a consumirla fue a consultar con los demás comandantes. Don Giovanni le miraba con desconfianza. ¿Cómo que sólo a vos? ¿Cuánto cobraréis como rescate? Alguien tendría que reembolsar los gastos incurridos en la toma de aquel condenado fuerte, ¿no?

Conmovido por las llamadas a su caballerosidad, Vincenzo dijo que la finalidad de la campaña había sido la defensa del Sacro Imperio y forzar el repliegue de los turcos, no llenar de oro las arcas de los Médicis. El de Médicis se quedó en un segundo término, enfurruñado, mientras él prometía salvoconducto a los turcos defensores de Plintenburg. Más tarde, nadie excepto Vincenzo se sorprendió cuando llegó al campamento la noticia de que los turcos habían sido asaltados por una banda de mercenarios a las órdenes de don Giovanni, que les quitaron todas las joyas y objetos de valor. La cruda realidad se imponía a las leyendas poéticas existentes sólo en la imaginación de aquél.

Sin embargo, el grueso de las fuerzas turcas continuaba en la comarca, y ahora que los imperiales asumían una posición defensiva en Plintenburg no podían retirarse, por temor a perder de nuevo la plaza. Además, no hallaban enemigo con el que enfrentarse. Los turcos lanzaban incursiones contra las aldeas y se esfumaban antes de la llegada de cualquier contingente defensor. Incluso después de tomada la ciudadela, las disputas entre los comandantes acerca de la mejor manera de proceder amargaron la victoria.

Durante las veladas se eternizaba la discusión, que iba y volvía según los humores del vino. Hubo una sucesión de banquetes, asumiendo cada comandante el papel de anfitrión cuando le tocaba el turno. Fue opinión general que las mejores cenas se daban en la tienda de Vincenzo, cuyos cocineros habían establecido su propia cocina de campaña. Una semana después de la victoria, que era ya como un crepúsculo lejano en el horizonte, lo único que mantenía la asistencia de todos los comandantes a aquellos ágapes era la seguridad de que el ausente sería despedazado de palabra por todos los demás.

–¡Esto es más fatigoso que pelear! –exclamó Vincenzo cuando oyó fuera las destempladas voces de los Médicis.

Estaba oscuro. Se hallaban a comienzos de octubre y el tiempo se había estropeado, después de favorecerlos con una sucesión de días cálidos y noches claras. Los Médicis entraron sacudiéndose la lluvia de las capas y levantando los pies para que los pajes les quitaran las embarradas botas antes de pisar las alfombras puestas sobre un piso de lona encerada.

Llegaron otros, y las botas de cuero negro de Aldobrandini se alinearon al lado de las de borrego a la española del archiduque Matthias y las charoladas de Carlo Rossi. El paje sirvió vino a los reunidos y éstos brindaron a la salud de los presentes, a la del duque, a la del emperador y a la del papa. Flotaba en el aire un ambiente como de abandono, o el deseo de olvidar aquella situación tan curiosa como insatisfactoria de misión cumplida a medias y la inminencia del invierno.

Los cocineros del duque ofrecieron una cena de alcachofas fritas, *risotto* y cordero asado al espetón. Se sirvió vino en abundancia. Los comandantes le felicitaron por su buena mesa y el archiduque Matthias brindó por los músicos del duque, por haberles recordado a todos en vísperas de la batalla por qué estaban allí. A lo que el duque respondió:

–Es verdad, ¿por qué no están aquí? Ottavio, llama a Claudio y a su gente, y que toquen para nosotros.

Así que Ottavio enfiló bajo la lluvia hacia la tienda de los músicos, donde tuvo el recibimiento que era de suponer: notoria falta de entusiasmo por parte de los músicos, que veían interrumpida su propia cena, y objeciones del maestro en apoyo de sus subordinados. Que tenía dos músicos enfermos, los demás fatigados, los instrumentos destemplados y las voces en idéntica condición. Que no habían ensayado nada. Que los pajes del duque sabían cantar y tocar el laúd muy bien, y que a aquellas horas de la noche no hacía falta más.

–Eso lo sabemos vos y yo, señor Claudio –replicó Ottavio–. Pero su alteza ha reclamado vuestra presencia, y estaban allí todos los comandantes de nuestro ejército. No le podéis hacer un desaire.

–Evidentemente –admitió Claudio–, pero tendréis que excusar a los enfermos.

El reducido grupo recorrió el encharcado camino hacia la tienda del duque, donde hallaron a los comandantes saturados de vino y de excelente humor. A no tardar el concierto degeneró en una rondalla y los presentes formados en varios grupos se empeñaron en competir con las fuerzas de sus voces.

–Toca una de esas melodías de los magiares –exclamó el duque–. Ese refrán que cantaban a orillas del Danubio.

Así que Claudio se puso a tocar en su viola el ritmo nervioso de la música gitana. Don Giovanni y don Virginio bailaron cogidos del brazo y los demás les hicieron corro. Archimedeo huyó a otro lugar de la mesa más seguro.

–¡Toca más rápido, Claudio! –gritaba el duque–. ¡Que bailen hasta caer deshechos!

–La música más rápida es una jiga galesa. Como ésta –dijo Claudio.

Y el duque, la cara encendida por el vino y la excitación, gritó:

–¡La danza de las espadas! ¡Cruzad espadas sobre la mesa para Giovanni!

Don Giovanni saltó sobre la mesa y Archimedeo se bajó en busca de mayor seguridad. Las espadas cruzadas lanzaron destellos. En el interior de la tienda había un humazo de las velas y del brasero de hierro, un aire caliente y denso como el de un establo. Don Giovanni empezó a bailar entre las espadas con los pies desnudos, evitando pisar los filos de acero.

–Toca más deprisa, Claudio –ordenó el duque.

Los pies de Giovanni, obligados a moverse con creciente celeridad, tocaban la mesa cada vez más cerca de las espadas. El duque contempló su cara bañada en sudor, la camisa empapada y pegada a los brazos, y por último los pies. Los ojos de Vincenzo relucían como el acero de las espadas, y tenía la cara congestionada por el calor.

–¡Más deprisa! –exigió el duque, y luego–: ¡Pisada en falso!

En efecto, el pie derecho de Giovanni había rozado una de las espadas y sangraba de una incisión en la parte interior de la planta. Él profirió un juramento y miró abajo sin dejar de bailar. El pie volvió a rozar el filo.

–Basta. Han ganado las espadas –exclamó Aldobrandini.

–El violinista ha ganado. Toca como el mismísimo diablo, ¡qué otra cosa podíamos esperar de Mantua! –dijo Giovanni, y se dirigió cojeando hacia una silla, en la que se dejó caer al tiempo que tendía el pie hacia un paje que traía un barreño con agua.

–Por supuesto, su alteza serenísima entiende de danzas de espadas –continuó don Giovanni–. Aprieta más la venda, muchacho. ¡Claro que sí! ¿Os acordáis de aquel escocés, *Il Critonio*, el favorito del duque Guglielmo? ¿El que una noche bailó la danza de las espadas en un callejón? Al menos yo he sobrevivido a la mía.

Se hizo un silencio. El rictus triunfal desapareció de la cara de Vincenzo, reemplazado por una mueca de cólera. Uno de los Médicis soltó una carcajada. El archiduque se puso en pie y dijo:

–En fin, es tarde y he de regresar a mi tienda.

–¡Pero si la fiesta no ha hecho más que empezar! –protestó don Giovanni–. Yo no puedo seguir, pero otros sí bailarán. Va siendo hora de que nos distraiga el enano, ¿para qué está aquí, si no?

El caso era que Archimedeo había pensado lo mismo, consciente de que el momento exigía una diversión. Subiéndose a la mesa, entre las espadas, saludó a los reunidos con una reverencia y anunció:

–Yo les enseñaré a esos Médicis cómo hay que bailar.

–Toca despacio, Claudio –dijo el duque–. No quiero que mi hombrecillo se haga rodajas.

Archimedeo echó la cabeza atrás con garboso desplante, imitando a don Giovanni, se puso en jarras y saltó entre las espadas. Las torcidas piernas que sustentaban su amorcillado cuerpo se movían con pésima coordinación, evidenciando que su propietario había trasegado más vino del que convenía a la circunstancia.

–Está borracho el enano –exclamó don Virginio de Médicis.

–No lo estoy –terció Archimedeo interrumpiendo la danza–. Desafío a cualquiera de los presentes a que rodará debajo de la mesa antes que yo.

–¿De veras? –dijo don Virginio–. Prueba esa jarra –y alzaba una de las grandes de cerveza, llena de vino tinto hasta desbordar.

–¿Qué es esto, un dedal? –preguntó Archimedeo al tiempo que empinaba el codo–. ¡Fijaos en cómo lo apuro de un trago!

Y se llevó la jarra a los labios, echando la cabeza atrás. El vino se derramó por la pechera hasta el cinturón.

–El enano hace trampa –exclamó don Giovanni, el pie vendado

apoyado en el hombro del paje sentado frente a él–. El jubón se chupa la mayor parte del vino.

–Basta –intervino el duque, al tiempo que le quitaba la jarra al enano–. Lo necesitamos listo para dar guerra mañana.

Archimedeo estuvo a punto de caerse de la mesa y dijo con lengua estropajosa:

–Puedo aguantar más que cualquiera de los que estáis aquí.

–Otro desafío del enano –dijo don Giovanni.

Pero visto que Archimedeo ya no estaba en condiciones de proporcionar más distracción se desentendieron de él y se pusieron a murmurar del emperador Rodolfo cuyas tierras estaban defendiendo a un alto coste de hombres y riesgo personal. Los Médicis sostenían que el emperador, que no daba nunca un paso sin consultar la opinión de sus astrólogos y sus alquimistas, estaba mal de la cabeza; además, les parecía sospechosa su tardanza en contraer matrimonio. El archiduque, primo del emperador, y Vincenzo, que tenía también algo de debilidad por los astrólogos y además había sido tratado a cuerpo de rey por aquél cuando estuvo en Viena, trataban a los Médicis de calumniadores. Archimedeo, caído en el suelo, exhaló un quejido.

–Ottavio, échalo de aquí antes de que vomite sobre mis alfombras –ordenó el duque.

Ottavio lo agarró por el cuello y por el fondillo de los pantalones y lo sacó de la recalentada tienda al frío relente de la noche. Archimedeo se quejó y empezó a retorcerse.

–A mí no me salpiques –dijo Ottavio, y lo dejó caer de bruces en el suelo.

Hubo un chapoteo en el barro y Ottavio regresó a la tienda, de donde salía en aquel instante el archiduque, lívido de un ataque de retortijones de tripa. Don Giovanni, con un solo pie calzado y usando al paje como muleta, regresaba cojeando a su tienda con sus hermanos. Por último, Aldobrandini se envolvió en su capa y agradeció la hospitalidad al duque con grandes florituras de cortesía antes de seguir a los demás a paso no demasiado firme. Dentro de la tienda un criado daba viento al brasero tratando de reavivar los carbones y el duque contemplaba pensativo su copa y escuchaba a Monteverdi, que tocaba el laúd del paje. Los demás músicos hacía rato que se habían despedido.

–¿Adónde ha ido todo el mundo, Ottavio? –se quejó.

–Es tarde. Falta poco para que amanezca.

–Al menos nos queda la música. Claudio convierte el laúd de Marco en un instrumento divino.

Ojeroso de fatiga, Claudio sonrió.

–Voy a acostarme –dijo el duque–. ¿Dónde está ese chico, Marco?

–Acompaña a don Giovanni hasta su tienda, ya que va herido.

–Pobre muchacho. No creo que volvamos a verlo esta noche. ¿Se ha repuesto Archimedeo?

–Estará durmiendo la mona –dijo Ottavio.

–Voy a tener un ataque de jaqueca. Es la tensión de la espera sin hacer nada..., va a volverme loco.

Ottavio le dio un masaje en los hombros para relajarle los músculos.

–Claudio se está durmiendo –dijo.

–¿Qué hace aquí? Debería estar en la cama. Claudio, hijo de Apolo, algún día compondrás una pieza para celebrar nuestras victorias, pero ahora vete a la cama.

–Así es la guerra –aseguró Ottavio cuando hubo salido Claudio–. Esperas, incomodidades, y muy poca gloria.

–Mañana localizaré al turco. Tuvimos gloria cuando conquistamos Plintenburg. Volveremos a tenerla.

Y el duque se dejó conducir a la cama, donde cayó como un tronco.

El día siguiente fue de lluvia ininterrumpida, que convirtió el campamento en un pantano de barro. Luego se aclaró el tiempo y el duque salió con una partida en busca de los merodeadores turcos. Pero por alguna razón misteriosa, éstos no hicieron acto de presencia. Fue su última expedición, pues regresó con fiebre y una gran inflamación de la piel. El Fuego de San Antonio, dijo el médico, y anunció que el único remedio era una sangría y guardar cama.

Confinado en su tienda, Vincenzo se dejó llevar por el pesimismo. Estaba rodeado de enfermos. Los hombres se consumían de disentería. Hasta Aldobrandini cayó, y estaba hecho una sombra de sí mismo, lívido y sudoroso. En la tienda vecina a la del duque guardaba cama Archimedeo con fiebre alta.

–¿Cómo fuiste capaz de dejarlo abandonado bajo la lluvia, Ottavio? –preguntó el duque–. No tienes corazón. Te condeno a pagarle un traje nuevo, como poco.

Cuando el duque se rehizo de su enfermedad, el entusiasmo por la expedición se había convertido en hastío. Cierto día claro, que era domingo, a finales de octubre, decidió escuchar misa en la catedral de Gran, ciudad liberada por los cruzados un mes antes que Plintenburg. Las agujas de la catedral eran como picas alzadas al cielo. Tan pronto como entraron a caballo en la plaza Mayor vieron los daños que había sufrido el monumento. A las figuras de piedra del pórtico les habían borrado las caras a hachazos. Dentro del templo habían vaciado los ojos a las tallas de madera, y habían rascado a cuchillo los santos pintados.

–Ved ahí la obra del infiel –exclamó Vincenzo.

El prior, que había salido a recibirlos, meneó la cabeza tristemente.

–El daño es tremendo pero no lo hicieron los turcos –dijo–. Ellos respetaron nuestra catedral. Esta parte de la ciudad fue liberada por una partida de luteranos alemanes de las fuerzas imperiales. Dijeron que nuestra catedral era un monumento de idolatría. Esos herejes estaban con la embriaguez de la batalla, y no fue posible detener la destrucción.

–¿Para eso hemos combatido? –exclamó Vincenzo–. ¿Qué sentido tiene todo esto?

Pocos días después dio orden de levantar el campamento, y sin consultar ni al emperador ni a sus compañeros los demás comandantes, los mantuanos regresaron a Italia volviendo las espaldas a las tumbas de sus muertos.

9

Aquí hay otro espejo con marco de marfil tallado, en donde se mira Isabella mientras se peina los cabellos. Mira sus propios ojos, lee sus pensamientos. Son los ojos de una mujer sin ilusiones, pero no definitivamente desilusionada. Más bien los de una mujer que espera con serenidad lo que la vida quiera depararle. Al presente lo que le depara son hijos. Está embarazada del tercero, y ella se enfrenta al juego de la naturaleza con sabiduría de jugadora avezada. Tiene los pechos ya pesados, y se ha acostumbrado a andar con la bata suelta para que no oprima la creciente plenitud del vientre. Sabe que padecerá malestares, y luego un dolor terrible, pero después de esto habrá otro pequeño ser a quien amar y estrechar contra su corazón. Tiene amor de sobra.

Recuerda el último mensaje del duque. «Debes amar a tu esposo como una vez me quisiste a mí», decía, y aunque mirando a Ferrante nunca sintió aquel gozo en el corazón, después de tres años y dos hijos él también formaba parte de su vida, y su sombra ocultaba la memoria de la otra vida anterior. Ello pese a los recordatorios que recibía de vez en cuando, en forma de cartas de su madre. Ésta, aunque cada vez más ausente de la corte, se mantenía al tanto de los rumores que corrían por los mentideros de Mantua. O como aquella otra vez, poco después de nacer el primero, cuando llegaron a palacio los regalos. Algunos días más tarde, ella estaba sentada delante de aquel mismo espejo de marfil cuando vio el reflejo de Ferrante a su espalda. Él apoyó ambas manos sobre los hombros de su mujer, los pulgares descansando sobre las vértebras del cuello.

–El duque ha enviado regalos para ti y para la criatura. ¿A qué viene eso? –preguntó.

–El duque es un hombre espléndido. Deberíamos agradecerle sus mercedes –dijo ella devolviéndole fijamente la mirada a través del espejo, al tiempo que las manos de él oprimían por un instante su nuca.

Desde entonces guardaba la capa bordada de perlas en un baúl sin ponérsela nunca, no fuese a suscitar de nuevo la desconfianza del celoso marido.

La voz de Ferrante la interrumpió mientras se contemplaba en el espejo donde vio el reflejo de su marido, con la bata sobre el camisón, sentándose en el borde de la cama a la espera de que Isabella se le aproximara. Tenía en la mano una carta de Ottavio para ella, escrita desde las tierras de Hungría en aquellos últimos días de la campaña, cuando el coste en hombres y dinero para Mantua y las lluvias de octubre sembraban el desánimo en el campamento.

–Las glorias de la guerra, como las del amor, sólo existen en las canciones. ¿Qué quiere decir con eso? –preguntó Ferrante, que siempre leía las cartas dirigidas a su esposa.

–Ottavio es un espíritu melancólico. Cree que no existe el amor porque él no lo ha encontrado en la vida. Pero nosotros sabemos que no es así.

–Ciertamente, yo sé que no es así –asintió Ferrante, poniéndose en pie al tiempo que ella se levantaba. Sus manos rodearon la cintura de Isabella y fueron a apoyarse en su vientre, como para hacer constar quién era el propietario de ella y de la criatura.

Así como la mente de Isabella había corrido un velo sobre la época anterior a su matrimonio, otro velo parecido le ocultó al duque los recuerdos de la expedición húngara. Para cuando llegó la temporada de carnaval, la batalla en que tanto se perdió a cambio de lo poco que se ganó quedaba convertida en una lucida epopeya caballeresca. En la plaza Mayor se celebró un torneo representando la derrota de los jenízaros turcos a manos de los valientes mantuanos. Los actores del duque representaron la derrota del turco a la manera de la *commedia dell'arte*, con atuendo de turbantes y babuchas para los que oficiaban de malvado enemigo. Francesco y Ferdinando, los hijos menores del duque, participaron en una comedia bucólica de ninfas y pastorcillos. En el Salón de los Ríos, los concertistas interpretaron nuevos madrigales compuestos sobre las heroicas estrofas de Tasso en la *Gerusalemme Liberata*. En medio de aquellas celebraciones, ¿quién recordaba ya que la expedición le había costado a Mantua cien mil coronas? Esto sin sumar lo que seguían cobrando las familias de los muertos y heridos, porque el duque no quería consentir que nada oscureciese su popularidad como héroe de la guerra. ¿Qué habrían opinado de eso sus antepasados, aquellos *condottieri* como Gian Francesco que nunca peleaban sino por dinero, y aun entonces siempre a favor del mejor postor? Los que pensaban así se guardaban mucho de decirlo. Ottavio, sentado al lado del duque durante el concierto, escuchó los cumplidos con una sonrisa no exenta de cierta melancolía. Después de haber sido durante tantos años un adicto al amor, ahora Vincenzo hallaba en la guerra una nueva adicción.

Los cantantes abandonaron los acordes marciales del Tasso para pasar a los *madrigali amorosi*, ya que sin ellos no se habría juzgado perfecta ninguna velada musical. *Questi vaghi concenti…*

> *Estos cantos seductores que las aves*
> *entonan cuando despunta el día*
> *tratan, o así lo creo, de los dolores*
> *y de los tormentos del amor…*

Vincenzo mira a Ottavio y arquea una ceja, luego vuelve la mirada hacia los cantantes. Éste sigue la dirección indicada. En el grupo de las voces de soprano destaca una niña de rostro fresco y claro, la voz aguda y límpida, que canta con tanta devoción como si el madrigal fuese la Sagrada Escritura. Tiene los grandes ojos negros fijos al fondo de la estancia, porque está totalmente absorta por las notas del canto y el acompañamiento y no se fija en el efecto sobre la audiencia.

–A esta nueva cantante no la recuerdo –dijo Vincenzo–. ¿De dónde ha salido? ¿Quién la contrató?

–Es de Mantua, y es hija del violinista Cattaneo, recién ingresada en el coro. Es muy joven.

–Qué voz tan maravillosa. ¿Cuán joven es?

–Demasiado joven para vuestra alteza. Con mucho.

El duque, su rostro enmarcado por la gorguera bordada de perlas que se alzaba por detrás como la cola en abanico de un pavo real, siguió mirando a la muchacha, los ojos duros y brillantes como zafiros. Ella no daba muestras de haber reparado en la atención ducal y seguía pendiente de la música.

–¿Demasiado joven? Eso lo dices tú porque estás hecho un viejo, Ottavio. En cuanto a mí, soy un hombre paciente.

La duquesa Eleonora, sentada a la derecha del duque, contempló de reojo a su marido con una media sonrisa comprensiva y la mirada triste.

Si aquella a quien deseo complacer
se goza con mi suplicio,
entonces, por ella, sólo aspiro
a que sea eterno mi llanto...

El público aplaudió y los cantantes hicieron la reverencia. Fue entonces cuando la muchacha se fijó en las caras que tenía delante y vio la formación de rígidos vestidos de gala, los cabellos cargados de ungüento perfumado, las constelaciones de joyas en cuellos y dedos. Repitió la inclinación, pero su mirada iba hacia los músicos, hacia Monteverdi, como si anhelara merecer la aprobación de éste. Sólo entonces, y ya tranquilizada, hizo la última reverencia al público y sus ojos, llenos todavía del júbilo de la música, encontraron los del duque.

¿Reflejo de un cruce de miradas anterior? No, porque todos son diferentes. La pequeña Cattaneo ha nacido bajo otra estrella. Isabella tuvo una curiosidad insaciable y una fe sin límites en que el mundo era un gran juego con los dados cargados a favor de ella. Al dejarse llevar por los torbellinos de su imaginación perdió de vista la realidad. La Cattaneo tiene un anclaje firme en la música y en el mundo cerrado de los músicos. No permanece ajena al evidente interés del duque, por supuesto, pero una vez lejos de sus ojos el recuerdo de éstos queda relegado a la trastienda de su mente. Conoce bien la reputación del duque y la naturaleza efímera de sus afectos.

También es diferente para el duque. El amor se ha convertido para él en una rivalidad, no con otro hombre, pues sabe que no hay ninguno que se atreva a competir con él, sino consigo mismo cuando era más joven. Vive a la sombra de los amores del pasado. A veces resurgen esos recuerdos y él sonríe con afecto o con burla.

–Cuánto le gustaba escribir cartas, ¿te acuerdas, Ottavio? ¡Cómo me acosaba! ¡Y luego me obligó a devolvérselas todas! Qué agobio.

O también:

–No hay mujer más encantadora que la *marchesa* de Grana. ¡Y ese niño! ¿No te parece Silvio el chico más encantador y más juguetón del mundo?

Pero nunca menciona a Isabella, excepto una sola vez, poco después del concierto. Mientras hojeaba unos papeles preguntó con fingida indiferencia y sin volverse hacia Ottavio:

–¿Cómo está Isabella? ¿La has visto últimamente?

–Está bien, y otra vez en estado.

–Así es como Ferrante consigue impedir que aparezca por la corte. Es el cuarto, ¿no?

–El tercero. Tiene dos hijos ya.

Dejó los papeles sobre el escritorio y miró a Ottavio.

–¿Son morenos como Ferrante?

–El segundo es moreno y el primogénito es rubio.

–¿Crees que...? –y titubea unos instantes, con timidez no habitual en él–. ¿Es hijo de Ferrante?

–Desde luego. Recordarás que Isabella es rubia. El chico ha salido a ella.

–¡Ah, claro! Isabella... rubia. Dale recuerdos de mi parte, ¿quieres?

A comienzos de verano, al atardecer, en la quinta de don Ferrante. Los reunidos sentados en la terraza escuchan a las dos sobrinas del anfitrión, que cantan unas piezas que acaba de traer Ottavio de la corte. Él mismo las acompaña al laúd. Se han desplazado expresamente para asistir a esta velada varios primos de Ferrante, sus sobrinos y su hermano. Sobre el césped se sientan los braceros que trabajan en la finca, y asomadas a las ventanas vemos a varias personas del servicio.

Isabella hace una mueca. Le duele la espalda y Emilia ahueca las almohadas amontonadas detrás de ella. Se espera el parto para el mes que viene y ella se mueve con torpeza, pero ya está acostumbrada. Descansa las piernas sobre un escabel. Al lado, sobre otro taburete, está su primogénito Scipione, rubio y con los ojos muy abiertos de los que observan todo con curiosidad. Ahora está midiendo con la mirada la capa de Ottavio y su forma.

Arriba, sobre ellos, las golondrinas describen sus círculos vespertinos y sus gritos quejumbrosos presagian el anochecer. Se oye el zumbido de un mosquito y la palmada de una mano en una mejilla. Aparecen las primeras estrellas como puntos blancos en el cielo azul evanescente. Las sobrinas finalizan la canción y se inclinan para agradecer la salva de aplausos. Ottavio templa el laúd y se vuelve hacia Isabella:

–¿Querríais cantar para nosotros, de manera que no olvidemos vuestra bella voz?

–Dentro de unos meses, quizás. Ahora me siento demasiado cansada y pesada.

–Dentro de unos meses tendréis la misma excusa –dijo Ottavio, lo que le valió una mirada iracunda de don Ferrante, y agregó–: Es una lástima que no cantéis. Mi señor Claudio ha dicho que pensó en vos cuando puso música a esta poesía.

–¿Cuál es el título? ¿Cómo es que Claudio se acuerda de mí? –se animó de pronto el rostro de Isabella.

–*O come sei gentile*, de Guarini. Vamos a cantarla para vos, escuchad.

Las cuerdas del laúd acompañaron las voces de las dos niñas, al tiempo que Ottavio cantaba la parte del bajo. Los oyentes de la terraza, del césped y de las ventanas guardaron silencio, encantados por la dulzura nostálgica de la melodía.

¡Oh qué bello eres, pajarillo!
¡Y cuánto te pareces a mí, enamorado!
Tú prisionero, yo prisionero;
Tú cantas, yo canto…

Las sobrinas iniciaron la estrofa siguiente y los ojos de Isabella se llenaron de lágrimas, que corrieron por su cara sin que reparase en ellas nadie, ni tampoco las nietas que estaban absortas en el gozo de cantar. Ottavio sí se dio cuenta de que el corazón de ella vibraba al compás de las cuerdas. Alarmado por el súbito trastorno, Ferrante se inclinó sobre ella y le preguntó:

–¿Te pasa algo?

Isabella empezó a sollozar sin disimulo y las espantadas niñas interrumpieron la canción. Hubo un murmullo entre los espectadores. Ottavio apoyó la palma de la mano sobre las cuerdas del laúd mientras Emilia, preocupada, corría al lado de su ama. Hubo un diálogo en voz baja y por último Emilia anunció a los presentes:

–La señora ha tenido un vahído. Falta poco para que salga de cuentas.

Hubo manifestaciones de condolencia mientras Isabella abandonaba la terraza apoyándose en Emilia. Después de algunos intentos de conversación, uno a uno los invitados fueron despidiéndose de don Ferrante y se marcharon. Ottavio se quedó el último.

–Voy con Isabella –dijo Ferrante–. No creo que sea nada todavía…, falta más de un mes según las cuentas.

Del rincón sombrío donde había pasado inadvertido en medio del éxodo general salió la voz del hijo de Isabella:

–Ha sido la música lo que la ha enfermado.

Ferrante le asestó otra mirada a Ottavio, los ojos oscurecidos como si el chico hubiese manifestado lo mismo que él sospechaba. Cuando aquél salió, Ottavio dijo, y casi parecía que hablase consigo mismo:

–Ojalá que cuando seamos mayores, muchacho, hayamos aprendido que algunas cosas vale más no decirlas.

10

Es una puñalada trapera, un golpe bajo, y todas las demás expresiones similares que denotan amor propio ofendido. Ahora que por fin murió Giaches de Wert, han nombrado director de música de la corte a Benedetto Pallavicino. Algo ha fallado en el terreno de la justicia natural. Después de seguir a su alteza serenísima por los barros de Hungría, después de tantas composiciones y tantas obras publicadas, tener que enterarse de que el cargo no va a ser suyo apenas es para soportarlo.

–Vamos a ver, Claudio, ¿qué motivos tenías para figurarte que iban a nombrarte a ti, y no a Pallavicino? –preguntó Ottavio–. ¿No ves que él lleva mucho más tiempo aquí, desde la época del padre de su alteza? Tiene más antigüedad que tú, y también es compositor.

–Un compositor mediocre –dijo Claudio.

La voz de un artista ofendido es lo que más se asemeja a la de un niño que no se ha salido con la suya. Los grandes ojos negros brillaban en un rostro que parecía aún más delgado. Tenía todo el aspecto de un animal exótico puesto en el corral del rebaño común.

–Un compositor respetado –corrigió Ottavio–, aunque no sea brillante. Pero así es la vida cortesana, y además supongo que Pallavicino estuvo recomendado por De Wert. El duque siempre escuchaba las opiniones de éste. Anduvieron mucho tiempo juntos.

El sentido común no hace mella, sin embargo. Claudio recuerda el brazo del duque rodeándole los hombros, y oye su voz. Tenemos un Orfeo entre nosotros, ésas fueron sus palabras. Junto al fuego de campamento a orillas del Danubio ve la cara del duque encendida de cordialidad. Y enterarse ahora de que no le han nombrado director... es como si le abofetearan a uno con un pescado muerto. Ottavio ve en su mirada la intensidad con que acusa la ofensa y dice:

–Tú serás director. Ten paciencia. Haz como si no te importase, lo contrario sería una equivocación y, además, Pallavicino no es un joven.

–O sea, que he de esperar a que se muera ese hombre –replicó Claudio con resentimiento.

–O hasta que se jubile. En el ínterin, tendrás más tiempo para componer. El cargo conlleva una serie de obligaciones que ni siquiera imaginas.

–Y mejor salario –dijo Claudio.

De manera que hay algo más que el amor propio agraviado, pensó Ottavio. El joven quiere fundar familia. Necesita más salario porque piensa tomar esposa.

–¿Quién es ella? –rió Ottavio, y agregó sin esperar a la contestación–: ¿Permites que te dé un consejo? No esperes a cobrar más ni a otro momento más oportuno. La oportunidad escapa y jamás retorna.

–¿Qué quieres decir con eso?

La pregunta quedó flotando en el aire porque en aquel momento se abrió la puerta de la sala de música y apareció en el umbral la pequeña Cattaneo, que se detuvo sin saber qué hacer y dijo:

–Disculpad la molestia, señor Claudio. Es la hora de la lección.

De nuevo soltó Ottavio una carcajada al ver la mirada de Claudio, que se ruborizó visiblemente. Distraído, el compositor se puso a ordenar partituras y contestó con brusquedad:

–Estaré dentro de unos minutos.

Ottavio todavía sonreía al entrar en los aposentos del duque. Pero decidió guardarse la anécdota, no fuese a resucitar el interés de Vincenzo hacia la muchacha.

Es un rumor que anda por toda la corte. Se va a reponer *Il Pastor Fido*. Guarini ha cenado con el duque y la duquesa. Como siempre, hay un pretexto: una visita de la princesa Margherita de Austria, que se encamina a España para fortalecer la dinastía de los Habsburgo mediante una alianza. Se ha de montar algo que sea auténticamente especial. Desde el carnaval de Florencia han marcado la tónica el compositor Peri y el poeta Rinuccini con esa nueva forma del *drama per musica*. Era cosa de ver el semblante henchido de orgullo del gran duque Ferdinando cuando el público aplaudió la escena final de *Dafne*. ¿No era ése el gran adelanto que todos andaban buscando?, había preguntado a Vincenzo dirigiéndole una de aquellas agudas miradas suyas, tan molestas.

–Por supuesto –comentó luego Vincenzo a Eleonora en la intimidad de la alcoba, después de siete horas de música y de un banquete–. El adelanto habría sido mayor si la música compuesta por Peri, el favorito del Gran Duque, hubiese tenido verdadero carácter dramático.

En cualquier caso, le tocaba a Mantua desquitarse. El *Pastor Fido* permitiría desplegar toda la gama de sus recursos teatrales y musicales contando con el talento de su nuevo director de escena.

Era ésta una época de reconciliación entre el duque y la duquesa, y aquella pieza pastoril iba a ser una celebración de su amor. Eleonora sonreía y saboreaba el momentáneo triunfo de la esperanza sobre la experiencia. Usaba prendas sueltas, divisa de su inminente maternidad. Su tío el Gran Duque le envió a uno de sus médicos para que la atendiera, pese a que Mantua tenía muchos y muy buenos. Vincenzo sacó la conclusión de que era una manera de espiar su matrimonio, y despidió al hombre.

Con el verano llegó el éxodo anual a orillas del lago Garda. Mientras Eleonora se queda a disfrutar los aires más sanos de la quinta campestre, Vincenzo, víctima de su habitual inquietud, adelantó el regreso a Mantua vía Venecia. La noticia de su inminente llegada galvanizó al escenógrafo, que multiplicó diseños de figurines y decorados acompañados de complicadas instrucciones. Consultaba el reparto con el director de música y solicitaba al intendente carpinteros, pintores y tramoyistas. La barcaza ducal arribó al muelle de palacio más pronto de lo que esperaban; hacía sólo media hora que habían zarpado de allí mismo tres barcas cargadas de músicos y cantantes, que salían de excursión hacia la orilla septentrional del lago.

Es un día de finales de estío y un velo de neblina cubre la ciudad. A los que entran o salen del puerto les ofende el olfato un olor de agua estancada y corrompida por los efluvios de la ciudad, pese al trabajo nocturno de los basureros y barrenderos. Los músicos reman con todas sus fuerzas para alejarse de los detritus urbanos hacia el espejo limpio y claro de las aguas del norte. El duque, de pie en la proa de su ornamentada barcaza, mira las aguas del puerto con repugnancia y ordena a Ottavio que le recuerde en momento oportuno la necesidad de promulgar leyes más punitivas contra los vertidos de basuras.

Mientras tanto los músicos, a salvo de aguas contaminadas y de antojos ducales, descansan apoyados los brazos sobre los remos. Miran atrás contemplando la ciudad, cuyo perfil dominan las torres de Castello San Giorgio y el palacio ducal; cuadrada, formidable, la fortaleza de los *condottieri*. A la izquierda, la airosa cúpula de Santa Barbara, obsequio del duque Guglielmo a mayor gloria de Dios y de Mantua. La neblina confiere a la vista de la ciudad un carácter de espejismo; tiene más materialidad el reflejo de la misma en el agua.

Los músicos reman hasta la desembocadura del río en el lago, donde hay un claro con hierba entre los sauces y la orilla recubierta de cantos rodados. Sacan a tierra dos de las barcas y las amarran a unos troncos. La otra barca sigue en el agua y con ella los aficionados a la pesca echando sus anzuelos. Las hermanas Pellizari y la hija de Cattaneo extienden manteles y almohadones sobre la hierba, y Gian Battista descorcha un garrafón de vino. Desde la barca se oyen exclamaciones triunfales cuando los pescadores sacan un lucio que se debate con fuertes coletazos.

La joven Claudia Cattaneo está más feliz que nunca. Sentada sobre una alfombrilla a la sombra de un sauce, vigila a los dos críos de las hermanas Pellizari que chapotean en el agua, aspira el olor a leña de la fogata que están encendiendo su padre y Claudio, y escucha la sonora voz de Gian Battista que cuenta un chiste. Luce en la cabeza una corona de rosas y margaritas, porque es su cumpleaños y Lucia Pellizari, que es quien ha trenzado la corona de flores, ha dicho que eso es lo que deben llevar las doncellas en su cumpleaños. Isabetta Pellizari ha abierto un gran melón y ofrece tajadas a todos los que se acercan. Desde la hoguera se elevan los primeros aromas a pescado asado. El pequeño de Lucía cae de bruces en el agua y acude corriendo a refugiarse en el regazo de su madre. Ella lo consuela tejiéndole una guirnalda de mimbres y flores silvestres. Él ríe satisfecho y se pasea luciendo su nueva corona.

–Como un pequeño príncipe –dice Claudia, y se hace un súbito silencio, como si alguien hubiese tocado una nota discordante, o como si pasara una nube oscureciendo momentáneamente el sol. Entonces Gian Battista exclama con su vozarrón:

–¿Viene ya ese pescado? ¡Aquí todos estamos hambrientos!

–Toma pan y llénate la boca –dice Isabetta al tiempo que le arroja una hogaza.

Claudia bebe vino de un cuenco de loza y levanta la mirada hacia las ramas del sauce. Las hojas cuelgan mustias de sus tallos, agostadas por el largo verano. El joven tenor incorporado recientemente a la corte ha traído un laúd y rasca las cuerdas con pereza sacándoles algunos compases de una canción. Cattaneo padre discute con su mujer sobre el tiempo óptimo para asar el pescado.

Claudio se aleja de las brasas para no tener que intervenir en la disputa. Se acerca a la sombra del árbol y se sienta delante de Claudia. No hablan, pero sus miradas transmiten mensajes silenciosos. Claudio toma de la mano a Claudia y ella sonríe como él, llena de júbilo. Han olvidado todo cuanto hay a su alrededor. El tenor sonríe y se pone a cantar *Amor, se giusto sei*… Amor, si eres justo…

–Claudia y Claudio –dice Lucia–. Hasta los nombres hacen buena pareja.

Tras despachar toda la mañana con su secretario el duque está hasta la coronilla. Es mediodía y su mente empieza a jugar con pensamientos de agua. Sería bueno dirigirse al *palazzo* del Te, en busca de sus estanques y sus grutas, pero para eso, hay que cruzar toda la ciudad bajo el bochorno. Contempla algunos bocetos para la pieza pastoril, aunque le dicen poco sin la presencia del escenógrafo para explicarlos, y no se le localiza por ninguna parte al hombre. Da voces llamando a Ottavio, pero se ha escaqueado también, por lo visto, y cuando por fin aparece, el duque ha empezado a impacientarse. Menos mal que Ottavio trae noticias que aliviarán el enojo ducal. Ha llegado el doctor Donati, de la Universidad de Padua, con novedades científicas de importancia. Al duque le agrada escuchar todo lo que sirva para mejorar su conocimiento de las esferas, así que se exige inmediatamente la presencia del doctor Donati. «Enviádmelo al balcón», reclama por encima del hombro, pensando todavía en albercas llenas de agua fresca.

Los músicos se han hartado de pescado y fruta, pan y vino, y se han echado a descansar en la hierba. El viejo Cattaneo se ha tumbado a dormir entre los árboles. Las Pellizari distraen a sus niños con palmadas y cantar de rimas infantiles. Durante las pausas entre conversaciones y risas se capta la calma de la tarde, el silencio de los pájaros fatigados por el calor. Gian Battista se pone perezosamente en pie. Se ha quitado las calzas y se mete en el agua. Sus pies levantan del fondo sendas nubes de barro. Los demás miran y evocan mentalmente la caricia fría del agua sobre la piel.

Gian Battista llama a Claudio, a Francesco, el nuevo tenor, y al hermano de las Pellizari. Los hombres van a nadar. Dejan a las mujeres con las sobras del almuerzo y se van en busca de una caleta próxima para ocultarse a la vista. Poco después se oyen los primeros chapuzones y gritos de alegría. Lucia se acerca hacia los ruidos y regresa en seguida, sonriendo.

–Todos han dejado las prendas muy bien dobladas en la orilla y se están bañando a pelo –anuncia.

–Si ahora les robásemos la ropa no podrían salir del agua –dice Isabella.

Pero no hay ninguna tan maliciosa o tan atrevida como para intentarlo. Por otra parte, no les faltan ganas de bañarse ellas también.

–Creo que tardarán bastante –dice Lucia al tiempo que se afloja los cordones del corpiño.

Se lo quita y echa a andar hacia el lago, levantándose las sayas hasta las rodillas.

–El barro es bueno para los tobillos –comenta.

También se mete en el agua Claudia, en camisa y con la corona de flores ciñéndole todavía la frente. Nota el agua hasta las rodillas y levanta la prenda para que no se moje. Sigue adentrándose en el lago hasta que el agua le llega a los muslos, y después de echar una mirada en derredor para asegurarse de que no la mira ninguno de los hombres, se saca la camisa por la cabeza y se la arroja a Lucia.

–¡Claudia! –exclama su madre con severidad, pero ya es demasiado tarde.

Claudia levanta las manos hacia su cabeza para encajarse la corona de flores que ha estado a punto de caérsele, y se mete en el agua hasta la cintura. La mitad inferior del cuerpo sumergida en el frío, la superior calentada por el sol cuyos rayos se derraman como una bendición sobre su cabeza. Se agacha para hundirse en el agua, y se incorpora desprendiendo de los hombros una lluvia de gotas iluminadas como chispas. Mira hacia las torres lejanas de la ciudad y una sensación de libertad la inunda al verse tan lejos de su influencia. Al volver la mirada hacia el palacio atisba un destello, como el del sol reflejado en un espejo. Lo contempla con atención. El reflejo oscila unos momentos y luego parece apuntar directamente a ella. Se pregunta si alguien estará haciendo señales desde un balcón. Pese al calor del sol, un súbito escalofrío recorre su cuerpo.

El doctor Donati tenía cara de pájaro. La nariz delgada y ganchuda, los ojos muy brillantes, negros y pequeños, relucientes de inteligencia, y la cara marchita de color pergamino. Pese al calor vestía su toga negra de profesor, sobre la cual asomaba el cuello blanco de la camisa. En su presencia, Vincenzo se convertía en un alumno atento y respetuoso. Le ofreció un asiento recubierto de almohadones, mandó servir vino y frutas, y guardó silencio, dispuesto a escuchar las noticias de Padua.

Archimedeo, cuya presencia no se había solicitado pero que acudía a impulsos de su curiosidad, se encaramó a la balaustrada para verlo y escucharlo todo sin perder detalle. Sentado al otro extremo de la mesa, Ottavio escanciaba el vino en tazas de plata. En su mente comparaba la escena con la jaula de un aviario. El doctor Donati, con sus ojos agudos y su vestimenta negra, era como un mirlo cantarín; Archimedeo, puesto sobre la barandilla con su librea roja y verde, un loro; el duque, con el cuello alto y almidonado sobre el cual desparramaba los despeinados cabellos, y el jubón acuchillado dejando ver las vueltas de otro color, un pavo real; él mismo, inclinado sobre la mesa con sus ropajes negros, un cuervo.

El doctor Donati paseó en derredor su mirada brillante, recabando la atención de todos, y les habló de Padua y de las investigaciones en curso. El doctor Galileo Galilei estaba perfeccionando un instrumento que había recibido de los Países Bajos, y que haría posible la observación directa de los planetas sin necesidad de recurrir a la geometría para determinar sus posiciones. Estaban convencidos de que les abriría nuevos mundos y les permitiría descubrir la verdadera mecánica de los cielos. Entre otras cosas, haría posible decidir por medio de la observación práctica si era cierto que la Tierra giraba alrededor del Sol.

Al oír el enunciado de esta posibilidad, los hombres guardaron silencio unos momentos, como si hubieran visto el mundo del revés. La Tierra alrededor del Sol, no el Sol alrededor de la Tierra. La teoría circulaba desde hacía algún tiempo pero como tema de debate, no como certeza. Saberlo con seguridad... El rostro del duque relucía de expectación. Pero ahora el doctor Donati mencionaba, como de pasada, la decepción que había causado la falta de interés del gran duque Ferdinando de Toscana hacia estos trabajos. Cuando mandaba el hermano, las cuestiones del universo habían merecido más atención de parte del poderoso. El Gran Duque era munificente pero incrédulo; del mundo únicamente le interesaba lo inmediato.

El interés de Vincenzo aumentó tan pronto como supo que su tío político demostraba poca afición a la búsqueda del conocimiento. El doctor Donati hizo una seña a su ayudante. Éste se adelantó llevando un estuche.

–Este instrumento es inferior al que utiliza el doctor Galilei en la actualidad, pero bastará para hacer la demostración de sus cualidades ópticas.

El ayudante colocó el estuche sobre la mesa y el doctor Donati sacó un objeto que parecía un bastón grueso de madera. Les mostró los cristales curvados de ambos extremos. Y luego, para demostrar la potencia de las lentes –y eso que el alcance de aquél no tenía parangón con el de los instrumentos más adelantados– propuso que su alteza serenísima inspeccionase sus propios territorios.

Su alteza serenísima aplicó el ojo al bastón y al cabo de un momento dijo:

–No veo nada.

–Eso es porque estáis apuntando el anteojo a la pared –explicó el doctor Donati–. Permitid que os guíe hacia una vista más interesante.

El duque desplazó el instrumento al tiempo que guiñaba el ojo desocupado.

–¡Ah! –exclamó–. Ahora veo verde, es un prado –y en seguida agregó–: ¡Caramba! Pero si parece que lo tuviese aquí mismo, al alcance de la mano. Veo la hierba como si brotase en este balcón. Veo la corteza en el tronco de un árbol. ¡Esto es asombroso!

Siguió mirando a través del ocular, mudo de asombro por unos instantes, y luego continuó:

–Veo los guijarros de la orilla y un pájaro. Esto es extraordinario, Ottavio. Míralo tú.

Ottavio miró y vio todo lo que había dicho el duque. Los puntos más distantes parecían hallarse tan cercanos como si los mismos observadores se hubiesen trasladado a la otra orilla del lago. Desplazó el instrumento hacia la derecha, siguiendo el perfil de la orilla, y luego vio una silueta humana. Era una mujer que se bañaba en camisa.

–*Dio!* Es Lucia Pelizzari en camisa –exclamó.

–¡Cómo! –se asombró el duque.

–Se ha puesto gorda –murmuró Ottavio, y luego movió el anteojo aún más a la derecha, la imagen bailando ante su vista, y vio una muchacha metida en el agua hasta los muslos. Mientras la enfocaba, ella se quitó la camisa por la cabeza.

–¡Ah! La pequeña Cattaneo. Y está desnuda.

–¿Qué? –gritó el duque, y le quitó el instrumento de las manos–. ¿Dónde? ¡No veo más que el agua! –y en seguida–: ¡Ah! Ahí está. Qué belleza. Está mirándome, y se halla desnuda.

–Vos podéis verla a ella, pero ella no os ve a vos.

–¡Si te digo que me está mirando! No es demasiado joven, Ottavio, te lo aseguro ahora que veo esta impúdica exhibición. Tiene un buen par, y me apunta directamente con ellas.

–Porque ella cree que no la ve nadie. Si supiera que la estáis mirando se moriría de vergüenza.

–Tonterías –dijo el duque–. Haría lo mismo que las demás. La *cattiva* Cattaneo. Éste es un instrumento maravilloso, doctor Donati. No importa lo que descubra en los cielos, con lo que permite ver en la Tierra basta. Os lo pagaré con largueza.

–Lo siento mucho pero no puedo prescindir de él, lo necesito para nuestras investigaciones –dijo Donati.

–Os pagaré también vuestras investigaciones –contestó el duque sin quitar el ojo de la lente–. Ottavio, creo que me estoy enamorando.

–Confío en que no.

–Ve a tesorería y habla con Bonintendi. Hay que indemnizar al doctor Donati por las molestias que le causamos.

El duque volvió de nuevo su atención al lago y a lo que divisaba a través del anteojo.

–Es como si estuviera viendo las ninfas de la representación de *Il Pastor Fido*. ¡Ah!, está huyendo. Qué trasero tan delicioso. Ahora ya he visto todo lo que tiene.

–¡Claudia! –la urgió su madre–. Ven aquí en seguida, los hombres vuelven.

Claudia cruzó corriendo por el agua adonde su madre, que le mostraba las ropas y hacía aspavientos instándola a que se diese prisa. Cuando llegó junto a ella le arrojó las prendas, frunciendo el ceño.

–¡Detrás de ese matorral ahora mismo, y ponte decente! Y vosotras también, Lucia e Isabetta, ¡andando por ahí en paños menores! Siempre pasa lo mismo. Unas copas de vino al sol, y todo el mundo pierde el decoro.

Las mujeres se metieron en el bosquecillo para vestirse y llegaron los hombres, risueños, descalzos y con los cabellos empapados. Menos mal que no podía verlos nadie de la corte en aquel estado, comentó la señora Cattaneo.

–¿Y qué, si nos viesen? –replicó Gian Battista dándole un abrazo de oso.

La señora Cattaneo refunfuñó al principio pero luego se echó a reír también. Los hombres empezaron a cargar en una de las barcas los platos y demás enseres, mientras Cattaneo echaba tierra a las brasas con los pies para apagarlas.

–¿Dónde está Claudio? –preguntó la señora Cattaneo, y Gian Battista hizo un ademán hacia los sauces. La señora Cattaneo levantó los ojos al cielo con desesperación.

–Confiemos en que estén vestidas las chicas –dijo, y se puso a gritar «¡Claudia!», para que la muchacha no olvidase que su madre andaba por ahí cerca.

Claudia levanta los brazos sobre la cabeza mientras pugna por endosarse el vestido sobre la camisa pegada a su piel húmeda. Cuando la cabeza emerge de entre la ropa su mirada encuentra la de Claudio, los ojos muy negros y brillantes. El aire está en calma y reina un profundo silencio. Ella no puede dejar de mirarle y, al mismo tiempo, el inmenso calor de su corazón se propaga a todos los miembros y atraviesa el aire hacia él. Sonríe y tiene los ojos llenos de lágrimas. Él se acerca. Ninguno de los dos dice nada, ni falta que hace mientras él inclina su rostro sobre el de ella.

Oye las voces de su madre, y más cerca, entre los árboles, la voz indulgente de Lucia:

–Claudio y Claudia.

Ella se desprende de su abrazo, pero tomándole de la mano.

–Soy feliz nada más viéndote –dice él.

Ahora ella sabe la verdad, y comprende por qué se siente tan dichosa y tan cerca de las lágrimas. Sabe que no debería decirlo, pero tampoco puede callarlo porque la desborda el descubrimiento.

–Te quiero, Claudio –declara.

El semblante de él se ilumina y es maravilloso de ver. Nunca le ha visto tan feliz. Ahora las lágrimas de ella se derraman.

–Voy hacia la barca –anuncia Lucia por entre los árboles–. Ven, Isabetta. Los tórtolos nos seguirán ahora.

De pie bajo los sauces Claudia siente un alivio inmenso. Ahora todo saldrá bien. Ella le quiere, él la quiere, están destinados el uno para el otro. El ardor del día se ha atenuado, queda el calor más suave de la tarde y alrededor de ambos los pájaros vuelven a cantar y se oye un denso zumbido de insectos.

–Vámonos –dice ella al oír que su madre sigue llamándola.

Oye un ruido cerca de su oreja, es la trompetilla quejumbrosa de un mosquito, y nota en seguida la picadura. Un grito, una palmada en el cuello. En la mano queda una pequeña mancha, revoltijo de insecto negro aplastado y sangre roja.

–Son un fastidio –exclama al tiempo que aprieta el paso para salirse de entre los árboles, porque continúa cercana la musiquilla de los mosquitos en busca de la cena.

El zumbido del que ha matado persiste en su mente mientras la barca enfila de regreso hacia Mantua y le escuece el leve bulto del cuello.

Pocos días después tiene un brote de fiebre. Acostada, empapada de sudor y abrasada por la temperatura, escucha lo que dice el médico. Es la fiebre de los pantanos, el mal aire de Mantua. Pasará. Y pasa, en efecto, pero deja una sombra tras de sí.

11

Día feriado, los campesinos de la comarca han invadido la capital. Han llegado al despuntar la aurora con sus productos, los puestos llenos de hortalizas y frutas, los corderos y los pollos. Pregonan la mercadería y dan voces saludando a los conocidos. Tienen las caras anchas y francas, la piel curtida, los ojos acostumbrados a las grandes distancias y los cielos abiertos. Desde sus caseríos dispersos han acudido a su lugar de reunión en *piazza* dell'Erbe. Los que no atienden a los puestos se congregan en grupos para intercambiar las novedades y comprar y vender bestias. Alzan las voces en su peculiar dialecto y Ottavio observa que parecen rebuznos de asno. Mientras se abre paso por entre la gente, va escuchando retazos de las conversaciones. Es capaz de pasar inadvertido en cualquier aglomeración, eso es un arte que ha aprendido.

Los de la ciudad se reúnen y charlan en grupos aparte. Aquí hay al gunos tejedores, la esplendidez de cuyas ropas contrasta con las expresiones preocupadas de los rostros. Es que se halla en decadencia la próspera tradición de las telas de seda y lana de Mantua, porque Francia e Inglaterra, que habían sido compradoras principales, ahora han empezado a fabricar por su cuenta. Y cuando se busca una salida en la corte, resulta que el duque prefiere los brocados de Venecia y el terciopelo raso francés. También se mueven entre la muchedumbre, sin que nadie haga caso de ellos, unos hombres barbudos de largas vestiduras negras. Son los judíos, a los que concedió asilo el duque Guglielmo cuando fueron expulsados por su católica majestad el rey de España. Un gesto humanitario aunque inspirado por la convicción del duque de que allí donde van los judíos el dinero les sigue. Con el tiempo se han revelado beneficiosos para el comercio de Mantua y para la nobleza, siempre apurada económicamente. Incluso aquí llevan el distintivo amarillo exigido por la Inquisición. Cuando el duque Guglielmo cedió por fin a las presiones del Vaticano y permitió el establecimiento del Santo Oficio en los dominios de Mantua, le adjudicó a la Inquisición un edificio vecino de la sinagoga, lo que fue como sentar un gato al lado de la jaula de los canarios. Tenía aquél un sentido del humor tan retorcido como su cuerpo. Y ahora el gato agita la cola con nerviosismo, porque durante su larga agonía de un año la muy católica majestad española ha promulgado más edictos contra los hebreos, y van llegando cada vez más numerosos a Mantua y a Venecia. Cuando el inquisidor se asoma a la ventana de su despacho contempla las tribus de Israel y se estremece viendo tanta blasfemia alrededor, en la sinagoga, en el palacio.

Pasó una ráfaga fría y la niebla de otoño se abatió sobre el lago y los cenagales dando la impresión de que la ciudad flotaba entre nubes. Pero luego el sol dispersó la neblina y los edificios presentaron contornos nítidos y brillantes en medio de un ambiente claro. Ruedan hacia palacio los coches y la procesión de guardaespaldas y criados. Llegan los invitados de Milán, de Ferrara y de Florencia, y cada nombre de la lista añade varios centenares más de séquito imprescindible. Por el Mincio vienen las falúas de Venecia con los grandes de la *Serenissima*. En el patio, el intendente y sus ayudantes aguardan con las relaciones de quiénes han de ser alojados dónde. Y eso que todavía no ha hecho su entrada Margherita de Austria, de camino hacia sus esponsales con el nuevo rey Felipe III de España. La nómina que tiene el intendente para los Habsburgo es un libro entero, que empieza diciendo «Su majestad serenísima y siete mil bocas».

Todo esto para consolidar las alianzas de los Habsburgo, para celebrar el nacimiento de Leonora, quinto vástago del duque y la duquesa, y para demostrar la preeminencia de Mantua en lo artístico. En el reconstruido teatro de la corte, el escenógrafo del duque se da con la frente contra una columna varias veces al día, ante la estupidez de los tramoyistas que no consiguen agitar como es debido las tiras de seda que representan a Alfeo, el dios-río de la Arcadia.

Para no tener que soportar los martillazos y los lamentos del director de escena, los músicos han trasladado sus ensayos al Salón de los Ríos. Está contiguo a los aposentos del duque y éste supervisa las sesiones. El actor principal, Arlecchino Martinelli, transmite las voluntades del duque recibidas a primera hora de la jornada a los demás actores que ensayan en el Salón magno, bajo los frescos de Pisanello que representan la muerte en combate.

Come se' grande, Amore,
Di natura miracolo e del mondo...

Claudia, primera voz del coro de las ninfas en el Salón de los Ríos, no ha dejado de notar que el duque la mira con un interés algo más que casual. Se ha vuelto hacia un cortesano giboso que suele acompañarle, y le dice algo en voz baja. Debe de ser un comentario indecente, pues ambos ríen y se quedan mirándola a ella. También Claudio se ha dado cuenta de las miradas, y su semblante se ha ensombrecido. Ella se dedica a contemplar la pared por encima de la cabeza del duque mientras canta, y se oculta detrás de la partitura para que no la mire. Cree que estará segura en tanto haga ver que no se entera de nada. A él no han de faltarle distracciones sin necesidad de asediar a cantantes que no quieren galanteos. Unos diez mil forasteros en Mantua y la supervisión de la comedia pastoril, de varios conciertos, de un castillo de fuegos artificiales y de un torneo. Y muchas bellezas de ojos negros que no tendrán inconveniente en complacerlo. No se entiende por qué él se comporta como si la conociera muy bien.

Claudio se muestra enfadado después del ensayo. Le pide explicaciones: ¿qué es eso de hacerse tantas carantoñas con el duque? Indignada por la injusticia masculina, ella replica con acritud. Y luego, a la hora de cenar, su padre le anuncia la prohibición de verse a solas con Claudio. «Pero ¿y si tiene intenciones de casarse conmigo?», pregunta ella. «No te hagas ilusiones –le dice el padre–, ése no sirve para casado, es como un cura». A lo que ella se pregunta por qué las comedias pastoriles sobre amores perfectos sacan de sus casillas a todo el mundo, a lo que parece.

Il Pastor Fido tiene un éxito arrollador. Lleno total en el teatro de la corte, y no exageraría quien dijese que algunos habrían sido capaces de matar con tal de conseguir una invitación. Ocho horas de representación, con los entreactos, más larga que *La Pellegrina* todavía, y luego un suntuoso banquete. El duque está en todas partes como anfitrión magnífico que es; todos se calientan al sol de su encanto, todos han merecido sus atenciones. Más tarde, en los aposentos de la duquesa, el duque comentará algunas de las observaciones más ridículas de los invitados y se inclinará sobre la cuna de su recién nacida Leonora. Declara que es la más bonita de todas, y que no concederá su mano sino al mismísimo emperador, y que se fastidie su tío abuelo el Gran Duque.

Hasta que por fin se despiden los invitados, saturados de música, de teatro, de torneos, de danzas, de banquetes, repantigados en sus coches, las cabezas aturdidas. Las llantas de hierro retumban sobre los estrechos puentes por donde se sale de la ciudad, las herraduras de los caballos sacan chispas a los adoquines. Las naves de Venecia regresan a la *Serenissima*, sus ocupantes asomados para contemplar la neblina que envuelve las luces de la ciudad en fiestas.

En casa de los Pellizari, las cantantes se prueban los collares que ha enviado el duque como muestra de agradecimiento por la triunfal representación. Ante el espejo Claudia busca el cierre del suyo, de perlas y rubíes.

–¿Por qué será que la pequeña Cattaneo ha recibido el collar más valioso? –pregunta Lucia Pellizari–. A primera vista, y presumo de entender algo de joyas, creo que vale por lo menos el doble que los nuestros. ¿Acaso Claudia ha cantado dos veces más que nosotras? No, sino más bien todo lo contrario, diría yo. No, Claudia, no te preocupes. No estoy enfadada. Estamos más bien divertidas, ¿no es verdad, Isabetta?

–Forma parte del orden natural de las cosas –dice Isabetta–. Lo único que le hace falta ahora a Claudia es un marido complaciente que sepa hacer la vista gorda.

–Os estáis haciendo unas viejas cínicas. Confío en que a mí no me ocurra nunca –dice Claudia, al tiempo que se vuelve de nuevo para mirarse en el espejo. Los rubíes relucen sobre la piel como gotas de sangre. El collar tiene un dije que roza un poco la piel; al darle la vuelta lee unas líneas grabadas que reconoce en seguida:

Come se' grande, Amore,
di natura miracolo e del mondo!
Qual cor si rozzo o qual si fiera gente
il tuo valor non sente?

Sonríe. No deja de ser halagador que un hombre tan poderoso, dueño de tan ilimitadas prerrogativas, se tome tantas molestias con sus regalos. En el fondo es un gran romántico, piensa ella.

El duque estaba jugando a los naipes con el marqués Del Vasto, el conde Carlo Rossi y don Ottavio Gonzaga en el Salón del Zodíaco. Al fondo, un cuarteto interpreta algunos *divertissements*. El nuevo secretario del duque, maese Chieppio, lleva la cuenta de las puntuaciones porque se sabe que el marqués es mal perdedor.

Ottavio se descarta de una sota de bastos, el marqués de un rey del mismo palo, y el duque de un rey de espadas.

–La baza es mía, me parece –dice el duque.

–Estos son unos naipes mágicos que siempre se barajan a favor del duque –dice el marqués Del Vasto.

–La suerte de los Gonzaga –replica de buen humor el duque.

–No hay que bromear con eso, no sea que esté escuchándonos la Dama Fortuna –advierte Ottavio.

–Y hablando de mujeres inconstantes, ¿han recibido mis regalos las cantantes? –pregunta el duque.

–Esta mañana..., con los versos apropiados en el de la señora Claudia.

–Copas son triunfos esta vez –dijo el conde Rossi–. Tomad nota, por favor, maese Chieppio, para los que tenemos poca memoria.

–La Cattaneo no merece la pena, en realidad. Tiene otorgado su corazón –dijo Ottavio.

–¿De veras? –estudió su mano el duque.

–¿Otra vez os ha favorecido la suerte? –preguntó Del Vasto, descontento con la suya.

El rostro del duque no cambió de expresión. Todas las cartas de su mano eran de copas.

Claudio declara su amor en la música que compone, y como tiene tantos encargos del duque, música para los torneos, música para los banquetes y para el próximo carnaval, le falta tiempo para declararlo de palabra. Sabe que tiene la anuencia de Claudia pero todavía hay que negociar con el padre; sin embargo, últimamente el viejo Cattaneo está inabordable. Mientras tanto el duque ha enviado otro poema para que le pongan música, con sus exigencias garabateadas al margen, «tres damas y un contratenor, estilo cantata». Trabaja en ello hasta altas horas de la madrugada. Luego hay que componer unas fanfarrias para recibir a la *madama*, la hermana del duque, su alteza viuda serenísima de Ferrara. Y como ahora el duque de Ferrara falleció sin dejar herederos y sus estados han sido anexionados por el papa, esa corte desaparece y con ella las esperanzas de conseguir un empleo en la misma; Monteverdi se ve encallado en Mantua. En momentos así se le ocurre echar en falta la certidumbre pura, el ritmo pausado de la catedral de Cremona. Pero entonces acude a su mente el paisaje de los sauces a la orilla del lago. El rostro de Claudia, los ojos de Claudia, la boca de Claudia, el hoyuelo del nacimiento de su cuello. Está atrapado en la red del deseo, ¿y dónde queda el dinero necesario para mantener una familia? ¿Qué dote podrá ofrecer Cattaneo? Relee las líneas que acaba de escribir: *O come e gran martire / A celar suo desire*... Sí que es penoso tener que poner música a estas líneas que él comprende muy bien, para un príncipe que nunca ha conocido el suplicio de verse obligado a ocultar sus deseos. ¡Menuda ironía!, piensa mientras contempla a su hermano Giulio Cesare, que transcribe laboriosamente las notas para él acercando la cara al borrador que lee con sus ojos de miope. Siempre copian las partituras, porque en palacio tratan con poco cuidado los originales.

Voces en la calle y una llamada a la puerta. Giulio levanta la persiana y anuncia:

–Es el jorobado.

–¿A esta hora de la tarde?

Pero el portero ha abierto ya, y Ottavio se hace introducir. Hay más poemas, encargos de su alteza, y se ha dado prisa a traerlos para que el compositor disponga de mayor margen de tiempo. Se necesitan para el concierto del viernes.

–Pero si estamos a miércoles por la tarde y todavía no hemos ensayado la pieza que estoy componiendo –protesta Claudio.

Su hermano suspira, sacude la muñeca para indicar que le ha dado un calambre y sale de la habitación.

–Por eso traigo este poema en propia mano, porque sé que el duque es difícil de contentar y tiene otra noción del tiempo. Es una obra muy amable, de sus preferidas, y no quiere que le ponga música otro sino tú.

–Es de agradecer que te hayas tomado la molestia. Veamos –y Claudio lo lee primero en silencio; luego lo recita en voz alta–: *Si ch'io vorrei morire*...; sí, es bonito, tiene mucho sentimiento... Quisiera morir de tus besos, tu boca, tu lengua..., sí, supongo que es la clase de canción que puede gustar a su alteza.

–Él opina que lo apropiado sería musicarla para soprano de coloratura. Quiere que sea Claudia quien la cante, dice que será una excelente prueba para su voz.

–Pues yo no la veo adecuada para la voz de ella –replica con aspereza, sin pensarlo ni un instante; pero luego, para no parecer desconsiderado, agrega–: Se necesita una voz más madura, más florida.

–Al contrario, lo que agrada a su alteza es la voz juvenil, y la intensidad emotiva de la pieza. Lo que agrada a su alteza es la voz de la Cattaneo. ¡Ay, Claudio! ¿Recuerdas lo que te dije, hace ahora no sé cuántos meses ya? Que no esperases al momento oportuno, que la oportunidad escapa y no retorna –menea la cabeza Ottavio–. ¿Por qué será que nadie escucha mis consejos?

–Claudia me quiere, no tengo duda de eso –replica Claudio.

–¿Y cómo va a saber que tú también la quieres, si no es casándote con ella? Habla con su padre mañana mismo y sácale el consentimiento, con o sin dote. Si lo demoras más, será el duque quien imponga las condiciones de tu matrimonio y tú tendrás que soportar la mofa de la corte. Conste que al darte este consejo no me mueve ningún interés, lo hago por puro sentimiento.

Puro sentimiento. Buenas palabras para ocultar la crudeza de la realidad. El bamboleo del coche, las lágrimas de Isabella, su voz. Pero yo le quiero, Ottavio. Siempre se acercan demasiado al sol, y algunas se queman.

–Hablaré con Cattaneo así que haya terminado la composición –prometió Claudio.

Ottavio se encogió de hombros. ¿Qué más podía hacer? Esa gente no tiene ni idea. Salió de casa de los músicos, cerca del canal, y echó a andar acompañado de su portador de antorcha recorriendo los callejones oscuros hacia las luces esplendorosas del palacio.

La casa de Cattaneo se alzaba en la recta por donde se accedía a la isla de Te. Tras escuchar las pretensiones del supuesto yerno dijo:

–Ahorros no tengo muchos, y sí otros hijos en quienes pensar.

Dentro de unos años tú ganarás más dinero. Tus composiciones se publican en Venecia, en Milán, incluso en Nüremberg. Dentro de un año o dos, no tendrás ninguna necesidad de mis pocos escudos. Mientras tanto, ¿por qué no solicitas un anticipo a la tesorería del duque?

–No quiero que su alteza intervenga en mi matrimonio para nada.

–Como estás al servicio de la corte, no puedes casarte sin su consentimiento, y puesto que vas a tener que solicitar esa intervención de todas maneras, procura beneficiarte en algo. Ése es mi consejo.

La carta dirigida al duque solicitaba permiso para contraer matrimonio con la cantante de la corte Claudia Cattaneo, sin hablar de dinero para nada. Sólo el permiso puro y simple para el enlace entre dos sirvientes del duque. La secretaría contestó que su alteza serenísima no juzgaba oportuno el considerar asuntos de orden personal hasta después del carnaval y de las diversas celebraciones de primavera, para las cuales necesitaría disponer de su nómina de músicos al completo. Y sugerían que maese Claudio les recordase otra vez sus intenciones en mayo.

Dondequiera que vaya Claudia, alguien la vigila. Durante los ensayos, Claudio la mira mientras ella canta el *Si ch'io vorrei morire* con el ánimo dividido entre el deseo de interpretar la música de él con toda la intensidad requerida, y el recelo del mensaje que la canción transmite al duque. En los conciertos, la mira el duque y la mira todo el séquito. Ella observa las miradas de refilón de la duquesa a su consorte, los ojos negros y perspicaces del acompañante habitual, la sonrisa impertinente del enano sentado en un escabel a los pies del duque. Y los ojos del duque, con su fulgor pálido, indulgentes y divertidos, como si supiera algo de ella que los demás no saben.

También están vigilantes sus padres, ahora que Claudio ha declarado las intenciones pero no ha sabido precisar cuándo va a ser la boda. Están sus colegas las cantantes, muertas de curiosidad ante esa ambivalencia de quien no saben si está prometida o no; eso les da mucho que hablar en sus momentos de ocio. Y calibra lo que significan la mirada de reojo y la sonrisa del secretario todas las veces que se cruza con ella en un pasillo. Simple cortesía, nada más, intenta persuadirse a sí misma, pero no hay manera de negar que se está tramando algo.

Así que cuando un brazo engancha con el suyo al entrar en el Salón del Zodíaco, donde quería refugiarse huyendo del bullicio, todo viene a desarrollarse, en cierto modo, como una fatalidad inevitable. Los escasos candelabros ocultan apenas las estrellas que lucen a través de la claraboya, y la mayor parte de la estancia queda a oscuras. Tan seguro parece ese brazo de que no va a ser rechazado, que por un momento ella cree estar con Claudio. Pero luego nota el terciopelo de la manga, la maciza musculatura del brazo que contiene, lo mucho que sobrepasa ese hombro al suyo, y ve a través de la máscara los inconfundibles ojos del duque.

Lejanas, como si provinieran de otro país, oye las músicas y las risas. Pero aquí reina un silencio espeso.

–Estabas buscándome –dice el duque, y se nota el olor a vino en el aliento.

Ella, no muy segura de si conviene replicar a eso con una negativa o no, ríe como tomándolo a broma.

–Necesitaba un poco de aire. El calor del gentío y de las velas me sofoca.

–Pues yo andaba buscándote también, así que intentemos encontrar un lugar más alejado del calor y de la gente.

Ella siente un poco de aprensión, aunque él ha hablado en tono de chanza. Viendo las dudas insiste, en un alemán cómicamente pronunciado:

–*Kommen Sie mit, meine Liebe** –como si fuese cuestión de compartir una broma.

Es difícil negarse. Ella intenta ganar tiempo:

–Debo regresar con los músicos, o me echarán en falta.

Es como si no hubiese dicho nada. Siempre tomándola del brazo se la lleva hacia la puerta, y recorren un pasillo bajo las miradas ciegas de

* Venga conmigo, querida.

las estatuas de antepasados. Ella oye los pasos de ambos sobre las baldosas de mármol, ve en el techo las sombras agigantadas por la luz de las velas. Se detienen frente a una puerta de doble hoja, de ébano tallado con incrustaciones de marfil. El duque abre. Están en una habitación espaciosa, las paredes cubiertas de paneles de madera y de cuadros cuyos colores enciende el fuego que ruge en la chimenea. En la pared contigua a ésta se ven las carnes rosadas de una Venus y un Cupido que se miran con aire de complicidad. El duque se quita el antifaz y exclama:

–¡Al fin lejos de la muchedumbre!

Pero no solos, porque el enano Archimedeo está despatarrado en el sillón más próximo a la chimenea, con una jarra de vino a su lado. El duque apoya una mano en su hombro y lo sacude. El enano se incorpora, embotado por el calor y el vino. Poco a poco se da cuenta de lo que tiene ante sí: el duque, rodeando con el brazo a una de sus cantantes.

–Dispense vuestra alteza –dice Archimedeo.

–¡Fuera! –grita el duque.

Archimedeo baja del sillón y se encamina torpemente a la puerta, que cierra a su espalda despertando los ecos del corredor.

En este punto se cierra la puerta para todos nosotros, puesto que las dos personas quedaron a solas dentro de la estancia. Ninguno de los dos volvió a mencionar luego nada de lo que se dijo entre aquellas cuatro paredes. Pero como los efectos repercutieron durante largos años, podemos considerar lo que sucedió al otro lado de la puerta y tratar de establecer alguna conjetura.

Archimedeo, que no deseaba verse privado de esa información confidencial, aplicó el ojo al agujero de la cerradura. Desde ese observatorio limitado vio que el duque conducía a Claudia, siempre con el brazo alrededor de la cintura, hacia el retrato de Venus, que era el cuadro de Correggio *La escuela de Amor*. Que no habrá dejado de causar su impresión en la cantante, pensó Archimedeo mientras se inclinaba hacia la derecha tratando de ver más allá de lo que le permitía el agujero. Gran decepción porque ahora sólo divisaba la chimenea y el sillón donde él mismo había dormitado un rato antes. Confiaba en que la pareja acabaría por retornar a la línea visual.

Pero entonces se oyeron unos pasos a su espalda, y una mano le agarró por el cuello casi estrangulándolo. La otra mano se cerró sobre su entrepierna sin preocuparse por si le machacaba sus atributos. Así transportado por el aire, Archimedeo chilló, mientras el duro suelo de mármol desfilaba debajo de él hasta llegar al otro extremo del pasillo, donde lo soltaron. Por suerte cayó de pie y cuando levantó los ojos a la incierta luz de las velas para ver quién era su atacante vio el ceñudo rostro del acompañante del duque.

–Que tu altura sea la misma que la de las cerraduras no significa que las hayan puesto ahí para que tú mires –dijo Ottavio.

Después de recobrar la compostura y el aliento, Archimedeo replicó:

–Y que yo sea pequeño no significa que se me deba tratar como a un perro.

–Regresa a la fiesta y cumple con tu obligación, que es divertir a la gente, no hacer de espía.

Se oyeron otros pasos que se acercaban desde el Salón del Zodíaco, pasos martilleantes y apresurados. El que venía enfiló el pasillo a tal velocidad que casi choca con ellos antes de detenerse.

–¿Dónde está Claudia? –los ojos del músico tenían la mirada espantada, alucinada, como un venado perseguido por los monteros. Luego miró a Ottavio y repitió la pregunta–: ¿Dónde está?

–No la he visto por aquí –contestó Ottavio, un segundo antes de que cobrase forma en su mente la posibilidad más probable.

El enano bajó la mirada y suspiró, como abrumado por la falta de perspicacia de cuantos le rodeaban.

–¿Dónde está ella? –repitió Claudio, y esta vez el enano apuntó con la cabeza hacia la puerta de ébano.

Los tres se quedaron tan inmóviles como la puerta misma, contemplándola.

–¡Madre de Dios! –exclamó Claudio.

–¿Tú qué has visto? –le preguntó Ottavio a Archimedeo.

Éste le dirigió una mirada desdeñosa. Alguien acababa de poner un precio ridículo a su información privilegiada.

El picaporte giró de improviso y apareció el duque. Venía con las mejillas muy coloradas, como presa de un súbito ataque de cólera, y se acercaba a grandes zancadas hacia donde estaban ellos. Los tacones resonaban con vigor en el piso. Cuando estuvo cerca, pareció reparar en ellos por primera vez. Su mirada pasó con indiferencia por Ottavio y al ver a Claudio cobró una frialdad de hielo. Fuego y hielo, emociones contradictorias mientras pasaba de largo y los presentes se volvían siguiendo sus pasos. Éstos se miraron entre sí, y luego se volvieron hacia la puerta. Pocos minutos después salió Claudia, la cara ruborizada, la mirada confusa. Al notar que estaba siendo observada se llevó una mano a la boca.

Permaneció unos instantes en el umbral, iluminada por detrás; el resplandor de la chimenea teñía de rojo la seda del vestido. Luego se acercó a los espectadores hasta que se detuvo cerca de Claudio. Lo miró, y se le llenaron los ojos de lágrimas como si no hubiese visto más que infelicidad. Todos se quedaron esperando a que ella dijese algo, pero la joven continuó sin una explicación, sin una palabra siquiera, y pasó de largo hasta desaparecer en el Salón del Zodíaco.

Como era natural, cada uno recordó lo sucedido aquella noche de una manera distinta y sacó diferentes conclusiones. En aquel momento Claudio apartó la vista de Ottavio murmurando otra vez «*Madre del Dio*», y Archimedeo miraba del uno al otro en espera de que alguien dijese algo.

–¡Largo de aquí, sapo entremetido! –fue lo que dijo Ottavio.

–Tienes el culo negro, le dijo a la corneja el cuervo –replicó Archimedeo, al tiempo que se apartaba para esquivar el puntapié de Ottavio.

De manera que al final, todo quedó en especulaciones, y como tampoco Ottavio ni Claudio hablaron de ello después, Archimedeo bordó una historia que iba cambiando cada vez que la contaba, según quiénes fuesen los oyentes. En una versión, el duque salía de la estancia con las dos mejillas marcadas de arañazos. En otra, más aceptada, era Claudia la que salía componiéndose el desarreglado corpiño y con la cara encendida de pasión. En una tercera, él al mirar por el ojo de la cerradura había visto a la pareja *in flagrante*. Esta otra versión nadie la creyó en realidad, y el mismo Archimedeo titubeaba al contarla, como si se diese cuenta de que se aventuraba demasiado lejos.

Pero cualquiera que fuese la verdad, se hubiera conducido ella honestamente o no, y hubiesen charlado de amor o de las excelencias de la pintura, algo ocurrió entre el duque y su cantante, y con independencia de lo que fuera, Claudia quedaba comprometida.

12

En primavera hubo inundaciones como un segundo diluvio universal, y presagiaban más desastres porque fue en el último año antes del cambio de siglo. Tanto el río Po como sus afluentes se desbordaron, y los lagos de los alrededores de la ciudad alcanzaron niveles que ni siquiera los más ancianos habían visto nunca. Muchas reses se ahogaron y muchas casas quedaron sepultadas por el barro. Durante los temporales, el incesante y recio tamborileo de la lluvia exacerbaba la inquietud del duque. Era como el incordio de una úlcera, y en efecto, su malestar acabó manifestándose en forma visible y le salió una llaga en una pierna, que él dijo ser reliquia de una antigua herida de combate. En cuanto a las magníficas celebraciones en honor de la nueva reina de España, tampoco produjeron ningún rendimiento digno de nota, por más que el embajador de Mantua en Madrid hubiese dado a entender que no sería mal recibido un nombramiento de gobernador de Flandes.

El 20 de mayo de 1599 se celebró en la iglesia de los Santos Simón y Güida el matrimonio de Claudio Monteverdi con Claudia Cattaneo. Apenas quince días más tarde, el duque y su corte emprendieron una nueva gira por Europa. Unos pocos días con los parientes Habsburgo para atender después a lo más urgente, una cura en Spa antes de asistir a las diversiones de Amberes y Bruselas. Por deseo especial del soberano se incluyó en el séquito ducal al compositor de la corte, dejando en casa a la novia de dos semanas.

En los espléndidos salones el duque escuchó la música de las nuevas cantatas y *balleti* de escuela francesa mientras jugaba a las cartas con otros príncipes que, como él, buscaban en las aguas remedio a sus achaques. A los mismos conciertos asistió su compositor, sólo que éste escuchaba con más atención, tomaba notas, charlaba con los intérpretes y ponía al corriente de todo al duque. Pasaron seguidamente a Flandes, donde Vincenzo satisfizo su pasión de coleccionista comprando abundantes obras de arte. En Amberes visitó el estudio de un pintor novel, le compró varios cuadros y le ofreció el cargo de retratista de la corte en Mantua. «Será uno de los más grandes –anunció–, y además es bien parecido y de agradable conversación. Toma nota de su nombre, Piero Paolo, o como se diga en flamenco, Rubens.»

La comitiva no regresó a Mantua hasta final de año. En el remolino de fiestas, de funciones teatrales, de conciertos y de intrigas la corte conjuraba el paso del tiempo. Al otro lado de las paredes de palacio, la niebla gélida que venía de los pantanos deprimía el ánimo. Desde su oficina, el inquisidor auscultaba la opinión ciudadana, el corazón lleno de serena severidad. Cuando el nuevo año y el nuevo siglo comenzasen amanecería sobre Mantua el sol de una piedad renovada. Mientras tanto, los alquimistas continuaban sus experimentos tan impíos como ineficaces, y demostraban que la única manera de reponer el oro en las arcas de palacio era subir los impuestos. El duque catalogaba con satisfacción los libros de su biblioteca; cada vez eran más los puestos en el Índice. Aunque bien mirado, si habían puesto entre los prohibidos hasta el *Cortesano* de Castiglione era posible que el Índice acabase por contener todos los libros publicados. Se vivía una época de restricciones; sin saber cómo, habían perdido el camino de la Edad de Oro.

–Por fin se han librado de él –dijo al leer la comunicación donde el embajador en Roma le contaba la ejecución del humanista Giordano Bruno tras ocho años de juicio.

Lo habían atado a la estaca en el Campo de' Fiori después de meterle una cuña de madera en la boca para que no pudiese proferir sus blasfemias. Y él, contumaz hasta el final, volvió la cara cuando le presentaron el crucifijo antes de prender fuego a la pìra.

Qué otra cosa podía esperar aquel hombre, dijo Ottavio, cuando tuvo la imprudencia de regresar a Italia y hablar aquí de la posibilidad de otros mundos aparte el nuestro. De esas cuestiones ya nadie hablaba. ¿Y esto otro de Florencia? El Gran Duque había logrado su gran golpe. Su sobrina Maria de Medici, la hermana pequeña de Eleonora, iba a casarse con el rey Enrique IV de Francia. Y echaba el órdago de sus representaciones musicales anunciando el estreno de un nuevo *drama per musica*, la *Euridice* del poeta Rinuccini y de Peri, el compositor favorito del Gran Duque. Procurad que no se vaya de aquí el nuestro.

Lanzado por su inquietud a una actividad casi frenética, Vincenzo continuó sus viajes recorriendo casi todo el norte de Italia, desde Venecia hasta Génova. La corte portátil regresó a Mantua por Navidad, justo el tiempo necesario para cobrar aliento. Y luego, otra vez los cantos de sirena papales, a las armas contra el infiel. Fue con dos mil hombres a la cruzada en Hungría. Los que se quedaban en casa meneaban las cabezas con asombro y reprobación. Así es como te pueden los decenios, dijo Ottavio. El año que viene cumple los cuarenta y todavía ambiciona la gloria, y nota la mortalidad pisándole los talones.

En la oportunidad el duque le ahorró la campaña a su compositor, porque Claudia se acercaba al término de su embarazo. En verano dio a luz un niño, al que llamaron Francesco, por el primogénito del duque. Uno de los que se quedaron fue Ottavio, para ayudar a la duquesa en la administración de Mantua y Monferrato. Durante el asedio de Kanizsa se recibieron del campamento cartas con instrucciones tocantes a la música que serviría para celebrar la victoria de los cruzados. Pero transcurrieron las semanas, y las cartas acusaban el desorden de la campaña. El secretario Chieppio protestaba porque la lluvia había empapado los colchones. El nuevo y joven ayudante Alessandro Striggio aseguraba que el clima era insoportable y los turcos, inamovibles. El duque se quejaba a Eleonora de que don Giovanni de Medici estaba insufrible.

De este modo iban y venían las cartas, las quejas, las órdenes, las contraórdenes, entre el campamento y Mantua, Florencia, Roma, Viena. A los mensajeros les salían callos en las posaderas de tanto galopar. En Mantua el maestro Pallavicino cogió las fiebres y murió. Dos días después de su fallecimiento, el mensajero llevó en su zurrón otra carta rumbo a los campos de batalla. Contenía una petición envuelta en términos humildes, pero felinos, insinuando que su alteza seguramente lo juzgaría negligente si él no solicitaba el tan esperado nombramiento como director de música. La carta de Monteverdi llegó a manos del duque cuando éste emprendía su retirada de Hungría, relevado del mando por un general alemán que enjuició su capacidad militar con teutónica franqueza. Sin duda no era el momento más idóneo para presentar una instancia, pero como la carta anterior del duque constaba exclusivamente de instrucciones para el maestro de ceremonias de palacio, al objeto de disponer la representación de una serie de cuadros vivientes que celebrasen su victoria sobre el turco, nadie tenía por qué enterarse de que tal victoria no había sido más que un sueño.

La carta regresó con el duque y quedó archivada en el voluminoso armario del secretario Chieppio. Finalizada su carrera militar, Vincenzo volcaba todas sus energías en el arte. Accedió a la petición del nuevo director de música y, ¡vive Dios!, puesto que se le cerraban las puertas de la gloria política y de la militar, haría de Mantua la capital del mundo artístico y musical. Por eso siguieron yendo y viniendo las cartas dondequiera que él se hallase, con instrucciones y sin tiempo apenas para cumplirlas. Dónde había quedado aquel pintor flamenco, preguntaba. «Envía una carta, Chieppio, a nuestro embajador en Bruselas, y que agilice la venida del artista a quien contraté allí. ¿Y no crees que va siendo hora, Claudio, de buscar otra cantante nueva e interesante que sea más joven que las Pellizari, ahora que la señora Claudia está indisponible con sus hijos y sus frecuentes recaídas? Me han hablado de una muchacha asombrosa de Roma, trece años nada más y dotada de una voz brillante. Averigua quién es, invítala a Mantua.»

Van y vienen las cartas con sus averiguaciones. El padre de la criatura desconfía. Por una parte, su hija Catherina va a ser pupila de un prestigioso maestro en una corte grande y principesca. Por otra, es bien sabida la reputación del duque. La niña irá a Mantua, escribe, siempre y cuando un médico y una comadrona de Roma certifiquen previamente su virginidad. Qué ofensivo, dice el duque, ¿es que ya nadie confía en nadie? Para que se vea la honorabilidad de mis intenciones, la alojaremos en casa de mi director de música. Y llega Catherina, una boca más que alimentar, y por razones que ellos confían tengan que ver con el tesorero de la corte y no con el duque, las pagas llevan cinco meses de atraso, no sólo la del señor Claudio y la de la señora Claudia sino incluso la del viejo Cattaneo. ¿De qué van a vivir? ¿De dónde van a sacar el dinero? No hay más remedio que visitar a maese Abrameo el usurero, que está poniéndose las botas con los servidores de la corte que no cobran y con la nobleza pródiga.

Van y vienen las cartas, dinero y música, música y dinero. Sin embargo, su fama crece mientras tanto, y su nueva música merece incluso el honor de ser atacada desde el canon académico de Bolonia. Discordante, asegura el crítico, y ajena a todas las tradiciones de la *prima prattica* y de la Iglesia. Son críticas que pueden desdeñarse tranquilamente, porque él sabe que está en camino de alcanzar mayores logros todavía. Con tal de que la carga de trabajo no fuese tan agobiante. Con tal de que el clima no fuese tan malsano. Invariablemente, durante los veranos Claudia recae en su enfermedad. Después del chico les ha nacido una niña, Leonora, pero contrajo la fiebre de los pantanos. Un bebé tan hermoso y qué poco tiempo le fue concedido en la tierra. Es como si fuese preciso pagar el precio del talento con una vida llena de tribulaciones, piensan mientras van enlutados detrás del diminuto ataúd camino de la iglesia.

TERCERA PARTE

1606-1611

Será algo fuera de lo corriente, ya que todos los papeles de los actores son cantados, y todo el mundo dice que va a ser un gran éxito. En cuanto a mí, no dudo que asistiré aunque sólo sea por curiosidad, salvo si me lo impide la falta de espacio.

Carta de Carlo Magni desde Mantua en vísperas
del estreno de *La Favola d'Orfeo*, 1607

Estas obras cantadas son más difíciles y más bellas de lo que cree el público: requieren gran exquisitez, de lo contrario quedan como fallidas.

Carta de Ottavio Rinuccini, libretista de la *Ariadna*,
diciembre de 1607

13

Isabella escucha las noticias de la corte en el jardín de su quinta de verano de San Martino. En su regazo, el benjamín quiere distraer la atención de la madre. Están sentados en una glorieta sombreada de parras y limoneros. Cosquillea el olfato el aroma de los laureles calentados por el sol. Un gato tumbado en el suelo abrasado contempla perezosamente el mundo, los ojos hechos rendijas. Isabella sujeta al niño para evitar que se le encarame a los hombros y dice:

–Vete con el tío Ottavio.

–No –replica el crío escondiendo la cara en el regazo de ella.

–Entonces, estáte quieto y déjame escuchar.

El paso del tiempo ha sido benigno con Isabella. A los treinta, está más hermosa que nunca; tiene una presencia a un tiempo reservada y cordial que le sienta bien. Ya no cambia de color su rostro cuando alguien menciona al duque. Es como si hubiese pasado a otra vida. Mejor así, porque Ottavio está proponiéndole tomar parte en una obra experimental que quiere montar la Academia musical de Mantua o Accademia degli Invaghiti bajo los auspicios del príncipe heredero Francesco. En esta obra todos los papeles van a ser completamente cantados y Claudio todavía está trabajando en ella.

–Sólo canto ya en mi pequeña corte. Hace demasiado tiempo que no actúo para un gran público –objeta Isabella.

La mirada, sin embargo, traiciona su interés cuando Ottavio le explica que la representación no va a ser en el teatro de la corte. Será una producción no oficial, en el teatro de la Academia o bien en alguno de los salones de palacio, y ante un público reducido, los *cognoscenti* de la Academia y algunas amistades y parientes. Incluso manifiesta la sospecha de que el duque, aunque le haya otorgado al imberbe de su hijo un poco de responsabilidad cediendo a la insistencia de la duquesa, en realidad no desea que se apunte demasiados méritos. Siempre ha sido así, y lo mismo el padre del duque antes que él, aunque el príncipe, comparado con Vincenzo cuando tenía su edad, es más austero que un fraile. Un mojigato, mejor dicho.

–¿Y un imberbe? –preguntó Isabella–. ¿Por qué quieres que yo participe en una obra escenificada por un imberbe mojigato?

–Por la música de Claudio. Porque el autor del libreto es el joven Alessandro Striggio, un excelente poeta. Y yo, en tanto que miembro de la Academia, les echo una mano. Si te niegas, luego te arrepentirás. Y además, la familia Pellizari se ha largado *en masse* a Venecia y no piensan regresar.

–¡Ah! Conque ése es el motivo auténtico. Os faltan cantantes y no queréis incurrir en el gasto de traer otras nuevas –exclamó Isabella.

Ottavio soltó una carcajada y dijo:

–Ése es el motivo práctico, no el motivo auténtico. A decir verdad, deseo oírte cantar en palacio por encima de todo.

–Se lo preguntaré a Ferrante. Si él da su permiso, iré. ¿En qué papel has pensado para mí?

–En el de Proserpina. La obra trata de la visita de Orfeo a los Infiernos.

–Y así, lo mismo que Proserpina, regreso un rato al mundo de los vivos. Veremos si, como ella, puedo persuadir a mi señor.

Claudio aprovecha las mañanas y las noches para trabajar en la partitura de *La Favola d'Orfeo*, de momento que no puede aspirar a ningún rincón tranquilo en donde concentrarse desde que se han mudado a su casa cerca del palacio ducal. Su hijo de dos años, Massimiliano, es un niño difícil y exigente. El mayor, Francescino, quiere aprender a tocar el violín. La pupila de Claudio, la joven Caterina, hace ejercicios de voz a dúo con Claudia. Su hermano Giulio Cesare quiere que lea el último borrador de su réplica al apestoso crítico de Bolonia. La criada se pelea con el mozo, llegan mensajeros de la corte diciendo que el duque quiere que el director de música oiga a una nueva cantante, y mientras tanto él trata de oír su música con la imaginación, de intuir cómo sonarán los versos cantados.

«Canto al son de una lira de oro... para seducir los oídos de los mortales ...»

Dos clavicordios, diez violines, una arpa doble para Lucrezia Urbana, tres guitarrones, sacabuches, órganos, violas, cornetas, trompetas..., no está dispuesto a reducir la orquesta por más que falte sitio en el local que le adjudiquen. Un órgano real para reforzar el bajo continuo, y ya es hora de salir para la audición, y tendrá que dejar el refrán de La Musica a medias, cuya ordenación armoniosa debe contrastar con el caos del mundo. Seis letras para La Musica, seis notas en el tema del bajo de acuerdo con la numerología musical, y sale a la plaza de la catedral para abrirse paso por entre las muchedumbres de frailes capuchinos y los hábitos negros de los jesuitas que pululan por allí.

Es que Venecia ha expulsado a todos sus clérigos en represalia por la bula papal de excomunión lanzada contra la *serenissima*, y así ha caído sobre Mantua otra oleada de refugiados. Los de la primera, los judíos, van a ser encerrados en una judería, excepto la familia que presta dinero a la corte. Es una traición más, después de haberles dado la bienvenida en otros tiempos, pero todo el mundo sabe que el inquisidor tiene gran influencia sobre el duque. Ahora ya no basta con vestirse de saco para la comedia del arrepentimiento de los Miércoles de Ceniza.

Al pasar junto a los frailes mendicantes el olfato de Claudio acusa el tufo de esas carnes mortificadas y privadas de agua y jabón. La música de su mente queda en sordina, hay que pensar en el tesorero de la corte, en lo que va a decirle al hombre para que suelte lo que le debe. Hace algunos días le escribió al duque para proponer una manera de pasar por alto a ese enemigo, cuya hostilidad contra él no consigue explicarse Claudio. El secretario Chieppio ha escrito una respuesta contemporizadora, pero nada se ha arreglado en realidad. Así que se ve obligado a mendigar otra vez los salarios atrasados a ese funcionario malévolo. Hay que pagar facturas del médico por lo de Claudia, y las provisiones para toda la casa. Así no hay modo de concentrarse en el trabajo, y el año va pasando y todavía falta seleccionar cantantes acerca de quienes el príncipe Francesco, influido seguramente por los gustos artísticos de su hermano menor, alberga algunas ideas insólitas.

Su Orfeo tendrá que incluir una escena a orillas de un lago, entre sauces..., pero ya se halla en el despacho del señor *Mal intenti*, el tesorero, y esa entrevista va a demandarle toda su concentración, todo el dominio de sí mismo. Las murmuraciones ruines de la corte..., y son tan indecentes que hasta han sacado punta a la elección de los padrinos para Massimiliano. La hija del duque, la joven Margheritta, para que... se considere a nuestro maestro como miembro de la familia, dicen. Chismes, hablillas, todos esos cortesanos mediocres que tratan de justificar su miserable existencia hundiendo a otros. No señor, no pienso volver mañana. El salario se adeuda desde hace un mes, y voy a quedarme aquí hasta que encontréis la llave de la caja fuerte. La audición tendrá que esperar.

Isabella regresa a la corte. Don Ferrante ha dado su consentimiento, al fin y al cabo, ella es ya una mujer hecha y derecha, la madre de sus hijos, y ha sido invitada por la duquesa. En cuanto a él mismo, se siente demasiado mayor para asistir a mojigangas palaciegas, y ha encargado a Ottavio que se ocupe de que a ella no le falte nada. Cuando el coche cruza el puente para enfilar hacia la puerta sur, a Isabella le da un vuelco el corazón. Es la vista largo tiempo perdida y ahora recobrada de las torres bermejas de *castello* San Giorgio, y volviéndose hacia Emilia exclama:

–¡Quién lo iba a decir! ¿Por qué habré permanecido tanto tiempo lejos de aquí?

Emilia ha echado carnes con los años de tranquila vida campestre, un marido y dos hijos. Si fuese por ella habrían prescindido de esa estancia invernal en Mantua, pero tampoco era cuestión de dejar sola a Isabella. La preocupan tanto las palabras de Isabella como su manera de mirar en derredor, excitada e impaciente. No puede dejar de pensar que están cometiendo una equivocación.

–¡Ah! Han construido más aposentos –se admira Isabella–. ¡Como si no tuvieran bastantes! ¿No te parece que nos perderemos? Tendremos que andar con un hilo que nos guíe, como Teseo en el laberinto.

Queda muy contenta con las habitaciones que les corresponden, cuyas ventanas tienen vistas sobre el lago.

–¿No te alegras de haber venido, Emilia? –pregunta, y al ver la mueca dubitativa de la criada–: Todos somos diferentes ahora. Los años cambian a la gente.

Sin embargo, y conforme se hace más probable un reencuentro con el duque, también crece su ansiedad. Presenta sus respetos a la duquesa y es presentada al joven príncipe Francesco, cuyos modales le parecen reservados, algo torpes incluso. Se entera de que el duque está en Venecia, para asistir a una celebración de Año Nuevo.

–Nuestro Vincenzo es incansable en la búsqueda de diversiones –dice la duquesa con un suspiro, y sonríe.

Al día siguiente se oye un gran alboroto y tocan una fanfarria desde las torres del castillo. Una flotilla se acerca al muelle de palacio, encabezada por la barcaza decorada que enarbola el águila negra. El pabellón de los Gonzaga ondea al viento. El duque, embozado en su capa y con el sombrero calado para combatir el frío, desaparece a paso rápido en el interior del edificio antes de que ella consiga verle siquiera la cara. Por la tarde recibe la visita de Ottavio. El duque los recibirá dentro de una hora. «¿Cómo estoy? –pregunta Isabella–. ¿Voy bien vestida para la ocasión? No, no es que esté nerviosa, sino que después de tantos años a lo mejor voy pasada de moda.»

El duque se ha mudado de aposento, ya no se le encuentra entre las amables pinturas del Salón de los Ríos, sino rodeado de la magnificencia ostentosa del ala nueva que construyó Viani. Entran en el Salón de los Espejos y desfilan, acompañados por sus propias imágenes, hacia la sala de los tapices que desemboca en la sala del laberinto. Ésta es una cámara cuadrada y de techo tan alto, que Isabella experimenta inmediatamente lo que debe sentir un enano. Sobre las líneas oro y azul del laberinto en bajorrelieve del techo se repite la leyenda *Forse che si, forse che no*. Tal vez sí, tal vez no.

El duque los recibe de pie junto a la chimenea, más alta que él mismo. Está de espalda mirando el fuego. Es obvio que ha debido oírlos y sin embargo, no se vuelve; de súbito, Isabella comprende que tiene miedo. Ottavio tose.

–Henos aquí, alteza.

Ahora se ha vuelto de frente y la mira. Muchas cosas cambian de lugar en el corazón de ella cuando le ve el semblante. ¿Dónde está el príncipe solar de sus recuerdos? Lo que ahora tiene ante sí es un hombre de edad madura, barrigón, de complexión sanguínea, el cabello escaso que deja ver la calva en más de un lugar. La máscara del tiempo ha caído sobre él y esa máscara no va a poder quitársela. Le sonríe sólo porque ella sabe que es el duque, no porque lo reconozca. Él ríe, se acerca, la abraza con cordialidad.

–*Carissima* Isabella. No ha pasado por vos el tiempo.

¡Ah, sí! Recuerda la voz, recuerda esos ojos, y ríe también.

–¡Ni por vos tampoco! –pero lo que está pensando es qué lástima de hombre. La naturaleza es cruel.

Por mucha ropa de abrigo que nos pongamos, el viento que viene de levante a través de los pantanos cala hasta los huesos. Claudia ha enviado la criada al mercado y se ha envuelto la cabeza y los hombros en un mantón para resguardar la garganta contra la aspereza del invierno. No se lo perdonaría si no pudiese cantar la *Euridice* por su mala salud. Alguna vez ha sorprendido a Claudio mirándola con aire pensativo y no por interés humano, sino más bien como si escuchase la música en su imaginación y calibrase si la voz de ella estará a la altura exigible.

El verano anterior, en la casa del padre de él en Cremona, estuvo trabajando sobre el *Orfeo* y ella había cantado su parte para él. En el patio se alzó la voz al aire veraniego, y se le llenaron los ojos de lágrimas al suegro, orgulloso del talento de su hijo. En Cremona, lejos de las miasmas de Mantua, ella recobraba la salud y las fuerzas. El aire limpio, la amabilidad de las gentes que saludaban a Claudio como hijo predilecto de Cremona, todo eso levantaba el ánimo. ¿No podríamos quedarnos?, había preguntado. ¿No podíamos dejar Mantua? Pero la respuesta ya se sabía. Él sólo vivía para su *Orfeo*, a medias en el mundo real, a medias en su mundo de la música. ¿Qué otro príncipe se avendría a darle tanto como el duque? ¿Otro clavicordio? Desde luego. ¿Diez violas más? Ningún problema. Aunque el creador de la música para esos instrumentos se vea obligado a vivir en constantes apuros por la falta de dinero. Su marido no puede entender que un mismo hombre sea derrochador y ruin al mismo tiempo. Por eso echa la culpa de todo al tesorero de la corte, de quien todo el mundo dice que no es honrado. Claudia recuerda el fatal collar de rubíes color sangre. Ella preferiría venderlo, pero lleva esa inscripción. En seguida se reconocería el regalo del duque.

La pequeña Caterina entra con una fuente de ponche caliente que ha preparado en la cocina. A la pupila del director le gusta ser útil en la casa, aunque va retrasada con las lecciones. Tenía una bonita voz y creía que todo consistía en ese don de la naturaleza; apenas empieza a comprender ahora que hacen falta muchos y muy fatigosos ejercicios para alcanzar el virtuosismo. Sirve un vaso para Claudia y medio para ella misma. A tu salud, dice, y se queda observando mientras Claudia bebe. A la tuya, corresponde Claudia, aunque innecesariamente, a lo que parece. Caterina tiene la piel lozana como un melocotón, y sus ojos son estanques claros de infinita inocencia. Nada la ha rozado, nada la ha trastornado todavía. Una criatura que vive sólo para el presente. Claudia se pregunta qué le traerá el porvenir.

El príncipe Francesco tiene la sensación de que alguien anda pisándole los talones. Esa intranquilidad le acompaña a menudo. Su hermano menor Ferdinando, al que pronto harán cardenal, domina más idiomas que él, escribe poemas, compone, estudia en la Universidad de Pisa y frecuenta la corte del Gran Duque de Toscana. Es el sobrino-nieto favorito de éste. Tiene las finas facciones de los Médicis y eso calienta el corazón del anciano, al ver un semblante que es vivo reflejo del suyo cuando era joven.

En cartas a su hermano, el cardenal Ferdinando ha elogiado la nueva escuela de canto de la corte de los Médicis. Las voces de soprano de Mantua no pueden compararse con las notas puras de los *castrati* del Gran Duque. Qué potencia, qué altura, qué afinación. La ópera mejoraría infinitamente si intervinieran cantantes de esa calidad. Casualmente, Francesco anda tan preocupado con las voces de que dispone, que no puede conciliar el sueño. Con la deserción de las Pellizari, la mala salud de la señora Claudia, que apenas permite contar con ella, y los fallos de la veterana *madama* Europa. Es verdad que ha llegado la prima de Ottavio tan elogiada por el duque, pero él prevé que una princesa de la familia Gonzaga no querrá acudir a tantos ensayos como serían necesarios, y no se la podrá obligar. El tenor es el único que de momento aún no ha dado quebraderos de cabeza.

Claudia despierta a media noche con un ataque de fiebre. Las sábanas están empapadas de sudor. Arranca de sí la manta porque le da calor, y luego empieza a temblar cuando el relente enfría su piel mojada. La otra mitad de la cama está vacía. Ella enciende una vela, se envuelve con un chal y se mete en el excusado, a devolver. Regresa a la habitación y se echa otra vez. Claudio trabaja y no hay que molestar, no obstante le envía mensajes mentales: socorro. La casa está en silencio mientras ella espera oír el ruido de sus pasos. ¿Dónde estás, Claudio? En la Arcadia, en el Hades, en otro país. Cuando por fin regresa a la habitación su rostro, visto a la luz de la vela, tiene una extraña expresión ausente. Luego, como si necesitase acomodar los ojos a una luz distinta, se fija en ella y se nota que está preocupado.

La toma de la mano y nota el ardor de la fiebre. Claudia se da cuenta de que aparte de la preocupación por su salud, otra preocupación distinta, la del compositor, habla a su mente con otra voz.

El príncipe heredero paseó arriba y abajo sin dejar de hablar, como hacía su padre, aunque sin el garbo y la energía de éste. Era imposible, decía. Le daban una pieza musical enteramente cantada con más partes de soprano que cantantes disponibles. ¿Estaba seguro el señor Claudio de que su esposa no se restablecería a tiempo para interpretar el papel? ¿Tenía algo que proponer, por ejemplo cómo reemplazarla?

Las facciones de Claudio se ensombrecieron por un momento ante la grosería del príncipe, obviamente desentendido de la salud ajena. Luego se limitó a responder que no quedaban más sopranos en Mantua y que en realidad, la única voz con extensión y flexibilidad suficientes era la del joven sacerdote que cantaba en la catedral, pues no creía que a su alteza serenísima el duque le agradase ver a un castrado en el papel de Eurídice.

–¿Por qué no? –preguntó Francesco–. Y en todo caso, él no es el encargado de esta producción, sino yo. En Florencia la mayoría de las partituras de soprano se confían a *castrato*. Allí sólo interesan las voces y la música, que al fin y al cabo también es lo que cuenta en el caso del *Orfeo*. De todos modos, ya le he escrito a mi hermano el cardenal para que le pida al Gran Duque un castrado que cante La Musica, y estará al caer. Por mi parte, no veo nada raro en que nuestra Eurídice sea un castrado, y si mi padre necesita mujeres que contemplar, le quedan las ninfas del coro. Además, está nuestra Proserpina.

–Como vuestra alteza se sirva disponer –responde Claudio–, siempre y cuando podamos contar pronto con el castrado del Gran Duque. Debe hallarse aquí a primeros de febrero, y con su partitura estudiada.

Pasaron las dos semanas y llegó el primero de febrero. Francesco escribió a su hermano, que guardaba un silencio sospechoso. Puesto que el imprescindible castrado no aparecía, esperaba enterarse al menos de si había emprendido ya el camino. Y subrayaba que sin él, totalmente imposible la representación.

Pasaron más días, luego el castrado del Gran Duque no se había puesto en camino. Llegó una carta de Ferdinando. Decía que el castrado se quejaba de la imposibilidad de aprenderse el papel, porque tenía demasiadas notas. El príncipe Francesco paseó como fiera enjaulada por la sala de los ensayos, hasta que su intranquilidad los puso nerviosos a todos. Se veía víctima de una conspiración. Su hermano se había propuesto impedir el éxito de la obra. Los espías del Gran Duque le habrían hablado de su calidad y trataban de sabotearla. Y caería sobre él todo el desprecio de su padre, por no ser capaz de organizar la representación a tiempo para el carnaval. Estaba en juego toda su reputación.

14

La gente entra y sale de los aposentos de Isabella. Ha llegado su hermano con su mujer y los hijos mayores para ver el carnaval, y al anochecer se han presentado en sus habitaciones con los regalos, unas cintas de brocado, un jamón ahumado de Novellara y una coca de Madeira. Menos agradable resultó la visita de su cuñado el obispo, que se puso a tronar contra la decadencia de la corte y le participó su extrañeza al ver que ella tomaba parte en tamañas frivolidades.

–Le estropea a una el día –se queja a Ottavio, que ha decidido hacer oídos sordos a todas las opiniones que no coincidan con la suya.

Ottavio entra y sale. A veces, para comentar los ensayos o para acompañarla allí, otras veces para charlar, sencillamente. Se ha observado en palacio que suele hacer compañía a doña Isabella, y ella no tiene inconveniente en recibirlo sin formalidades, pues al fin y al cabo es un pariente, ¿no? No hay necesidad de ceremonias. Él se presenta sin previo aviso, espera en el salón si todavía la están vistiendo, o le cuenta las últimas habladurías del carnaval mientras ella desayuna. Al final de la jornada la visita después de los ensayos para compadecer a la diva fatigada. Ottavio permanece de espaldas a la chimenea observando cómo Isabella se hace cuidar los pies por la masajista de palacio. Son muchas leguas de corredores de mármol, que hacen polvo los tobillos, explica ella, y luego largas horas de pie durante los ensayos. Será más fácil cuando se presente el castrado del Gran Duque, entonces ella podrá ensayar el comienzo de su parte y concederle un descanso a la Reina del Hades. Empieza a sentir lástima por el cachorro de heredero, Francesco, que tiene el ceño cada vez más fruncido a medida que se amontonan los inconvenientes. La orquesta ha quedado reducida a un puñado, porque falta espacio. Y el señor Claudio está obsesionado con las notas. La obliga a ensayar los tresillos una y otra vez, y no hace más que criticar al curita que canta el papel de Eurídice porque tiene en mente cómo lo habría hecho la señora Claudia en su lugar.

–¿Así que te arrepientes de haber venido? –preguntó Ottavio.

–Al contrario, disfruto cada segundo. Salgo de los ensayos repitiendo todavía los tresillos, ¿verdad, Emilia?

–La señora es feliz como una calandria –replica Emilia, que se ha sentado junto a la ventana para coser.

En medio de la estancia, sobre un velador, se ve un jarrón con lirios de invernadero que perfuman el aire. Ottavio mira el billete que ha venido con ellos. *Carissima* Isabella, y la letra, inconfundible. Así que el viejo castigador todavía intenta retrasar el reloj, y trata de encender unas brasas ya extinguidas.

Llega una serie de días soleados, lo que es inhabitual a comienzos de febrero. Las aves casi notan ya la llamada de la primavera. Por las mañanas, Isabella despierta un poco mareada y oyendo los arrullos insinuantes de las tórtolas en su balcón. El lago despide reflejos metálicos bajo el sol, y el rigor de los troncos invernales se alivia con los primeros brotes verdes.

También los músicos parecen ligeramente achispados; no pasa día sin que alguno de ellos pregunte: «¿No se ha puesto el castrado en camino todavía?», para divertirse azuzando la irritación y la ansiedad del príncipe Francesco. Sólo callan cuando se presenta el duque en los ensayos. El maestro nota los estados de ánimo pero finge no darse cuenta. Lo único que le importa mientras ensayan es que cada uno dé lo mejor de sí. Plantado delante del atril pero sin consultar casi nunca la partitura, la mirada atenta a los músicos y los cantantes, con ojos que suplican, que elogian, que amonestan. Las manos que dan forma a la música como si estuviese trabajando en una escultura. A veces, cuando el intérprete alcanza la nota deseada, él se queda inmóvil, tapándose la boca con la mano para que no vean que sonríe. Sólo la expresión de los ojos traiciona su aprobación, encendidos de amor a la música. Él sabe que lo que acaba de componer es lo mejor que haya salido nunca de su pluma.

Isabella se siente feliz porque él ha declarado que está contento con su voz, y continúa con la súplica a Plutón, mi señor, ese hombre infeliz... ha movido mi corazón a tanta piedad...

El duque ha asistido al ensayo y exclama «*Brava!*» al final. Claudio frunce el ceño ante la interrupción, pero Isabella sonríe y, como reacción a lo que acaba de cantar, siente un instante de piedad por el duque.

–¿Cómo es posible que sientas compasión por él? –se indigna Ottavio–. ¡Ni que fueses tan bondadosa! Él tiene todo cuanto se le antoja, excepto la eterna juventud, naturalmente, pero supongo que incluso su alteza serenísima se habrá hecho cargo de que él no es un dios.

–Hablas como contrariado porque la compasión no vaya dirigida a otro que cree merecerla más –replicó ella.

–Yo nunca he pedido nada que no confiase en recibir –dijo Ottavio.

–El que no confía no recibe. ¿Por qué eres tan huraño?

–En mi familia he visto lo que les ocurre a quienes confían demasiado en los demás.

Estas palabras aguijonearon la curiosidad de Isabella. De niña, en Novellara, había oído algunos rumores sobre el padre de Ottavio, el príncipe *condottiere* de legendaria ferocidad en las batallas. Pero las hablillas siempre cesaban bruscamente cuando los mayores se daban cuenta de que ella estaba escuchando. Esperó a que Ottavio dijese algo más. Él callaba obstinadamente y sentado junto a la chimenea miraba las llamas.

–Cuéntame lo que le pasó a tu madre, Ottavio –dijo ella–. ¿Cómo murió? ¿Por qué te viniste a Mantua?

–Son viejas historias, no vale la pena repetirlas –contestó él con acritud, y se volvió de nuevo hacia el fuego.

–Pero estás pensando en eso ahora. Lo estás recordando –insistió Isabella en tono suave, y calló para inducirle a hablar.

Sin dejar de contemplar las llamas, él empezó, y cuando hubo terminado, se hizo un largo silencio. Por último Isabella dijo:

–Es terrible. Es una historia terrible y muy triste.

Ottavio contemplaba las llamas pero en su mente sólo veía el rostro de su madre. Le habían tapado los ojos con un paño porque nadie consiguió cerrárselos, pero la boca tenía un rictus que mostraba los dientes en aquella cara hinchada. Una apoplejía, dijo su padre, y que Dios había querido llevársela consigo. Luego escribió a su primo el duque Guglielmo, y se presentó el canciller privado de éste. El primogénito y heredero se quedó; en cambio, al menor se lo llevó a Mantua el emisario. Quédate con ese contrahecho, castigado por los pecados de su madre, había dicho su padre. Sin embargo, el pecado de él, envenenador y asesino, quedó sin castigo.

–Ya lo ves, doña Isabella –concluyó Ottavio–. Así proceden los Gonzaga con las mujeres infieles.

Y soltó una carcajada.

Cuando uno revela algo que ha callado durante tanto tiempo, quien lo ha escuchado queda en cierto modo como rehén. Isabella sentía la confianza recibida como una carga, consciente de la responsabilidad que implicaba el haber visto la herida que él llevaba consigo. Durante las veladas en que charlaban o jugaban a cartas, ella no podía dejar de pensar «su padre fue un asesino». Luego volvía la mirada hacia el duque y recordaba que en su juventud también se había murmurado de él algo parecido. Lo del joven y ambicioso forastero del norte, el escocés que supo ganarse la privanza del duque Guglielmo, el padre de Vincenzo. Cierta noche oscura, un puñal traspasó un cuerpo, y Vincenzo fue desterrado por su padre a Ferrara.

Entonces se dio cuenta de que estaba mirándola fijamente.

–¿Me toca a mí? –dijo Isabella–. Lo siento, mi mente no estaba en la partida.

–No en esta partida, desde luego –replicó el duque al tiempo que recogía los naipes–. También Ottavio está jugando pésimamente esta noche. No tiene gracia ganaros con tanta facilidad.

Las flores se reciben en los aposentos de Isabella casi todos los días, acompañadas de billetes con algún comentario sobre los ensayos, la belleza de ella, el buen tiempo, lo primero que se le ocurre, siempre con una broma o una ingeniosidad que la obliga a sonreír. El día que no vienen las flores es una decepción, porque echa en falta los mensajes. Hasta que un día recibe una fuente con melocotones del invernadero, calientes y olorosos. Melocotones en febrero, es increíble, es como vivir en el palacio de un mago. Lee el billete.

«A la devoradora de melocotones –dice–. Recordé que te gustaban.»

Le imagina en el invernadero escogiendo los más maduros, y ve su mano, la mano de un hombre joven que elige uno de la fuente para dárselo. Muérdelo, dijo él, y el jugo corrió barbilla abajo. Alcanza uno de los melocotones y se lo lleva a la mejilla. Huele a verano, y la pelusa acaricia su cara. El calor del verano invade su sangre al tiempo que retornan los recuerdos.

Se oye un ruido en la antecámara por donde se sale al pasillo.

–¿Emilia? –levanta la voz, pero no hay respuesta. Habrá salido.

Abre la puerta y ve a un chico en librea, los ojos soñolientos. Es el paje del duque. Anuncia que su alteza serenísima le ha enviado a preguntar si ella ha encontrado todo a satisfacción en sus aposentos. Tiene una voz quebradiza, a punto de cambiar.

–Dile a su alteza que todo está muy bien.

–Su alteza serenísima querrá escucharlo de viva voz.

–Tendré mucho gusto en comunicárselo.

Bajo los párpados medio caídos los ojos del paje recorrieron la estancia como en busca de algún visitante oculto, y declaró:

–Estará con vos en seguida.

La realidad de la vida expulsa los sueños. Por un momento ha temblado como una doncella, pero cuando se presenta el hombre en persona no acusa ninguna reacción. Tiene merecida su decadencia física, bien puede decirse, o mejor aún, que hizo cuanto estuvo en su mano para llegar a eso. Y ahora la buscaba a ella como para persuadirse a sí mismo de que el tiempo no había transcurrido durante todos esos años. Tomaba las manos de ella en las suyas y la miraba a los ojos. Al contacto sintió algo conocido: se apoderaba de ella como si le perteneciese.

–*Carissima* Isabella –dijo–. Ni por un momento he dudado de que volverías.

–Las circunstancias han cambiado mucho –repuso Isabella al tiempo que retiraba discretamente las manos–. ¿Tomará una copa vuestra alteza?

Él soltó una carcajada.

–Con esa sonrisa te pareces a la Venus del Correggio –y cuando recibió la copa de la mano de ella–: Pareces contenta. ¿Te gusta estar aquí, en Mantua?

–Desde luego que sí, siempre me agradó.

–¿Y te agrada verme de nuevo? –hizo una pausa, los labios entreabiertos como si fuese a decir más pero prefiriese callarlo hasta escuchar la contestación de ella.

–De eso no estoy tan segura, ya que me lo preguntas y puestos a hablar con franqueza. Me hiciste mucho daño, Vincenzo. Supongo que eso lo recuerdas.

Puso cara de arrepentimiento al escuchar la acusación.

–Te quise demasiado, lo admito. Yo era joven e impetuoso, y tú la muchacha más dulce y más hermosa que nunca he visto. ¿Cómo podía dejar de amarte? Estabas irresistible. No soportaba la idea de que te marcharas con Ferrante.

–¡Ah! –exclamó Isabella dando un paso atrás–. ¿Conque eso fue? ¿Quisiste anticiparte? ¿Para herir a mi marido? Eso es una vileza.

Él levantó ambas manos en un gesto de súplica.

–No, Isabella. No me atribuyas unos motivos tan bajos. Yo te amaba, y siempre he seguido amándote, a mi manera. Todavía te quiero con profundo afecto.

Ella le miró con incredulidad, pero ahora él daba otro paso adelante y la tomaba de ambas manos. Después de llevárselas a los labios prosiguió en voz baja:

–Nuestras almas están atadas la una a la otra, eso tú ya lo sabes. Una conjunción de nuestras estrellas rige el porvenir de nuestra casa. Tú también has debido sentirlo así, o de lo contrario no habrías regresado. Compartimos un amor espiritual, el único que trasciende a los demás.

Isabella se sentó en el sillón próximo a la chimenea, mirando hacia la puerta, y él fue a colocarse enfrente, sin dejar de mirarla. Ella sonrió y meneó la cabeza.

–Palabras de cortesano. Supongo que ahora te pondrás a divagar sobre el amor espiritual perfecto que cantó el poeta. «Todos los amantes castos desean el beso en que se funden las almas.» ¿No es ahí donde quieres ir a parar, o a algo parecido?

Él rió y replicó:

–No voy a servirme de palabras ajenas, Isabella, por más que las mías puedan ser inadecuadas. Lo único que deseo ahora es volver a abrazarte con afecto.

Arrodillado delante de ella, la miró a los ojos y alargó los brazos para atraerla hacia sí.

–Nada más –dijo–. Cerca el uno del otro, como amigos. Porque lo somos, ¿verdad?

–Amigos nada más –dijo Isabella en tono de incertidumbre.

La racionalidad la abandonaba, como si el suelo le hubiese fallado bajo los pies y los sentidos la precipitasen en un mundo aparte. Los ojos de él, con aquella luz pálida, estaban fijos en los suyos. Notó un cambio de la atmósfera que los rodeaba, la tensión creciente, y supo que debía levantarse en seguida y romper el hechizo. Pero no se movió.

–Mi amiga más querida –decía el duque, y luego suspiró–: *Carissima*, tu calor –y la ciñó con más fuerza, de modo que los pechos de ambos se rozaron–. Ah, qué tierna...

–No –dijo Isabella sin oponer resistencia cuando él se irguió un poco para ponerse a su nivel y la besó en los labios.

–Ah, tus labios –dijo–. Embriagadores, como el vino.

La obligó a bajar un poco la cara y volvió a besarla. Ella olió la fragancia a romero; la pasión recordada derritió su resistencia. Él echó la cabeza atrás y murmuró:

–Tu boca, ah, como la miel –y luego–: ¿Recuerdas? El goce de ambas lenguas en la misma boca.

Al mismo tiempo la mano acariciaba la pierna de ella por debajo del vestido. Isabella empezó a caer del sillón al suelo. Arrodillado delante de ella, quedó casi cubierto por una nube de sayas mientras la mano viajaba hacia arriba, siguiendo el contorno del muslo por entre el revoltijo de telas.

–La seda de tu piel… –suspiraba–. Qué suavidad, qué calor… Ah, mi destino…

Isabella se dejó caer del todo, las bocas todavía unidas en un beso. Oyó la puerta de la antecámara y luego las voces de Emilia.

–¡Señora! Ottavio está aquí.

–Líbrate de él –pidió el duque con voz sofocada.

–Viene pisándome los talones –dijo Emilia.

Los amantes culpables reaccionan con prontitud. Cuando Ottavio entró en la estancia, Isabella estaba otra vez sentada en el sillón, se alisaba las faldas y adoptaba la expresión atenta de quien recibe una visita. El duque, de pie, daba la espalda a la puerta y contemplaba con gran atención un cuadro de Mantegna, *Triunfo de la Sabiduría sobre los Vicios*.

–Lamento molestar –dijo Ottavio.

–En absoluto, nuestra conversación había terminado ya y su alteza iba a despedirse –replicó Isabella.

–Cierto –dijo el duque sin dejar de estudiar detenidamente la Minerva con casco.

–En ese caso, con vuestro permiso, me quedo –respondió Ottavio.

El duque le asestó una mirada furiosa, pero Ottavio ya había pasado a ocupar su lugar habitual, la espalda apoyada a un lado de la chimenea. Él dirigió una última ojeada de entendido al centauro en fuga que representaba la Lujuria, así como a las monstruosas figuras de la Pereza, la Avaricia y la Soberbia, y salió tras decir *addio* a Isabella e ignorar a Ottavio. A su vez Emilia salió también cerrando la puerta a su espalda.

Ottavio, colérico, se volvió hacia Isabella y exclamó:

–Y ahora, *madama*, ¿a qué estamos jugando? Algo putesca me parece a mí la partida.

–¡Cómo te atreves! ¡Sal de aquí inmediatamente! –se puso Isabella en pie para plantarle cara–. Nadie tiene derecho a hablarme así.

–Tu misma cólera te acusa –dijo Ottavio–. ¿Cómo le consientes al duque esas libertades? ¿Es que no tienes vergüenza? ¿Has perdido la memoria? ¿Acaso no recuerdas cómo se aprovechó de ti? ¿Has olvidado su carta, y cómo deseaste que se hundiera toda la casa de los Gonzaga? Si yo hubiera sabido que todavía estás tan loca por él, a buenas horas te habría traído aquí. ¿Has olvidado quién eres, la esposa de un príncipe y una madre de familia? ¿Cómo te rebajas a tal punto? ¡Y no será que te haya parecido tan guapo! ¡Si está hecho una ruina!

Isabella se quedó mirándolo un instante y replicó:

–¿Sabes una cosa? Creo que tienes celos de él. Estás muerto de envidia, Ottavio. No tienes derecho a hablarme así por mucha bilis que destile tu corazón.

–No sería bilis lo que destilaría don Ferrante si te hubiese visto revolcándote por el suelo con ese hombre.

Las mejillas de Isabella se encendieron de rubor.

–¡Basta, Ottavio! Sal de aquí en seguida, por favor.

–Con mucho gusto –después de lo cual giró sobre sus talones y salió de la estancia olvidándose de cerrar la puerta.

Emilia, que aguardaba fuera, entró y cerró.

Isabella volvió los ojos al cielo.

–Un instante de debilidad, y me trata como si yo fuese la Gran Prostituta de Babilonia.

–Es porque está enamorado de vos –respondió Emilia–. Excepto vos todo el mundo en palacio se ha dado cuenta.

De nuevo en sus aposentos, Ottavio abría y cerraba cajones del escritorio donde guardaba sus papeles. Martirizaba el mueble dando libre curso a la rabia de su corazón mientras buscaba la carta del duque entre los montones acumulados de viejos documentos. Hasta que encontró lo que andaba buscando debajo de varios años de facturas del sastre y de los planos del arquitecto para su quinta de verano: un papel doblado y con el sello roto. Lo dejó a un lado mientras tomaba una hoja en blanco para escribir su propio mensaje a Isabella: *Madama, vos me la confiasteis por si alguna vez se os antojaba releerla. Creo que va siendo hora de que lo hagáis. Os la devuelvo a título de recordatorio de cómo vuestro amor hacia él era cosa terminada, pese a que ahora lo habéis olvidado, por lo visto.*

Dobló su carta envolviendo la otra y le puso el sello. Su criado había ido de compras al mercado. En su impaciencia, salió al pasillo y pidió a voces un mensajero. Pocos minutos después apareció un tipo de librea, con la cara llena de acné y la mandíbula huidiza, murmurando «*subito, signor, subito…*»

Ottavio lo miró con repugnancia y le tendió la carta.

–Para entregar inmediatamente a doña Isabella.

–¿Qué Isabella, *signor*? Hay más de una.

–¡Cómo! ¡Doña Isabella Gonzaga, naturalmente! ¡Idiota!

–Gonzagas hay muchas –se puso tozudo el hombre.

Ottavio suspiró.

–Vamos a deletrearlo –y escribió sobre la carta nombre y título completos–. Ahora, si no es demasiada molestia para ti, ¿querrás llevársela? Ella está en los aposentos de Romano que miran al lago.

El mensajero tomó la carta y se alejó arrastrando los pies. Ottavio exclamó:

–¿Cómo se puede vivir siendo tan estúpido?

Mientras el hombre doblaba una esquina y desaparecía, Ottavio cayó en la cuenta de que quizá podría aplicarse la pregunta él mismo. Notó un calor en la boca del estómago, un presentimiento extraño que se le subía a la cabeza como un mareo. Fue a servirse una copa de vino y pasó varias horas en un estado de estupor y negro pesimismo.

15

La Reina del Hades está probándose el vestido para la función, que es de terciopelo negro acuchillado con vueltas color carmesí y un rosario de *memento mori* de ébano a la cintura.

–¿Me queda bien? –preguntó Isabella–. ¿Parezco una criatura infernal?

El príncipe heredero Francesco no sonríe. Ni palabra todavía del castrado que debía enviar el Gran Duque, desde que llegó de Florencia el ominoso mensaje de que había demasiadas notas que cantar. El poeta y el compositor andan en desacuerdo por lo que se refiere al final. Claudio quiere un desenlace feliz para su música, pero según Alessandro Striggio la obra termina cuando las bacantes matan a Orfeo y lo despedazan. El escenógrafo está de acuerdo con Striggio porque no cabe la maquinaria que sería precisa para el descenso de Apolo. A lo que Claudio replica con rayos y truenos, ¿por qué no le dan el teatro de la corte, en vez de ocuparlo con las representaciones de una arlequinada ridícula? Uno se devana los sesos para escribir una música, ¿y para qué?, si no van a caber más de treinta personas en la sala cuando se haya metido el escenario y la orquesta.

–Estoy seguro de que volverá a representarse, y con más espacio –replica Striggio, diplomático–. Ya lo veréis, no pasará inadvertida para el duque la valía de la obra.

Es muy hábil Striggio restañando heridas del amor propio. Oyéndole a él no hay problema que no se pueda solventar. En Mantua la diplomacia siempre fue un arte, y él se está haciendo maestro en ella.

–Un cinturón de calaveras, *madama*. Imposible hallar nada más apropiado –comentó Ottavio.

–No te he pedido tu opinión en vista de lo retorcido que eres –replicó Isabella, y los demás guardaron silencio muy azorados por lo que significaba la palabra que ella le había aplicado a Ottavio.

Hasta que el príncipe Francesco dijo:

–Me pregunto si va a ser posible que esta pieza se estrene en carnaval.

Uno de los sirvientes de palacio entró en la estancia y llamó a Isabella.

–Hay una carta para vos, *madama*. Dicen que es urgente.

–No más interrupciones –suspiró el príncipe.

Ottavio soltó una maldición. Por un instante imaginó que era la carta enviada por él, y que por culpa de un mensajero imbécil Isabella iba a leerla en medio de la sala de ensayos y en presencia del hijo del duque. Sintió que se le subía la sangre a la cabeza.

–¡No la leáis ahora! –exclamó.

–Han dicho que es urgente.

Rompió el sello y desplegó el papel. El cambio de expresión mientras leía difundió un silencio terrible alrededor. Levantó los ojos, la cara lívida, sin mirar a nadie en particular.

–Es del hermano de Ferrante –dijo–. Ferrante está enfermo y los médicos dicen que se muere. Debo acudir allá –y luego, volviéndose hacia Ottavio–: ¿Será un castigo de Dios?

–¡No lo aguanto más! –se lamentó el príncipe Francesco–. ¡Una calamidad detrás de otra!

Isabella hizo caso omiso y se acercó a Ottavio tomándolo de las manos.

–¿Querrás acompañarme? No me veo capaz de emprender ese viaje sola.

El coche esperaba en el patio principal del palacio. Mientras Emilia supervisaba la estiba de los equipajes, Isabella esperaba en silencio, la ropa de viaje puesta y arrebujada en su capa, hasta que se presentó Ottavio con su criado y su impedimenta.

–Siento haber enviado esa carta –le dijo mientras el mozo de los establos revisaba las cinchas y arneses–. No debí hacerlo.

–¿Tú me has escrito? –preguntó Isabella, ausente–. ¿Cuándo?

Ottavio bajó la voz:

–La carta que te devolví. ¿No la has recibido?

–¿Qué carta? –preguntó Isabella–. No he recibido ninguna carta tuya.

–¡Virgen santísima! ¿Dónde estará? ¿Dices que no has recibido ninguna carta?

–Sólo la del hermano de Ferrante –se le llenaron los ojos de lágrimas.

–Perdona un momento.

Ottavio se dirigió a paso rápido hacia el cuarto de guardia.

–Necesito localizar a un mensajero –dijo–. El de la cara picada de viruelas.

–¿Lucio? Estará en el despacho de la posta.

Ottavio recorrió un pasillo flanqueado de oficinas hasta llegar a una estancia grande con una estufa negra en el centro y dos mensajeros a uno y otro lado. Uno de ellos era Lucio, que todavía llevaba la capa puesta.

–¿Qué hiciste con la carta que te di? –le preguntó.

–No seáis tan impaciente. La he entregado –dijo Lucio.

–¿Qué significa eso? Doña Isabella no la ha recibido.

–Lo cierto es que no hubo respuesta. Sólo se me ordenó regresar a Mantua.

–¿Qué quieres decir con eso de regresar a Mantua? –silabeó Ottavio–. ¿Dónde has entregado la carta?

–Donde escribisteis, en casa de doña Isabella Gonzaga en Bozzolo.

–No «en», estúpido, sino «de». Escribí el título, no la dirección.

El hombre se encogió de hombros.

–Y yo qué sé. El enano dijo que era «en».

–¿Es que no sabes leer? ¿Es que no escuchas? ¿No te dije que ella estaba aquí, en palacio? Y además, ¿qué tiene que ver el enano en esto?

–Suele visitar el despacho de postas. Le gusta averiguar quién escribe a quién. Fue él quien me dijo: «Tienes una carta privada de don

Ottavio a doña Isabella, ¿no es cierto? ¡Ah! Estará en Bozzolo ahora. Tendrás que galopar si quieres llegar allí antes de que se haga de noche».

Ottavio soltó un juramento.

–Así se pudra en los infiernos ese sapo pérfido. ¡Tan entrometido como siempre! –y luego interpeló otra vez al mensajero–: ¿Qué pasó cuando llegaste a Bozzolo? ¿Cuándo entregaste la carta? ¿No hubo respuesta?

–Recibieron la carta, pero no salió nadie a darme ninguna contestación, así que pasé la noche en los establos y luego regresé. Venía de camino cuando pasó de largo un mensajero de ellos galopando como un poseso. Pero a mí nadie me dijo que hubiese una respuesta.

–La culpa es mía por confiar en un cretino –dijo Ottavio.

–¿Ésa es la gratitud que recibo por mis servicios? Pues muchas gracias, señor. Muchas gracias.

Pero Ottavio ya le había vuelto la espalda.

–Mucho has tardado, primo –le dijo Isabella al verlo.

–Asuntos que atender –dijo Ottavio–. Necesidades de la naturaleza.

–¿Te encuentras bien para viajar? Estás pálido.

–Estoy perfectamente. ¿Puedo ver la carta de tu cuñado?

La leyó, pero no halló nada que adivinar entre líneas. Decía que Ferrante estaba enfermo y en peligro de muerte, según el médico, y la instaba a regresar sin pérdida de tiempo. Nada permitía suponer que hubiese algo más, aparte de lo que manifestaba.

–Si no llego a tiempo, nunca me lo perdonaría –dijo Isabella–. Por favor, Ottavio, sube al coche. Demasiado retraso llevamos ya.

El coche se puso en marcha, e Isabella empezó a llorar. Ottavio iba sumido en sus propios pensamientos y no se acordó de consolarla. No sólo estaba la antigua carta del duque, sino también la suya, que corroboraba la acusación de infidelidad.

–No he debido venir a Mantua –dijo Isabella–. Fue un capricho necio. Debí quedarme con Ferrante. Él fue muy noble cuando autorizó mi ausencia, pero debí quedarme con él y con nuestros hijos.

–No os acuséis –quiso consolarla Emilia–. No podíais saber que iba a enfermar.

–Siempre tuvo muy buena salud, ¡quién lo iba a decir! A lo mejor intuyó algo... A última hora me rogó que me quedase, y yo me negué. Dije que era demasiado tarde, que se me esperaba. No tuvimos una despedida cordial.

–Os echaba en falta antes de que marcharais. Ya veréis cómo se repone así que os vea –dijo Emilia.

–¡Pobre príncipe Francesco! ¡La cara que puso! «Una calamidad detrás de otra», fue lo que dijo –se echó a reír Isabella–. Parece mentira que sea hijo de su padre. ¡Y lo mucho que le cuesta librarse de esa sombra!

Y volvió a deshacerse en lágrimas.

–¡Ay, Vincenzo! El pobre se ha arruinado a sí mismo. Está hecho un esclavo de su reputación. Es un monstruo, ¡pero tan amable!

–¿Quieres dejar de hablar de él? –la interrumpió Ottavio, irritado–. Vas camino de reunirte con tu esposo.

–Ferrante no quiso que yo marchase, ¡pero aquello es tan triste en invierno! Dijo que lo comprendía, aunque luego me pidió que me quedara –miró por la ventanilla y se echó a reír–. Mira qué hombre tan gordo montado en burro, ¿cómo lo resistirá el pobre animal? Emilia, dile al cochero que pare. Que suba ese hombre y salvemos a su asno de una muerte cierta.

–Puesto que vamos en el sentido contrario, no veo qué ayuda podemos prestarle –objetó Emilia.

–Qué lástima. Y Ottavio sentado aquí sin decir nada, con esa cara de búho.

–Estoy meditando acerca de lo que nos espera –respondió Ottavio.

Y era verdad. La llamada perentoria y sin réplica posible, la dolencia no especificada. Era la respuesta inevitable a una carta como la que él había enviado. Se le ordenaba a la esposa infiel que regresara en seguida, pero evitando ponerla sobre aviso. Y quién había sido su cómplice sino él mismo, el hombre que a la luz de la carta necesariamente debía aparecer como el alcahuete del duque. A saber lo que le tenían reservado.

–Estoy decidida –anunció Isabella–. Si Ferrante se repone no volveré a dejarlo jamás. Me quedaré a su lado y envejeceremos juntos, contentos y en paz. Yo era muy joven cuando me casé con él, pero ahora envejeceré a su lado y seré sensata como él. ¿No es un bonito cuadro?

Volvió a reír y luego lanzó un profundo suspiro.

–Estoy muy cansada, Emilia. El viaje es largo, ¿te acuerdas de la otra vez?, sólo que ahora todos somos ya mayores. Vamos camino de nuestras tumbas.

–No hables así –dijo Ottavio con una mueca, y apartó la mirada. Pero entonces vio en el cristal de la ventanilla un reflejo que se le antojó parecido a la cara de su madre muerta, los dientes expuestos en una risa macabra. Ordenó al cochero que se detuviera, saltó a la cuneta y vomitó.

En palacio el príncipe Francesco sufría también sus presentimientos funestos.

–No es posible que se haya ido de Mantua –decía con incredulidad.

–Pues qué otra cosa podía hacer la señora. Su marido se está muriendo –replicó Striggio.

–Ese hombre tiene una salud de hierro. Nunca se le conoció la menor indisposición. La ha llamado sólo para arruinar mi obra.

–¿Vuestra obra? –balbució el director de música.

Pero Francesco había abandonado la estancia casi deshecho en lágrimas. Se encaminó a su escritorio y escribió una carta a su hermano, casi rasgando el papel con sus impacientes trazos. La cantante que debía interpretar el papel de Proserpina está imposibilitada. ¿Dónde queda el castrado? Si no se presenta, la función va a ser un fracaso total.

Poco después Lucio, el trasero todavía escocido de la cabalgata del día anterior, salía a uña de caballo hacia la corte del Gran Duque para llevar el nuevo mensaje.

16

La chimenea de la habitación iluminaba los tapices de las paredes dejando ver una escena de caballos y cazadores y un ciervo acorralado entre la arboleda de *gros point*. Al fondo, en una cama con dosel, yacía Ferrante. Los que se acercaban oyeron su respiración; pese al ruido de pasos, sin embargo, él no alzó los párpados. Sentado junto a la cama, el criado acercaba una jofaina con agua de espliego para lavarle la cara. Sobre la mesita se veían algunos instrumentos del médico y un bote con sanguijuelas.

–Está así desde ayer –dijo su hermano Ercole–. Hemos esperado a ver si decía algo, pero no habla, aunque nos mira como si quisiera darnos a entender algo importante. No se tiene en pie, y tampoco le responde el brazo derecho. Habrá sido una apoplejía lo que ha cercenado así sus fuerzas.

–¿Puede oírnos? –preguntó Isabella.

–Reacciona a los ruidos, aunque no sabemos si nos entiende cuando le hablamos. Quiere hablar, pero no puede articular las palabras.

–Me quedaré a su lado hasta que despierte –dijo Isabella, y sentándose al borde de la cama tomó una mano del enfermo entre las suyas y empezó a rezar.

–¿Estáis indispuesto? –le preguntó Ercole a Ottavio, que se había derrumbado en un sillón con la cabeza entre las manos.

–Necesito un poco de aire fresco. Hace mucho calor aquí, y el viaje ha sido fatigoso –respondió Ottavio.

Cuando salieron, preguntó:

–¿Qué le habrá abatido de esa manera?

–Estuvo de mal humor toda la semana y se quejaba de que le dolía la cabeza. Tal vez fue el cambio de tiempo, o tal vez echaba en falta a su mujer. Pero como salió de cetrería con sus dos hijos y volvieron riendo, creíamos que se le había pasado. Una hora más tarde, poco más o menos, llegó un mensajero de Mantua con una carta que le fue entregada a él. Envió recado de que pensaba cenar a solas en sus aposentos y no volvimos a verlo, hasta que el criado entró a despertarlo y lo halló caído en el suelo, y en el estado que habéis visto.

–Terrible –dijo Ottavio, y luego, procurando disimular la tensión en su voz–: ¿Se ha encontrado esa carta?

–La hemos buscado, pero ha debido de esconderla, o tal vez la quemó. Creemos que se trataría de alguna mala noticia que lo puso furioso, seguramente una demanda del duque. Hace años que andan querellados por reclamaciones sobre las tierras. No lo sabremos hasta que se rehaga un poco. Estoy seguro de que él quiere decirnos algo.

–Sí, lo sabremos cuando se reponga –repitió Ottavio–. Hasta entonces me quedaré aquí, con vuestro permiso.

–Si os parece que el duque puede prescindir de vos para sus parrandas –replicó Ercole al tiempo que le daba bruscamente la espalda–. No creo que aquí vayamos a celebrar el carnaval.

En la alcoba de Ferrante se habían congregado las hijas del primer matrimonio con los maridos de ellas, los hijos habidos con Isabella, el hermano y tres primos. Las mujeres lloraban en silencio mientras los hombres rezaban y prodigaban palabras de consuelo. Con la chimenea encendida, el calor de tantas personas y la habitación cerrada, reinaba un ambiente sofocante hasta que llegó el médico y echó a casi todos los parientes excepto a Isabella, al ayuda de cámara de Ferrante y al hijo mayor, Scipione. En la sala contigua quedó Ottavio con Ercole, medio dormido de fatiga. Al poco se presentó el confesor de don Ferrante y se quedó junto a la cama en espera de ver algún signo de lucidez. Isabella salió hecha un mar de lágrimas.

–Es terrible, mucho peor de lo que imaginaba, Ottavio –dijo–. Abrió los párpados y sus ojos me miraron como si no me reconocieran, y luego con una expresión de odio, como si yo fuese su enemiga. Creo que no razona.

–Todos están confusos cuando vuelven en sí –contestó Ottavio–. Sólo es cuestión de tiempo, y volverá a su ser anterior.

–Entonces Scipione lo llamó «padre», y parecía que iban a saltársele los ojos de las órbitas. Miraba como un toro furioso, ¡quiera Dios que recobre el uso de razón!

–Quiera Dios –murmuró Ottavio.

Es de noche. Isabella se ha retirado a sus aposentos, aunque no sin rogarle a Ottavio que la llame tan pronto como Ferrante vuelva en sí. El criado de Ferrante está sentado junto a la cama, velándolo, aunque con ocasionales cabezadas. Ottavio le quita de las manos la jofaina del agua con espliego para evitar que se le caiga, y le dice:

–No habéis dormido desde ayer. Yo velaré un rato al enfermo.

Lo acompaña a la antecámara, donde han instalado un catre, y luego regresa a la habitación de Ferrante y cierra la puerta.

Toma un cirio de los que dan luz al yacente y pasea toda la habitación, al tiempo que escudriña por entre las sombras movedizas en busca de un papel. Registra el contenido de los cajones del escritorio que está junto a la puerta. Abre el armario y saca las camisas una a una, las despliega, las sacude, lo cierra. Se acerca a los tapices de las paredes y mete la mano para palpar los paneles de madera. Cuando se vuelve hacia la cama, ve la luz de la vela reflejada en los ojos de Ferrante, que están abiertos y le miran.

–¿Qué has hecho con la carta del duque? –le pregunta Ottavio–. No la habrás quemado, porque ibas a enseñársela a ella. ¿Dónde la tienes?

Los ojos le miran fijamente, la boca se abre como si fuese a hablar. La vena de la sien late con fuerza.

–Hace tanto tiempo –prosigue Ottavio–. ¡Hasta a los presos se les indulta después de tantos años! ¿Dónde está la carta?

Un parpadeo. Los ojos se desvían hacia la derecha, al lado de la cama. Sobre la mesita hay una caja de madera con incrustaciones, y la llave está en la cerradura.

–Supongo que esto también lo habrán registrado –pero la abre de todas maneras.

Está llena de monedas, medallas y piedras preciosas sin montar en bolsas de terciopelo.

–¡Ah! –exclama Ottavio–. Muy hábil ese cajoncito –y levanta el falso fondo de la caja.

En el compartimiento oculto están las dos cartas, la suya y la del duque. Al lado de ellas, un paquete pequeño de papel plegado. Con la mano disimulada dentro de la caja esconde el paquete en la bocamanga, mientras la otra mano se alza en el aire exhibiendo las cartas para que las vea Ferrante.

–Muy bien ideado eso de esconderlas aquí. Podrían ser mal interpretadas y cubrirnos a todos de vergüenza. Tú no querías que nadie las viese excepto Isabella, ¿verdad?

Ferrante jadea, sofocado. Ottavio le enjuga la frente con el paño húmedo. Ferrante quiere hablar pero sólo le sale un graznido ininteligible. Ottavio se vuelve hacia el velador, donde hay una garrafa de vino. Volviendo la espalda a Ferrante, se saca el papel de la manga y lo despliega. Contiene un polvillo blanco.

–Yo te endulzaré el vino –dice–. Miel y canela para suavizarte la garganta. Anda, bebe un poco y podrás hablar con más claridad.

Ferrante le hurta la cara.

–Vamos, vamos –le dice Ottavio como queriendo sosegarlo–. No me defraudes, tengo ganas de escuchar lo que dices.

Levanta la cabeza de Ferrante con una mano y le acerca el vaso con la otra.

–Anda, bebe un poco, al menos, y lo que sobre me lo tomaré yo, para que veas que está bueno.

La cabeza, pesada, fatiga el brazo. Ottavio se arrodilla en la cama para hacer que se incorpore un poco el enfermo, y apoya la cabeza de éste en su propio pecho al tiempo que vierte el vino en la boca de Ferrante. Las miradas de ambos se encuentran y Ottavio murmura:

–Un poco más, y deja un trago para mí.

Con delicadeza, tumba de nuevo al enfermo sobre las almohadas y arroja el sobrante del vino a la chimenea, donde levanta un torrente de chispas.

–Para eso sirven los fuegos –dice–. Para quemar lo que no deseamos que vean los demás. ¿Te parece que quememos también estas cartas? Será lo mejor, ¿verdad?

Acerca la suya a las llamas y tan pronto como prende deja que caiga en las brasas. Ahora tiene en la mano la carta del duque y la tentación de leerla se hace casi irresistible.

–No lo creerás –dice–, pero nunca he llegado a saber lo que escribió.

Dicho esto la arroja al fuego y se queda contemplando cómo se inflama, se ennegrece y retuerce hasta que por fin echa a volar como un pájaro de fuego por el tubo de la chimenea.

Cuando se acerca a la cama, Ferrante está mirándolo fijamente.

–Isabella no sabe nada de esto –continúa Ottavio–. Sería muy triste para ella si llegase a enterarse de que había perdido tu amor. Vale más así –se inclina para darle un beso en la frente–. Más pronto o más tarde, a todos nos toca la hora del descanso.

Los ojos de Ferrante le miran con la infinita fatiga de quien sabe y consiente. Suspira como agotado, o resignado. Ottavio espera a que cierre los párpados. A continuación abre la puerta y después de pasar el turno de la vigilia al ayuda de cámara, se despide para retirarse a su habitación.

De madrugada, don Ferrante sufrió una convulsión terrible y una serie ininterrumpida de espasmos. Cuando Isabella llegó a su lado, estaba ya difunto.

17

El viajero descabalga de su bayo en el patio del palacio ducal. Es un joven alto, bien proporcionado, de piel sonrosada, que ciñe la capa con estilo. Trae salpicadas de barro las botas oscuras de excelente piel de cabrito. A continuación entra en el patio el criado que le sigue, con librea de los Médicis y llevando la acémila con los baúles.

–Giovan Gualberto Magli –anuncia el joven–. Estoy al servicio del serenísimo señor su alteza el Gran Duque de Toscana, que me envía aquí por petición especial del príncipe Francesco.

El rostro del príncipe Francesco se ilumina de alegría. ¡Estupenda noticia! Un día más y se echaba todo a perder. ¿Ha estudiado la partitura? ¿Sabe que le toca otro papel más? Se necesita que cante también la Proserpina.

Dicho sea en elogio suyo, Giovan Gualberto no se espanta, ni finge ningún ataque de nervios. Al fin y al cabo es un cantante profesional y ha visto otras crisis. Permanece ecuánime, el gesto benévolo, la mirada dura. Eso sin duda supondrá duplicar el trabajo, como poco, pregunta. Más esfuerzo para la voz, y la fatiga de los rápidos cambios de vestuario entre bambalinas. Pide tiempo para leer la partitura antes de comprometerse.

–Se os compensará por vuestro esfuerzo. Duplicaremos los honorarios –se apresura a replicar Francesco.

–Por supuesto, no esperaba otra cosa –contesta el castrado del Gran Duque–. La leeré tan pronto como me haya instalado en la habitación. Y luego hablaremos con el señor Claudio.

Así que por fin se puede proceder a los ensayos en el Salón de los Espejos, con asistencia de la minoría de entendidos. Los músicos, ya seguros de que su trabajo será escuchado y resueltos los problemas pendientes, se sonríen los unos a los otros y miran satisfechos a su director. Empieza la tocata y luego Giovan Gualberto se vuelve hacia los espejos y arranca a cantar las primeras palabras de La Musica, «*Dal mio Permesso amato...*». Su voz aguda y clara como el cristal llena el aire hasta la bóveda mientras reitera la promesa de La Musica, que llevará la paz a los corazones más inquietos y el amor a las mentes más gélidas. Al término de este preliminar estalla un rumor de voces, de risas de los músicos, de exclamaciones de alivio y admiración. El príncipe Francesco se explaya:

–¡Es un ángel! ¡Un ángel benefactor!

Giovan Gualberto mira a Claudio y dice con su voz clara de adolescente:

–En el segundo *ritornello*, maestro, quizá la cuerda debería oírse por encima del órgano.

Los músicos esperan, expectantes. Nunca un cantante se había atrevido a cuestionar el juicio de su director de música. Pero Monteverdi se limita a sonreír y replica:

–Veréis cómo destaca más la cuerda en el momento de salir a escena Orfeo, puesto que ese instrumento le representa.

El príncipe Francesco sale de los ensayos con el pecho henchido de orgullo. En palacio se comenta ya lo extraordinario de la obra, toda ella musicada y todos los papeles cantados de principio a fin, sin diálogo hablado. Las invitaciones andan solicitadísimas. Pero Francesco ya sabe que no será la falta de una invitación lo que disuada a muchos de querer entrar. La sala se llenará hasta quebrar los espejos de las paredes. Le toman las medidas a Giovan Gualberto para el vestuario, y rechaza sin pensarlo dos veces el traje de Proserpina. Dice que es de mal presagio, y que quiere una túnica larga de terciopelo. Y una diadema de brillantes. El príncipe Francesco se encamina a la caja fuerte de palacio y trae la corona de su tatarabuela, Isabella d'Este. Tras ponérsela, Giovan Gualberto se contempla en el espejo con ojo crítico y decide por último que no, que mejor una diadema de plumas.

La noche del 24 de febrero el Salón de los Espejos, tal como había previsto el príncipe Francesco, está a rebosar. En primera línea han colocado los sillones para el duque, la duquesa y los dirigentes de la *accademia*. A continuación, varias filas de sillas de madera, y por último dos bancos corridos, que es donde se aglomera mayor número de gente, ya que cada uno de los recién llegados establece pretensiones de delgadez y de ocupar apenas un mínimo espacio, pese a las calzas drapeadas y forradas que todos usan. Quedan de pie, al fondo, los decididos a ver la representación con o sin asiento. Entran en fila los músicos y se inclinan ante la audiencia. El director mira a su alteza serenísima en espera de recibir la señal, y luego hace un ademán a los trompetas. Empieza *La Favola d'Orfeo*. El castrado del Gran Duque se desliza sobre el escenario revestido de blanco y oro, el atuendo de La Musica. Entre telones Francesco Rasi, es decir, Orfeo, respira hondo para concentrarse. Pese al mal tiempo propio de la estación, no se oye ni una sola tos entre el público. Estáticos, como si hubiese caído sobre ellos un encantamiento, multiplicados por los espejos que les rodean, parecen bultos inmóviles envueltos en terciopelo y cubiertos de joyas.

Faltan tres personas que deberían estar allí. En su casa, cerca de la catedral, Claudia está sentada junto al fuego, envuelta en un mantón y escuchando los gritos y las risas de los que celebran el carnaval en las calles. Tiene una dolorosa tos y el médico le ha prohibido salir. Habrá otras representaciones, ha dicho, no vale la pena arriesgar la vida exponiéndose al relente nocturno. Isabella, echada a medias sobre un colchón en una habitación desamueblada, vestida de luto, se abandona al dolor por la muerte de su marido. Llora la pérdida de su presencia física, el sillón vacío, el armario lleno de prendas que nadie volverá a usar, el hueco en el corazón de la casa. Sus hijos la consuelan, y ella los consuela a ellos, pero nada puede paliar la profundidad del dolor. Imposible confesar a nadie que llora por no haberlo querido lo suficiente. Ahora se da cuenta de que el duelo no es consecuencia del amor, sino de una pérdida. Imposible confesar que su dolor es arrepentimiento. Podría hablar de esto con Ottavio si estuviese allí, pero se ha despedido inmediatamente después del funeral, diciendo de improviso que debía regresar a Mantua. Ella le rogó que se quedase; sin duda los asuntos del duque tenían espera. Que se vaya, había dicho Ercole. Que se vuelva a sus fiestas, ¿para qué va a quedarse en casa de un muerto? Pero tampoco se le ha visto en Mantua. Ottavio ocupa una estancia todavía más desguarnecida que la que eligió Isabella. Los frailes no le han preguntado a qué viene. Son muchos los penitentes que entran y salen del monasterio. Cuando haya hecho las paces con su conciencia dejará la dieta de pan y agua, abandonará la tabla para volver a dormir en una cama y retornará a su vida normal. Tal vez volverá a pecar y tal vez no. A ellos eso no les incumbe.

Cartas van y vienen entre Mantua y Turín, y es que Vincenzo corteja al duque de Saboya para casar a su primogénito con la hija de éste. Alianza que confía servirá para alejar de las posesiones de Mantua en Monferrato las garras codiciosas de Carlo Emanuele. Dispone una nueva representación de *Orfeo*, esta vez para las damas de la corte. Y luego habrá una tercera, en el teatro grande y con toda la tramoya y decorados más complicados, cuando visiten Mantua los de la corte de Saboya.

La luz de las velas arranca reflejos a las ropas de Proserpina. El escenógrafo y figurinista Follino ha encontrado un género que tiene un efecto ingenioso como de seda tornasolada, de manera que Proserpina parece envuelta en miles de llamas. Los rostros enmascarados de los espíritus infernales rodean a Orfeo, que retorna hacia la luz del día seguido por su Eurídice. Hasta que su voluntad desfallece, y se vuelve a mirarla. Se oye un trueno, Eurídice desaparece y Orfeo se queda solo con su cólera y su desesperación.

Sentada entre la audiencia con las demás damas, Claudia está más que encantada, está abrumada de admiración por la pura genialidad de las figuras musicales que emulan los cantos de los pájaros y el rumor de los arroyos, para representar luego los subterráneos infernales mediante acordes sombríos de los sacabuches y las cornetas. El tema ascendente y descendente se repite cada vez que retorna la ronda de las ánimas doloridas, cuyos lamentos evoca. Y para terminar, el coro de las bacantes marca el paso con cascabeles y pisa rítmicamente el tablado en una danza orgiástica a los sones de la flauta y el tamboril.

Una vez más la representación ha sido un gran éxito. El duque está encantado y quiere obsequiar a todos los cantantes. Cuando pasa junto a Claudia, rodeado de una nube de damas de la corte que gorjean exclamaciones de admiración y le felicitan por la nueva obra, sus ojos se fijan en el collar de rubíes que ella luce. Sonríe con su simpatía habitual. Imposible adivinar si habrá reconocido ese collar, pero ella se da cuenta de que los ojos de él la han aquilatado en un instante, como buen conocedor, y luego han pasado a otra cosa.

–La señora Claudia ha perdido su lozanía –le comenta el duque a Ottavio–. Era una muchacha tan bonita y tan alegre, ¿recuerdas?

–No todos mejoramos conforme pasan los años –replicó Ottavio–. Tal vez debería marcharse de Mantua. Este aire perjudica su salud.

–Eso tendrá que decidirlo su marido, pero por ahora no puedo prescindir de él. Necesitamos un nuevo final para el *Orfeo*, para cuando se presenten los de la corte de Saboya. Un desenlace feliz, que resulte de mejor presagio para una futura boda que morir descuartizado por las bacantes enfurecidas. El gran Apolo desciende para salvar a su hijo. No será mala moraleja para que la entiendan los saboyanos.

–Sois un padre generoso, eso nadie podrá negarlo.

–Así que Isabella ha enterrado a Ferrante y está de luto –continuó el duque–. Confiemos en que el hijo será un poco más sumiso a mi autoridad. Gobernar este país viene a ser como conducir un tronco de caballos que galopan todos en diferentes direcciones. Se equivocó nuestro antepasado Ludovico cuando dispuso un trato equitativo para todos sus hijos, y ahora todos los descendientes tienen sus pequeños principados y acechan cualquier debilidad del centro. Somos víctimas de la decisión tomada por uno que desapareció hace un siglo. Pero yo he cumplido con mis obligaciones, tengo tres hijos y dejo asegurada la sucesión.

–Y la inmortalidad de Mantua en la música y en el arte.

–Te noto algo raro últimamente, Ottavio. Tú has tramado algo. ¿Puedo fiarme de ti todavía?

–Hasta las últimas consecuencias –replicó Ottavio.

Reformado el último acto, Follino ha construido la tramoya para el descenso de Apolo, que además lucirá un espléndido traje dorado y corona de príncipe. Sólo faltaba que se presentasen los invitados. Carlo Emanuele daba largas y consultaba a sus astrólogos. De Florencia se recibió una carta de la duquesa. El Gran Duque preguntaba por el paradero de su castrado y les recordaba que lo había cedido sólo para la semana de carnaval. El príncipe Francesco, después de escuchar la reprimenda de su madre, escribió una efusiva carta para disculparse y solicitar una ampliación del plazo.

Y luego se pudo ver claramente que los de Saboya jugaban a fondo la baza de hacerse rogar. Al cuerno con Carlo Emanuele y su hija, dijo el duque, y se llevó la corte consigo, a las playas y las casas de juego de Génova. En dos semanas consiguió perder en las mesas más de cien mil escudos, que eran la cuarta parte de las rentas anuales del Estado. Esta noticia la escucharon los músicos con cierta amargura y más que nadie su director, desgarrado entre sus obligaciones musicales y una familia plagada de dolencias.

18

El *dottore* Monteverdi no acierta a decir quién de los dos está más enfermo, su hijo o su nuera. Ella llegó con fiebre pero ahora, gracias al aire fresco de esta casa umbría, parece que va recuperándose. En cambio lo que tiene Claudio es un trastorno mental. Ni siquiera aquí consigue librarse de las exigencias del duque. Está poniendo música a dos sonetos, cuando debería descansar. Y está obsesionado con su príncipe. Unas veces dice pestes de su extravagancia y su falta de consideración, otras lo pone por encima de las nubes diciendo que es el hombre más generoso y el árbitro supremo de la elegancia y el buen gusto.

Su padre ha leído el borrador de una carta enviada por Claudio al duque para suplicarle por el amor de Dios que no volviese a abrumarle con tanto trabajo en tan poco tiempo. Esto sucedió en vísperas del casamiento de la hija mayor del duque, y ¿qué efecto surtieron sus peticiones? El de avivar el insaciable apetito de canciones por parte de éste. A criterio del doctor no cabe duda de que su hijo se ha quemado en el fuego de su propia música. Lo que necesita Claudio es tranquilidad y descanso, aunque él habla de ir a Milán ahora, mediado el mes de agosto, para supervisar la edición de su obra, junto con las de otros compositores, en un libro de madrigales. El editor se ha apropiado de la música, ha reemplazado los sensuales versos de Guarini por unos textos en latín litúrgico y ha añadido una dedicatoria al obispo de Milán, que es sobrino del santo de la Contrarreforma. Y aunque dice que no puede impedir nada en estos tiempos de policía moral, al menos tratará de evitar que el desaguisado vaya a mayores.

–Ha sacado una bonita voz Francescino, ¿no es cierto?

El muchacho sostenía la nota echando la cabeza atrás, y luego miró a su madre sonriendo.

–¿Te ha gustado?

Tiene los ojos grandes y expresivos, el semblante de una gravedad seductora.

–Lástima que no esté aquí tu padre hoy, que es tu sexto aniversario.

–Cuando sea mayor quiero ser cantante –dijo el chico–. Massimiliano será médico, como el abuelo.

–A veces no se elige lo que vas a ser, depende del talento que tengas.

–¿Por qué no cantas nunca ahora, mamá?

–Estuve enferma. Se necesita una salud fuerte para ser cantante.

–¿Por qué estuviste enferma...?

–Basta de preguntas. Vete a jugar con tu hermano.

Los contempló mientras ellos jugaban en el jardín con un palo y una pelota. El pequeño Massimiliano, que aún no había cumplido los cuatro años, trastabilló sobre sus gordezuelas piernas y cayó de bruces. En la mente de ella apareció la imagen del niño de Lucia Pellizari cuando tropezó, con la misma torpeza infantil. Aquel día caluroso de finales del verano, y ella misma en el lago mirando por encima del espejo oscuro de la superficie hacia las torres bermejas del palacio. Algo infectó su Arcadia ese día. Por la noche regresó la fiebre y con ella el cortejo de pesadillas extrañas, que dejaban el espíritu lleno de presentimientos funestos.

Por el amor de Dios, procurad que deje el juego ese hombre, era la esencia de las cartas que la duquesa enviaba a Génova desde el lago Garda. Lo intentó Ottavio con razonamientos. No hay que obstinarse contra la suerte, decía. Vale más esperar tiempos mejores. El duque seguía sentado a las mesas de juego, la vista fija en los naipes, la frente bañada en sudor por el calor y la tensión. Tan pronto como perdía una partida iniciaba la siguiente. ¿Por qué seguir jugando, cometiendo las mismas equivocaciones una y otra vez? Dejad las mesas ahora, hay que romper la mala racha, insiste Ottavio. Lo cual se ve obligado a hacer el duque, finalmente, al quedarse sin dinero en efectivo. Sus cartas a Mantua pidiendo más quedan sin respuesta. Se dirige a los banqueros de Génova en demanda de un préstamo, pero han sido demasiadas las indiscreciones con sus mujeres en el pasado; nadie quiere prestarle ni una lira. Gracias a Dios por eso, suspira Ottavio, y regresa al lado del duque para participarle el fracaso de su gestión. El paje del duque, que holgazanea en la antecámara, al verle arquea una ceja y sonríe con picardía. Al abrir la puerta, Ottavio entiende el porqué. Despatarradas en un revoltijo de sábanas a uno y otro lado del duque inconsciente, ve un par de mujeres reconocibles a primera vista como prostitutas.

Claudio regresa a Cremona lleno de optimismo. Cherubino Ferrari, teólogo del duque y buen amigo suyo, ha elogiado *La Favola d'Orfeo* y ha dicho que influirá para que la obra se represente en Milán. Ha cantado la canción de Orfeo en el huerto del padre Cherubino, y el reverendo prorrumpió en exclamaciones diciendo que jamás una música le había conmovido tanto. Han pasado la velada hablando de música, y también del duque, puesto que su nombre va indisolublemente asociado a ella. Qué gustos tan exquisitos y refinados los de ese hombre, dijo Cherubino. Ha abierto caminos gracias a su pasión por la nueva música. Entiende el drama, lo lleva en la sangre, y ésa es la ventaja que ofrece su corte en comparación con otras. Muchos se ríen de su afición a las cantantes y a las actrices, pero en su corazón él entiende la naturaleza sagrada del arte. La despedida ha sido calurosa y mientras se va acercando a Cremona, Claudio disfruta todavía la satisfacción de su éxito. No es sino al entrar en casa de su padre y ver el semblante compungido del doctor y los ojos enrojecidos de llanto de la criada, cuando comprende que esta vez la sombra de la muerte que los ha rozado en otras ocasiones ha venido para quedarse.

Claudia está acostada en la cama pero no se halla ahí en realidad. Baila en el Salón de los Espejos. En cada espejo, al pasar ella, aparece y desaparece su imagen. Giovan Gualberto la toma del brazo, su túnica blanca y dorada lanzando destellos a la luz de las velas, y se oye una voz aguda y pura que canta a los sones del laúd «*Questi vaghi concenti*...». ¡Ah, sí! Ésa es la voz de Claudia, «los cantos que las aves entonan al despuntar el día...». Y ahí está el duque, mira y sonríe con tanta calidez, y ahora se ha vuelto para hablar con alguien, un personaje enlutado cuyo rostro no consigue atisbar. Ella, mientras baila, va buscando a Claudio, y tiene la impresión de que debe de andar cerca, pero fuera de su ángulo de visión en cierto modo. Allí debe encontrarse, está segura, pero cuando se vuelve a mirar resulta que no hay nadie. Dentro de ella empieza a crecer el pánico, los espejos se disuelven y se halla en una habitación de paredes oscuras, donde sólo se ven unas estrellas reluciendo a la luz del fuego que arde en el hogar. Está mirando un cuadro, es ella la del cuadro, tumbado sobre la hierba a la orilla de un lago, entre árboles. ¿Son sauces esos árboles? ¿Es aquel lago? Pero no, está otra vez en la habitación y unos ojos de pálido fulgor la observan a través de la máscara, los reflejos del fuego reluciendo en ellos. Le late el corazón con fuerza. Está furiosa y asustada. Alarga la mano para arrancar el antifaz. Tira con furor de las mantas y golpea las manos que intentan sujetarla.

–Es el delirio –dice el doctor, y ella intenta arañarle la cara a Claudio, y grita una y otra vez–: ¿Dónde estabas? ¿Dónde estabas?

–Estoy aquí, a tu lado –dice él, a lo que ella se sosiega un poco.

Al cabo de un rato, pregunta con voz tranquila y resignada:

–¿Me pondré buena?

–Con la ayuda de Dios –contesta Claudio, pero está llorando.

–No llores que pondrás nerviosos a los niños. ¿Dónde están? ¿Querrás cantar para mí, Francescino? ¡Ah! ¡Pobre niño! No puedo dejarlo, ¿qué será de él?

–Te pondrás mejor, te recuperarás –dice Claudio, pero su padre ya ha salido para mandar que llamen al párroco.

Mientras esperan la llegada del sacerdote, Claudia pierde y recobra la lucidez varias veces. Cuando se presenta el padre Taddeo todos salen para que el cura oiga la confesión de la enferma y le administre los sacramentos. Claudio se sienta al lado de la cama y escucha la respiración de su mujer. Ella abre los ojos y le sonríe. Está en sus sentidos, le reconoce, e intenta decir algo. Hay una cuestión que quiere aclarar.

–¿Recuerdas aquel día, en el lago?

Claudio asiente. Sus lágrimas, que ni siquiera intenta disimular, caen sobre las sábanas.

–Recuerda que... –dice ella–. Pero lo hiciste... la orilla del lago, está en la música... –y luego, cuando él se inclina para darle un beso–: Si te hubiese querido menos, Claudio, habríamos tenido una vida mucho más fácil...

Él se queda en espera de que diga algo más, pero mientras la contempla ve como una nube que le va cubriendo los ojos, y como si ella no estuviese viéndole a él, sino otra cosa a través de un velo. Entonces deja de oír su respiración. Se le ha ido en silencio, como furtivamente.

La noticia del fallecimiento de Claudia el 10 de septiembre llegó a Mantua una semana más tarde. El 24 de septiembre Federico Follino, el figurinista del duque, se sentó a escribir una de esas cartas difíciles en las que hay que expresar la más profunda condolencia, al tiempo que se le pide algo al deudo sin tener derecho a pedírselo. «La sensible pérdida de una mujer tan excepcional y dotada de tantas virtudes...», y luego venía lo peliagudo, exigirle a Monteverdi su inmediato regreso a la corte.

Follino asegura que ha visto en los ojos del duque «el calor del afecto de su alteza hacia vos». Considera que de regresar ahora Claudio «alcanzará la cima de la fama en la máxima medida a que alguien pueda aspirar en este mundo». Terminada la carta, se la lleva al duque para su aprobación.

–Excelente –dice el duque–, y por otra parte, lo que ahora le conviene más es meterse a fondo en el trabajo, de lo contrario caería en uno de sus humores melancólicos.

Penosas experiencias le han enseñado que el compositor trabaja despacio, y el carnaval del próximo año debe ser el más espléndido que se haya dado nunca, porque se celebran al mismo tiempo los esponsales del príncipe Francisco y la princesa de Saboya. Que todos vean a Mantua en la plenitud de su poder y su esplendor, y como una fuerza con la que hay que contar. No hay minuto que perder.

En la casa cercana a la catedral y bajo el ambiente melancólico causado por la pérdida del ama, el compositor lee el texto que ha de musicar para la *Ariadna*.

Deja que muera,
pues ¿crees que nada podría consolarme
de tan implacable destino
de tan grande padecimiento?
Deja que muera.

Ríe con un deje de histeria en la voz. ¿Tendría el duque la menor idea del sarcasmo, o mejor dicho de la crueldad que implicaba el encargarle tales versos? Pero al cabo de un rato, ya más tranquilo, se pone a considerar de nuevo las palabras y empieza a escuchar mentalmente las notas de la música.

19

La pintura representa a una mujer echada en su lecho de muerte, las facciones todavía juveniles pero marcadas por una vida de tribulaciones. Una de sus manos descansa sobre el vientre. Esa mujer ha sido madre... Otra más joven llora arrodillada a su lado; de pie, un hombre baja la mirada hacia la cama deshecha procurando dominar su dolor. Al lado de éste, un anciano. Arriba, un dosel como una nube púrpura que reflejase el color del vestido de la difunta.

Vincenzo está encantado. Ese joven pero muy hábil flamenco, su pintor cortesano Piero Paolo Rubens, durante un viaje a Roma se enteró de que existía ese cuadro rechazado por las autoridades por inservible para decoración de un altar, ya que el Caravaggio había incurrido en la blasfemia de pintar la muerte de la Santísima Virgen como la de una mujer cualquiera. Pero la Madre de Dios no tuvo una vulgar defunción, sino una asunción mística a los cielos. Rubens compró el cuadro por cuenta del duque y sólo le costó trescientos cincuenta escudos, ya que nadie lo quería después de haber sido desechado por el Vaticano.

Y ha pasado a formar parte del fondo de pinturas que atesora el palacio ducal: la *Madonna della Perla* de Rafael, que el duque pagó con un marquesado; *Los Triunfos de César* de Mantegna; los Tiziano, los Tintoretto, los Veronese, las escenas de Virgilio pintadas por Rubens. El duque ha felicitado al pintor de la corte, quien recibe el elogio sin alharacas, con su discreción habitual. Es también un excelente diplomático, suele asegurar su alteza, aunque nunca confesará que le descubrió ese talento por el tacto y la dignidad con que el joven se negó a convertirse en retratista ambulante de bellezas de la corte para surtir la galería de Venus ducales.

Es mucho más fácil tratar con los pintores que con los músicos. Tú pagas el cuadro y te olvidas del pintor. Los músicos, en cambio, siempre han de estar ahí, y su arte cambia y fluctúa según estén de humor ellos. Sin su presencia no puedes tener música, pero con ella sufres una crisis tras otra. Opina Vincenzo que sus alquimistas harían una fortuna si fuesen capaces de destilar la esencia de la música, al modo de un perfume, permitiendo prescindir del músico. Y ahora sus hijos abundan en la misma opinión, puesto que reciben cartas de poetas y compositores de Florencia ofreciéndose y sentando pretensiones de superior calidad en comparación con los titulares mantuanos. En fin, cuantos más talentos le rodeen a uno, mejor, aunque el Gran Duque manifestaba una singular aversión a ceder otra vez su castrado.

¡Ay de mí, que ni siquiera se digna responderme!
¡Ay de mí, pues se hace el sordo a mis lamentos!
¡Pluguiera a las nubes, a las tormentas, a los vientos
que perezca sepultado bajo esas procelosas olas!

Caterina canta el lamento de Ariadna, el que invoca la furia de los elementos contra el traidor Teseo. La pequeña romana ha satisfecho las expectativas. Se mueve con autoridad y sabe adoptar una postura trágica aunque sólo tenga diecisiete años. Aunque no es de extrañar, porque ha tenido a Claudia en funciones de madre y hermana desde que dejó a los suyos. La Ariadna será el debut de Caterina en la corte. Pese a la impaciencia del duque, el maestro ha evitado hasta ahora que interpretase ningún primer papel. La han sustraído a la atención del duque escondiéndola entre el coro de la capilla.

Claudio, ojeroso de sueño atrasado, escucha el lamento. Ha faltado tiempo, como de costumbre, para trabajar la *Ariadna* con el poeta florentino Rinuccini, y además al duque se le han ocurrido otras dos obras para la celebración de los esponsales, una comedia con intermedios musicales y un espectáculo de danza, *Il Ballo delle Ingrate*. ¿Querrían Rinuccini y Monteverdi dedicarles su atención en los ratos perdidos? La danza de las ingratas, esas mujeres casquivanas y esquivas que desdeñan el amor de los hombres. Rinuccini se ríe mientras la escribe. Él es de una noble familia florentina y se rumorea que tuvo amores con una princesa de los Médicis, la hermana de Eleonora. Tu duque pisa una senda muy resbaladiza que bordea el río del Ridículo, dice. Imagina cuántas ingratas estarán contemplándolo.

Pocos días después fueron llamados a capítulo por la duquesa el arquitecto del duque, el director escénico, el director de música y el libretista. Una vez reunidos, les hizo saber que la poesía del señor Rinuccini para la *Ariadna* le parecía «demasiado seca». Y puesto que le creía capaz de escribir con un poco más de emoción, ¿tendría el autor la bondad de marcharse y no volver hasta que presentase un texto dotado de la debida emotividad? Rinuccini protestó con el debido respeto a su alteza serenísima, diciendo que en su opinión como autor de los poemas para la *Dafne* y la *Euridice*, en las obras de ese género la emoción debía aportarla la música.

Para entonces alcanzaban el punto de ebullición múltiples emociones de diferentes signos. La unión matrimonial proyectada estaba a punto de fracasar. El rey de España desconfiaba de una alianza demasiado estrecha de los estados fronterizos con Milán, entonces bajo administración española. En consecuencia, declaró ilegal el canje de territorios en Monferrato, que era una cláusula de las capitulaciones. Con esto Mantua se veía en un dilema. Por una parte, al duque no le convenía que formasen contra él los ejércitos de España y de Milán. Por otra, no sería menos peligrosa la ruptura de su acuerdo con el orgulloso duque de Saboya. La fecha de los esponsales se pospuso otra vez, mientras Alessandro Striggio, el embajador mantuano en Milán, ponía en juego todas sus artes diplomáticas. Para las fiestas del carnaval se puso en cartel a toda prisa una reposición de la *Dafne* de Peri.

Así que la pequeña Caterina, además de aprenderse el papel de Ariadna, tuvo que estudiar el de Amor en *Dafne*. Tiene el rostro pálido, los ojos demasiado brillantes. Es la enfermedad intermitente, dice el médico. Las miasmas de los pantanos, combinadas con el esfuerzo extraordinario sobre la garganta. La indumentaria de Caterina va a juego con unas alas de gasa, como corresponde a un Amor. Le prueban la camisita transparente de la seda más fina que hay.

–¿No podría ir un poco más tapada? –implora ella.

–¿No habéis visto nunca los Amores de los cuadros? –pregunta Follino–. ¿Qué queréis, que echemos a perder el efecto dramático?

Caterina, *La Romanina*, encanta a la audiencia con su voz y su aspecto en el papel de Amor. El duque la contempla con mirada indulgente, medio paternal, medio ave de presa. El resfriado febril deriva en otra cosa más seria cuando la temperatura sube y se le recubre todo el cuerpo de una fea erupción. Es el sarampión, asegura el médico de palacio, y la llevan al hospital. De allí van llegando noticias sobre una mejoría de su estado, luego un empeoramiento, y por último su muerte. Pobre criatura, dice la duquesa. Tan joven, qué tragedia. El duque ordena un entierro magnífico y que Viani proyecte una tumba adecuada. Y ahora, ¿a quién propondrá el director de música para sustituirla? El director está perplejo. Muerta su Ariadna, su pupila, la que vivía con ellos como si fuese hija suya. Caterina la de los ojos inocentes, la de la mirada ingenua, nunca supo que su porvenir iba a serle arrebatado. ¿Y qué decir del padre verdadero de aquella niña romana? En aquellos momentos se maldecía por haber consentido que ella fuese a respirar los aires de Mantua. De noche, Claudio retorna a la casa desierta y cree escuchar susurros a su alrededor, retazos de músicas, la risa de una criatura. Pero no hay tiempo para duelos, faltan los arreglos para la música de mañana. Se está matando de tanto trabajar, dice su hermano. Claudio no le escucha. Está enfrascado en la lucha por fundir las palabras y la música en una alquimia de sonidos. De madrugada, se queda dormido con la ropa puesta, demasiado agotado para acostarse.

La duquesa, cuyo corazón se conmueve mucho con la historia de Ariadna, como que ella misma también ha sido la víctima de numerosas traiciones, tiene una ocurrencia brillante. Su propia compañía teatral, la de los Fedeli, se halla en Mantua ensayando una pieza de Guarini para las fiestas. Virginia Andreini, llamada *La Florinda*, es una actriz de talento y buena cantante. La Florinda acepta con júbilo el papel: miles de oyentes, la celebración de un enlace dinástico, y una música que le permitirá desplegar todo su talento dramático y canoro, ¡qué momento de gloria para ella!

Los preparativos continuaron con frenesí creciente conforme pasaban los días. Siempre mirando de reojo hacia Florencia, donde el Gran Duque preparaba los esponsales de su propio hijo y heredero, Vincenzo encargó efectos todavía más fastuosos. Se dedicaba a este festival la energía que en otros tiempos habría servido para las batallas de verdad. Un torneo de cuya organización se encargó el príncipe Francesco, batallas navales fingidas en el lago, castillos de fuegos artificiales y una parada espectacular de comedias, conciertos e intermedios. También hubo batallas entre compositores rivales. Rinuccini se llevó de la producción del príncipe Francesco la tramoya para el descenso de Venus y Amor entre nubes. Acusado por Striggio, al que habían llamado para que contribuyese con su talento poético al éxito del príncipe, el otro se justificó diciendo:

–Sólo trataba de mejorar nuestra obra, que según la duquesa nos estaba resultando demasiado seca. Además, y para colmar la medida, tengo prevista una aparición de Apolo en la presentación y un descenso de Júpiter para el desenlace, así que no sueñen siquiera con poder utilizarla.

Cada día un nuevo capricho que satisfacer, y mientras tanto, el príncipe Francesco abandonaba los ensayos para viajar a Turín con objeto de conocer a su novia y firmar las capitulaciones. La cuestión de los territorios en disputa se aplazó confiando en que la atención del rey de España se distraería con otras preocupaciones. Tras nuevos retrasos debidos a la indecisión del duque de Saboya sobre si viajaría o no a Mantua, los novios se encaminaron por fin hacia los arcos triunfales y las calles de la ciudad engalanadas de guirnaldas de flores.

Para ti prepara Atenas
espléndidas festividades, y yo quedo
pasto de las fieras en desiertas arenas...

La Florinda se pregunta, mientras ensaya el lamento de Ariadna, cuánto tiempo va a continuar con ellos en este mundo el director de música. Siente pena al ver su rostro demacrado por el exceso de trabajo y la aflicción, aun diciéndose que el triunfo de la *Ariadna* y las aclamaciones que recibirá tal vez servirán para que se consuele un poco.

En una hermosa noche de finales de mayo, miles de invitados se apretujan en el patio para entrar en el gran teatro construido por Viani para la ocasión. El duque ha decretado que se admita sólo a los extranjeros porque no hay aforo para más. No caben los ciudadanos de Mantua, pese a lo cual muchos se han presentado no queriendo perderse el gran acontecimiento que va a tener lugar, como quien dice, a sus propias puertas. A los príncipes, cardenales y embajadores asistentes los recuentan mediante fichas de cobre para impedir que se cuele ningún mantuano autóctono. Tres mil, cuatro mil, y siguen acudiendo, al tiempo que los de detrás empujan a los de delante para no quedarse sin entrar. Los guardias que recogen las fichas están abrumados. El capitán de la guardia y hasta Carlo Rossi, el general de los ejércitos ducales, intervienen tratando de restablecer el orden, pero el alboroto cobra proporciones histéricas y el duque en persona, enterado de que la situación amenaza con desbordarse, tiene que salir a imponer la disciplina en esa chusma de distinguidos invitados.

Tras ocupar sus miles de localidades, la distinguida concurrencia se queda mirando el telón. Entre bambalinas, invisibles, los músicos templan sus instrumentos y luego, a una señal del duque, tocan el primer acorde. El telón desaparece de golpe: Viani ha inventado un sistema de contrapesos que sirve para alzarlo en un abrir y cerrar de ojos. Ante las asombradas miradas del público aparece la primera sorpresa de la velada. Mientras Apolo baja en su nube para aterrizar en la orilla de la isla rocosa, los instrumentos empiezan a tocar uno tras otro hasta confluir en una sinfonía celestial. La audiencia queda en trance y empiezan a comprender que todo lo que se ha contado hasta ahora sobre el *Orfeo* era poco: el compositor del duque es un mago capaz de conjurar con sus notas todas las emociones, hasta las más turbulentas. Y cuando La Florinda canta mirando al público el lamento de Ariadna, el público presente nota que sus lagrimales entran en acción. Ella, vulnerable y acusadora, los conmueve a todos mientras canta con su voz dulce y plañidera, rebosando sentimiento:

El legado de dolor que por mi amor recibo
mirad: por mi constancia y la traición de otro.
De los que mucho aman y confían tal es el sino.

Las palabras y la música aciertan de lleno en varios miles de corazones. El duque evita estudiadamente la mirada de la duquesa. El príncipe Francesco mira de reojo a su novia como si ya sintiera el remordimiento de posibles infidelidades futuras. Su hermano Ferdinando, cardenal purpurado a la edad de veinte años, escucha con la expresión serena de quien se sabe ajeno a las tentaciones comunes. Al lado de éste, el benjamín Vincenzino, de catorce años, rebulle con impaciencia y mira a todos lados. El más guapo de todos, dicen las damas de la corte, con su cabello rubio y sus ojos azules. Y parece que va a ser el más indómito, como su padre cuando era joven. Vincenzino, el muchacho, no escucha los versos ni la música, sino que observa con interés los pechos de La Florinda. Hace poco que empieza a fijarse en la infinita variedad de formas y tamaños que ofrece la figura femenina.

El duque ha planeado unas fiestas que eclipsen a todas las demás, presentes o futuras. La *Ariadna* no es más que el comienzo, a partir del cual la diversión para los invitados no decae ni un instante. Y los cocineros del duque, tan ingeniosos como sus escenógrafos, han creado panoramas de platos para los banquetes. Veamos este monumento a la hora del desayuno, pongamos por caso. Tiene un pavimento de gelatinas de varios colores, columnas de salami, un frontis de queso parmesano, un ábside de mazapán y una congregación de tordos guisados. Los invitados apenas se atreven a derribarlo. Hay bandejas de ostras con guarnición de ancas de rana asadas. Hay lucio en salsa picante y tantas aves de caza como han podido abatir los cazadores del duque. Hay cordero lechal, jabalí a la naranja. Y conforme las mesas van dando cuenta de los platos, las cocinas sacan más comida a las mesas.

Y qué fuegos artificiales. Linternas y bengalas iluminan las almenas, se encienden fogatas en las orillas del lago, y las explosiones de los cohetes y las tracas llenan el aire de chispas. Sobre el lago arden ruedas de fuego y los arqueros escenifican las batallas del duque contra los turcos. El agua resplandece de reflejos rojos y el aire se ilumina con claridad diurna mientras llueven las chispas doradas del castillo de fuego que representa los escudos enlazados de Saboya y Mantua.

Así transcurren las jornadas y las veladas, entre espectáculos cada vez más sorprendentes. Viani se ha superado a sí mismo en los entreactos de *L'Idropica* de Guarini, o mejor dicho, aquéllos interesan más que la pieza misma. Ha recreado en el escenario las torres y los palacios de Mantua, y hace volar dioses y diosas, a veces puestos sobre nubes y otras veces flotando en el aire sustentados, a lo que parece, por sus alas. Aparición de un jardín completo con árboles y plantas en flor, rosaledas, aves que cantan, y fuentes que manan agua de olor cuyos perfumes llegan hasta el público. Proserpina y sus ninfas bailan. Súbita explosión, llamas, y sale un carro de fuego tirado por caballos negros. Plutón arrebata a Proserpina y desaparece con ella. Esto es sólo el primer entreacto; faltan tres más, con un final de truenos y relámpagos en el que los actores se fingen tan sorprendidos como la misma audiencia. A todos les da vueltas la cabeza ante el espectáculo incesante y la celebración continua. El octavo y último día las mentes fatigadas exigen ya un descanso.

Que no les será concedido porque la noche de ese octavo día es la prevista para la representación del ballet predilecto del duque, *Il Ballo delle Ingrate*. Es, al mismo tiempo, ficción y comentario, puesto que abunda en mensajes ocultos y alusiones de chismografía cortesana. Dieciséis de entre los bailarines serán damas y caballeros de la corte, encabezados por el duque y el príncipe y prometido.

Archimedeo se ha presentado con su propia corte en miniatura, seis enanos ataviados de fantasía con cuellos de encaje, brocados y joyas. Él anda con ayuda de un bastón porque empieza a padecer la gota; hasta en eso parece una caricatura de su amo, a quien, según se dice, ha vuelto a molestarle su antigua herida de guerra. Aunque nadie lo diría viendo cómo conduce el duque a sus cortesanos, cómo inagura el baile. Se abren las puertas del infierno y las cavernas escupen bolas de fuego que echan a rodar, mientras los monstruos del averno vomitan llamaradas por sus bocas. La audiencia que se apiña en el local se queda boquiabierta ante la audacia de los que se exponen a semejantes peligros. Aunque ahora ya han aprendido a confiar en la profesionalidad de los tramoyistas. Dos noches antes, cuando el cometa refulgente de Viani estalló en medio del auditorio durante el entreacto de las bodas de Júpiter, la muchedumbre huyó entre gritos de «¡fuego!» y voces pidiendo agua para apagar las llamas.

Las ingratas emergen de las puertas del infierno vestidas de gris con bordados dorados y consteladas de granates y rubíes con el fin de simular las brasas que arden entre la ceniza. El cabello también lo llevan entremezclado de cenizas y gemas, y las caras pintadas de blanco y gris. Mientras bailan, a veces entre mutuas carantoñas y otras veces lanzando furiosos zarpazos en derredor, Plutón dicta la sentencia contra ellas. Por su frialdad quedan condenadas a los fuegos del infierno. Entonces La Florinda, en su papel de ingrata principal, canta el adiós a la luz y lamenta su dura suerte, al tiempo que exhorta a las mujeres para que sean tiernas con los hombres.

> *¿Dónde quedan las fiestas, dónde los amantes,*
> *en el lugar adonde vamos, nosotras que en vida*
> *fuimos tan solicitadas? Aprended la lección,*
> *mujeres y doncellas todas…*

Después de lo cual desaparecen tragadas por los abismos, y cuando la caverna se cierra sobre ellas revela de súbito un paisaje pastoril. El público aplaude entre risas este *ballet-à-clef* mientras, entre telones, los artificieros que vigilaban con los cubos de agua preparados por si calaba el fuego en alguna parte lanzan suspiros de alivio.

Los invitados se despiden de Mantua en estado de aturdimiento, efecto de la marea de sensaciones que ha inundado sus ojos y sus oídos. Al mismo tiempo, el duque siente el horror al vacío y abandona la corte para unos días de balneario en Spa. Sobre el palacio cae el silencio, los trajes almacenados en los desvanes del teatro, las joyas puestas en arcas y éstas en la cámara acorazada, las máquinas de Viani con sus cables, sus poleas y sus contrapesos cubriéndose de polvo. En su casa, Monteverdi cae vencido por la repentina inactividad después de seis meses de creación, rodeado de querellas, de conflictos entre voluntades, de órdenes y contraórdenes. Ha expresado el duelo por su mujer a través de su música, en el lamento de Ariadna, en el adiós a la luz de las Ingratas; pero ahora tiene tiempo para sentir de nuevo la pena verdadera en el silencio de la habitación, las persianas bajadas para no dejar sino un hilo de la cegadora luz de mediodía. Vanas han resultado las promesas del pasado otoño, de que alcanzaría «la cima de la fama en la máxima medida a que alguien pueda aspirar en este mundo». A los compositores florentinos, el duque los ha despedido cargados de regalos y de oro. Para su propio maestro, nada, e incluso le escatima el tesorero los salarios atrasados. Lo cual invita a meditaciones sobre lo que va de las promesas a la realidad. Vincenzo sale en un torbellino rodeado de su séquito, escalinata abajo. Caballos impacientes que golpean el suelo con los cascos, voces, fanfarrias. Ni una palabra de alabanza, ni un reconocimiento por lo mucho que el compositor ha puesto de sí mismo en su música. De los que mucho aman y confían tal es el sino.

20

Las almas condenadas del Dante repiten sus actos y cuando cometen el error se lamentan, sabedoras de que están condenadas a hacerlo mal, a comenzar otra vez, a lamentarse otra vez, y así durante toda la eternidad. Visión más espantosa que la de los fuegos infernales. ¿Se le representaría esa visión al duque cuando ponía una vez más a prueba su encanto, cuando ejecutaba de nuevo la danza del cortejo con la misma finalidad de siempre? En el calor de la noche, mientras se agota labrando ese terreno tan familiar, ¿se siente como un forzado del placer? Hastiado de las damas cortesanas, aburrido de su galería de bellezas, ha sido visto caminando por los callejones de Mantua rumbo a una casa que está cerca de las murallas de la ciudad. Pocos después se recibe una carta del Gran Duque de Toscana para su sobrina Eleonora. Dice: *Ha llegado a nuestro conocimiento que un delincuente común de Mantua ofrece la vida del duque al mejor postor. Y que el duque ha gozado a la hija de ese mismo individuo. Mi querida sobrina, ¿tendrás la bondad de ejercer un poco más de influencia sobre tu marido?*

El duque, sin embargo, necesita la sensación de riesgo para agudizar su apetito. Para mostrarse, literalmente, a la altura de su reputación. ¿No será que está mermando su potencia?

–Dicen que se cría en Sudamérica un escarabajo que es de mucho remedio para esa clase de dificultad, Ottavio.

Su botánico se desplaza a Madrid a fin de organizar una expedición al Perú. Se trata de coleccionar plantas exóticas y especímenes del prodigioso escarabajo. Mientras tanto, los alquimistas del duque cocinan pociones con el fin de reforzar la persona del príncipe.

Lo único capaz de resucitar las ducales carnes sería un gran amor, algo que llamase a su imaginación, una mujer que abrasara sus entrañas como la trayectoria ígnea de un cometa. Tiene noticias de una nueva cantante. Dicen que es mejor que las más celebradas de Florencia o de Roma. Que es napolitana, dotada de una voz como nunca se ha escuchado nada parecido, dicen; Adriana Basile, el fogoso basilisco del sur. La traeremos.

Esto resultó más fácil decirlo que hacerlo. En una de sus más memorables actuaciones, la eximia Adriana se mostró ofendida, escandalizada y horrorizada, y dijo que tenía una reputación que preservar. Volaron cartas de Mantua a Nápoles, de Nápoles a Mantua. Por más estimulante que fuese la perspectiva de cantar en la primera corte musical del país, la dama se hacía de rogar como una de aquellas vírgenes y mártires, y eso que tenía en Nápoles un acaudalado protector y un marido complaciente. Por último, hizo saber que La Bell'Adriana consideraría una invitación si ésta venía firmada por la duquesa, como de una dama a otra. Sobreentendiéndose que ella no creía que tal invitación fuese a producirse.

Nadie se ríe de mi marido, dijo la duquesa, y dictó una carta al efecto de sugerir que nada la complacería tanto como poder contar con la presencia de la artista en su corte. Entre protestas de virtud y sin dejar de volver loco al embajador de Mantua con demostraciones de histrionismo dignas de óperas aún no escritas, Adriana emprendió un lento viaje hacia el norte acompañada por su marido, su hijo, su hermano, su hermana, el marido de su hermana y algunos hijos de éstos. Hizo alto algunos días en Florencia, donde cantó para la corte toscana, y por fin la expedición de los napolitanos arribó a Mantua. Por razones estratégicas, el duque se mantuvo ausente en su quinta del lago Garda. De modo que fue recibida por la duquesa como recibe una dama a otra. El duque regresó a tiempo para asistir a un concierto organizado por la duquesa, y allí Adriana desplegó toda la gama de su virtuosismo en lo musical y lo teatral, así como sus ojos repletos de emoción, con todo lo cual cautivó a su audiencia y, más que a ninguno, al duque.

Si el duque se siente rejuvenecido, hay otra persona en la corte que cree estar tocando el cielo con las manos. Claudio oye cómo canta la Basile y no necesita más para saber que tiene ahí una artista capaz de infundir alegría a su música. He aquí una cantante que le servirá de inspiración, y que cantará su música de un modo celestial, tal como él la oye en su mente. Incluso cuando no actúa y está templando la voz tiene cualidades admirables, le dice al joven melómano el cardenal Ferdinano, que ha compuesto un poema en honor de Adriana.

–Hoy Monteverdi ha sonreído. Gracias a Dios, está contento al fin –comenta el duque–. Empezaban a fastidiarme un poco tantas cartas solicitando su propia destitución. Yo no puedo permitir que se marche, que se apodere de él otra corte y tener que oír cómo presumen desde Milán, o Florencia, o Roma. Claudio se quedará aquí hasta que muera uno de nosotros dos, y que se queje cuanto quiera.

En efecto, las cartas que el compositor envió desde Cremona después de la celebración de los esponsales de 1608, con la petición de ser relevado del servicio, habían originado una disputa conyugal. ¿Cómo puedes tratar así a tu director de música, dijo la duquesa, mientras cubres de joyas a tus actrices y das albergue a cualquier defraudador que sepa persuadirte de su ciencia alquímica? ¡Pero si el pobre hombre ha estado a punto de morirse de pena y de fatiga!

–Si no hubiese sufrido, ¿habría sido capaz de componer tan excelentes lamentos? –replicó el duque–. No me pongas mala cara, Ottavio. Ha sido sólo una pregunta. Sólo lamento que nuestro Gran Duque ya no esté en el mundo de los vivos para escuchar cómo canta La Bell'Adriana. Después de sus excesivas intromisiones en nuestros asuntos, echaré en falta su envidiosa contemplación de nuestras festividades desde Florencia.

La voz de Adriana se eleva a tesituras altísimas y logra trinos de increíble virtuosismo. Es verdad que Monteverdi está contento, y el duque un poco descontento. Dondequiera que ella vaya la rodea su familia, a varios de cuyos miembros ha incluido asimismo en la nómina del ducado. La invitas a cenar, y se te presenta con toda la tribu, el marido, el hijo, el hermano, la hermana y toda la patulea de sobrinos y sobrinas. Y acepta las joyas como si fuesen un tributo obligado que hay que pagar para escuchar su hermosa voz, más que para disfrutar de su bella persona. Cuanto más le das, más te exige, y en vez de agradecértelo te remite a su sagrada vocación artística.

–Esa mujer es una oportunista, una aprovechada, Ottavio. Me parece que estoy perdiendo la paciencia.

Pero Adriana tiene un sentido impecable de la oportunidad y sabe medir el momento decisivo. Tal vez ha obedecido al velado comentario de Ottavio cuando dijo que tarde o temprano las deudas siempre se pagan, o tal vez guiada por su propio sentido teatral, entiende que debe darse una progresión en el segundo acto si se quiere mantener el interés del público. Así que cuando el duque la invita a visitarle en su quinta del lago Garda, acepta y se presenta sin el séquito habitual, salvo los cuatro músicos necesarios para acompañar sus canciones de amor.

Es una noche de luna llena, el aire perfumado de azahar y el rumor del agua cantando alrededor de los cupidos de piedra de las fuentes. Adriana contempla el paisaje del lago y toca el laúd. Con una mano se afloja el cuello de la blusa. Qué noche tan calurosa, dice, apenas se puede tocar con ese calor. Y le entrega a él su abanico. Dame aire, solicita, y él, obediente, la abanica hasta que ella, escogiendo el momento, deja a un lado el laúd y queda en espera.

El Salón de los Espejos está abarrotado como todas las veladas de los viernes, con los cien de la corte y unos cincuenta de la ciudad, reunidos para escuchar a La Bell'Adriana. El compositor enlutado levanta los ojos de la partitura y sonríe al tiempo que ella ataca la nota final de la cantata. La audiencia aplaude, e Isabella busca la mirada de Ottavio en el espejo, tal como él había previsto. Mira al duque: está embelesado. Estamos en enero de 1611 y el viento de los cenagales de Mantua se cuela hasta el último rincón de palacio. En las apariencias consiste todo. ¿Quién se atreverá a atacar esta gloria? El esplendor es poder. Nadie se enfrentaría a un príncipe tan sólido, ni siquiera el mismísimo rey de España. La dinastía está consolidada. El príncipe Francesco y la princesa de Saboya son corregentes de los lejanos territorios de Monferrato, lo cual resuelve así los problemas tanto del Estado como familiares, pues lo que es ella se ha revelado como una nuera bastante fastidiosa.

Adriana templa el laúd, la caja del instrumento apoyada en su regazo. Al advertir el gesto de precaución en el momento de tocarse el vientre, Isabella se vuelve una vez más hacia el espejo. Cuando atrapa la mirada de Ottavio, con los labios forma silenciosamente las palabras «está embarazada», al tiempo que hace con la mano el ademán que describe una barriga. A Ottavio le entra la risa y se ve obligado a dar la espalda a la concurrencia para disimular.

Como se' grande, Amore,
di natura miracolo e del mondo!

Canta Adriana, y el público la escucha arrobado. El duque tiene lágrimas en los ojos. Fuera del Salón de los Espejos el viento cada vez más fuerte sacude las ventanas. Se oye un portazo. Arriba, en la torre del *castello*, el centinela da la hora. Los que están dentro del salón no ven más allá de sus propios reflejos. Contemplan sus joyas y sus brocados, intercambian miradas, se llenan los oídos de música lo mismo que más tarde se colmarán de habladurías. Mira ese espejo al fondo del salón, oscuro y reluciente. Es el futuro. Salgamos por ahí al frío exterior.

CUARTA PARTE

1611-1630

Lo hecho, hecho está.

Alessandro Striggio, 26 de diciembre de 1627

Dios no paga un salario a la semana; paga al final, a la última hora, y todo de una sola vez.

Maria de Medici, 1630

21

En ese año de 1611, durante las inundaciones de primavera, el nivel del agua subió más de seis pies; las cloacas de la ciudad rebosaron hacia los sótanos. Los presos de los calabozos durmieron de pie hasta caer vencidos por el agotamiento, y se ahogaron en la inmundicia. Cuando bajó la crecida, el aire se llenó de hedor a barro y a agua estancada. De los pantanos despegaron nubes de mosquitos como bandoleros en busca de sus presas. Hubo una cantidad anormal de enfermedades. La gente se quejaba del aire corrompido y del hacinamiento. Demasiados forasteros se habían acogido al refugio de la liberalidad mantuana, y empezaban a criar y a multiplicarse como los propios mosquitos. Ni la ciudad estaba hecha para sustentar aquella población, ni los lagos circundantes para soportar tales inundaciones, prolongadas además por la acumulación de sedimentos en los desagües naturales. El arquitecto del duque dejó a un lado los planos para la edificación de una nueva galería y se puso a proyectar obras públicas de saneamiento del lago principal.

El duque contempló la red de canales del proyecto y preguntó por qué era necesario drenar los cenagales, cuando bastaba con retirar el montón de desperdicios para que las aguas volviesen a correr como siempre. Viani le dio la razón pero manifestó que, a su parecer, coincidente con el de los médicos de palacio, el aire de los pantanos era la causa de las fiebres palúdicas de los veranos. Y en invierno, las nieblas traían los resfriados y los catarros que afectaban a tantos ciudadanos, sin exceptuar a los residentes en la corte.

–Siempre hemos vivido en estas tierras, y no soy partidario de alterar el orden natural de las cosas –dijo el duque–. Si ahora desecamos las ciénagas y las convertimos en tierras de cultivo, perderemos las aves. Si desecamos las ciénagas la gente buscará otros males para seguir quejándose.

Viani dejó a un lado los planos. No faltaba mucho para el éxodo veraniego de la corte. Mientras tanto, paciencia y a seguir respirando el aire. El médico de palacio recomendó que la duquesa se marchase más pronto, en bien de su salud. Pero Eleonora se resistía a dejar la capital y mudarse a orillas del lago Garda, porque estaban en juego muchas decisiones políticas y el duque andaba enfrascado en otros negocios de más interés para él, como las consultas con su arquitecto para la construcción de un mausoleo de los Gonzaga en la cripta de Sant Andrea, iglesia donde él y sus descendientes descansarían frente al altar de la Preciosa Sangre de Jesucristo.

De modo que Eleonora pasaba las jornadas sumergida en los papeles que le presentaba el secretario Chieppio, en audiencias con embajadores, en estudiar y comparar tratados, en atender peticiones de comerciantes y terratenientes. Vincenzo se había lanzado a una búsqueda febril, como si sintiera agotarse el tiempo, pero el conocimiento del universo se le escapaba. La pesquisa, cada vez más nocturna, y el lema de los alquimistas, *Meliora latent* –las mejores cosas están ocultas–, quedaban demostrados por la oscuridad de sus ecuaciones.

Las certidumbres de la naturaleza arrojan su luz a través de las nieblas alquímicas. La esposa del príncipe Francesco tuvo una primera hija a la que llamaron Maria, y luego parió por fin un varón y heredero. Bautizaron al pequeño con el nombre de Ludovico y hubo fogatas a orillas del lago y castillos de fuegos artificiales que encendieron el cielo. Conforme la nueva generación aseguraba el relevo, la anterior empezaba a extinguirse y desaparecer. Llegó el otoño, declinó el año y las fuerzas de la duquesa declinaron con él. Hasta que un día, mientras las nieblas llenaban la ciudad de súbito relente frío, cayó en cama presa de la fiebre. Todo acabó en pocos días. Ha fallado el corazón, dijeron los médicos. El desgaste originado por tantos años de mala salud y por las preocupaciones y los agobios de las cuestiones de Estado. La primera de entre los futuros inquilinos del nuevo mausoleo en que estaba trabajando Viani.

El duque encabeza el duelo en marcha detrás del ataúd hacia la iglesia de Sant' Andrea. Guarda la compostura, aunque tiene los ojos enrojecidos por el llanto. Han sido veintisiete años de matrimonio, XXVII, el número mágico y místico de los Gonzaga. Le vemos a la salida, después de sepultar a su mujer, la mirada perdida como si contemplase el vacío. Es que ve ante sí lo que siempre había temido más en el mundo, el abismo de lo desconocido. La soledad es terrible; una parte de él se ha ido con ella, con la mujer que lo conocía mejor de lo que nunca quiso confesarse a sí mismo, y en quien confiaba más allá de lo expresable. No se le ocurrió mejor solución que ausentarse nuevamente de Mantua: encaminarse a cualquier parte, antes que permanecer quieto y tener que escuchar sus propios pensamientos.

La duquesa ha muerto. Monteverdi y Follino preparan el funeral solemne y Adriana cantará, ya recuperada después de haber dado a luz una niña. Le han pedido que la bautice con el nombre de Eleonora en recuerdo de la duquesa. El duque hace acto de presencia en el bautizo –al fin y al cabo ha aceptado ser el padrino– pero parece estar con la mente en otro lugar. Después de los oficios retorna a palacio para vagar sin descanso de habitación en habitación, de galería en galería, haciendo alto de vez en cuando frente a alguna pintura. Largo tiempo se ha quedado contemplando el Caravaggio, la Virgen yacente echada en un lecho improvisado, ajena a los que la lloran. En la cama con el dosel púrpura coronado por la talla que representa el águila negra de los Gonzaga, Eleonora, yacente y ajena al hombre que ocupó toda su vida. Sigue andando y pasa del Salón del Zodíaco al Salón de Venus. Los Correggio colgados el uno frente al otro. El primero representa la Educación de Cupido. Alerta y sonriente, Venus le confía a su hijo la vigilancia del travieso e ingenioso Mercurio. En el otro, Venus está siendo espiada por un sátiro. Ella no se da cuenta, puesto que duerme tumbada entre unos árboles; a su lado Cupido también durmiente. Acude al recuerdo del observador la imagen de un lago a finales de verano, una niña desnuda en el agua, la cabeza echada atrás, los ojos cerrados mientras vuelve la cara al sol sin darse cuenta de que alguien la espía. Recuerda su cólera irreconciliable. Ahora los dos somos viudos, piensa. Y también Isabella es viuda. La marcha de la vida es así de inexorable, aunque no por eso menos penosa. Pero ya su mente deriva en busca de una distracción. *Los triunfos de César* de Mantegna le llama desde la Sala dei Trionfi. En la gloria sí hay certidumbre. Y habrá nuevos esplendores, habrá un gran carnaval conmemorativo el año que viene.

Ese hombre que pronto será un viejo recorre el pasillo flanqueado por los bustos de sus antepasados: Federico, Francesco, Ludovico, Gian Francesco. Ojos más pálidos que los suyos le miran inexpresivos conforme pasa. A su espalda, marcando un paso renqueante, el bastón del enano golpea rítmicamente el suelo de mármol mientras sigue al duque.

Ahì, che morire mi sento… Los versos cantados por Adriana Basile resuenan en los corazones y los cerebros de los oyentes congregados en el Salón de los Espejos. El concierto inaugura las celebraciones del carnaval, el primero al que asiste el duque sin su duquesa. En su lugar la sustituye la hermana del duque, la *madama* viuda serenísima de Ferrara, muy tiesa en sus ropajes de brocado negro con perlas negras bordadas y más perlas en su cabello castaño rojizo, las malas lenguas dicen que teñido. Contempla a Adriana con ojo crítico; parece que esté calculando el coste de cada nota. El duque, su hermano, es absurdamente generoso; si de ella dependiera recortaría muchos gastos, y lo primero el salario de la Basile. A su lado el joven cardenal Ferdinando, que ha dejado Roma para asistir al carnaval, observa la actuación con especial interés, no sólo porque Adriana le dirige miradas seductoras sino porque además los versos son suyos, escritos ex profeso para ella. El cardenal no ve que haya nada malo en llevar *biretta* y escribir rimas de amores al mismo tiempo.

–Fíjate en el chico, no le quita el ojo a la querida de su padre –murmura Isabella, y la *madama* de Ferrara hace como que va a volverse para dar a entender que lo ha oído.

–Silencio –la chista Ottavio.

–No hago más que repetir lo que dice todo el mundo –susurra Isabella.

A lo que Ottavio replica en el mismo tono:

–Pues menos mal que no todo el mundo lo sabe todo.

Entonces le toca el turno de chistar a Isabella:

–Silencio.

Adriana llega al último trino, los enormes ojos negros brillantes de amor a la música. La nota final, la inclinación que agradece humildemente los aplausos.

Como la corte todavía está de luto por la duquesa, este carnaval estará presidido por una nota de recogimiento. Se celebrará en la basílica de Sant' Andrea una ceremonia a cargo de los caballeros de la Orden de la Preciosísima Sangre del Redentor, se cantarán en la capilla ducal la *Misa* y las *Vísperas de la Beata Virgen*, de Monteverdi, y las obras de teatro así como los entremeses serán tragedias, no comedias ni farsas. Aunque no hay necesidad de suprimir los banquetes ni los bailes, ¡vaya!, ¿cómo iba a celebrarse sin ellos un carnaval? Por eso no extraña a nadie que al anochecer, después de la *Misa* y las *Vísperas*, desfile por las calles una compañía de bailarines napolitanos en honor de la patria chica de Adriana y de su numerosa familia, entrando luego en palacio a los sones de la charanga.

Todos llevan sus máscaras de carnaval, que este año deben ser en rojo, negro y blanco: rojo por la sangre de nuestro Redentor, negro como recordatorio de la mortalidad, y blanco que es el símbolo de la pureza. Muchos van enteramente de negro, como muestra de deferencia hacia la duquesa difunta y por la moda española. La procesión de cortesanos enmascarados con su indumentaria de brocado y terciopelo negro, encabezada por los bailarines en blanco y carmesí así como por la banda de música, recorre la galería de cuadros del Tiziano. Humanos y pinturas relucen bajo la luz de las antorchas. Al pasar por la sala de Júpiter las antorchas dejan ver atisbos del dios seductor disfrazado de lluvia de oro, de toro, de cisne, de águila. Cruzan la estancia de los Grotescos, la de las máscaras, la de Baco, pasan bajo el friso de Orfeo descuartizado por las Ménades, ven el rapto de Proserpina. Los que bien querrían parecerse a los dioses y las diosas avanzan bailando, saltan, brincan, giran, se vuelven. Se acercan al gran salón de baile que lleva el nombre de Mantó, la legendaria adivina y fundadora de Mantua. Piensa Isabella que repiten la pauta de los años; los únicos que cambiamos somos nosotros, abrumados por la carga de los recuerdos. Lo que menos le apetece es encontrarse con su propio yo más joven, con la muchacha de dieciséis años a punto de vivir una gran aventura.

Mientras la procesión continúa Isabella se desvía y sale de la galería por una puerta lateral, por donde se accede al balcón después de subir unos peldaños. La noche es despejada y la luna ilumina el agua con su luz de plata. Isabella se quita el antifaz para que el aire le refresque el rostro. Nota una presencia; es un hombre, abierto el cuello del negro jubón, que también está mirando el lago. Al oírla se vuelve y ella ve que es joven, delgado, el rubio cabello revuelto por la brisa. Usa máscara negra y sus ojos relucen con fulgor pálido. Ella piensa, es el duque, el fantasma del pasado tal como lo vi la primera vez, en aquellos días en que todo parecía posible. Y luego pasa por su cabeza otro pensamiento: vete ahora, no le hables. Él se acerca y entonces ve que sonríe. Sí, ésa es la sonrisa de entonces, y retrocede hacia la escalera. Aquella vez, hace veinte años, estaba con unas amigas que se burlaron de ella al notar su timidez. Ahora está sola pero es dueña de sí misma, la gran señora, la princesa viuda, y sin embargo, al cabo de unos momentos la confusión la invade como a una adolescente. Él ríe mientras ella se vuelve y baja a paso rápido. Oye el rumor lejano de la fiesta, pero no está para participar, no piensa sino en abandonar ese infausto palacio y sus francachelas.

En el salón grande hay otra persona que piensa lo mismo. Al duque le duele la pierna, le retumba la cabeza, y la recién creada baronesa Adriana es incansable, por lo visto. Es algo deprimente este carnaval, todos de negro como si fuese un baile de enterradores. Lleva el antifaz pegado a la cara y tiene la sensación de que le ahoga. Hace mucho calor, hay demasiados cuerpos que se agitan aquí. Necesita buscar un lugar tranquilo, lejos de esos aburridos cortesanos. Mientras todos baten palmas para marcar el ritmo a las napolitanas, que se han arrancado a bailar la zarabanda española, el duque se eclipsa discretamente, sin hacer caso de la extraña mirada que le dirige Ottavio. Hay momentos, se dice a sí mismo, en que hasta una leyenda viviente necesita descanso.

Pero los pasillos desiertos no lo refrescan, y nota oleadas de calor que le recorren el cuerpo y se le suben a la cabeza, que le parece a punto de echar a volar lejos de él. Afloja el paso, mientras la mano tantea buscando el apoyo de una pared. Se halla en la galería de los Tiziano, en una penumbra aliviada por algunos candelabros. Distingue a través de la semioscuridad a una mujer enlutada que se acerca y acaba por reconocer a Isabella, que viene sin máscara. Ella le mira como si hiciese una infinidad de tiempo que no se ven, y dice:

–Acabo de veros cuando érais joven.

Esta mujer habla en adivinanzas, y no muy halagadoras por cierto. El duque se derrumba en un sillón. Ahora la mujer tiene el semblante preocupado, como si se arrepintiese de lo que acaba de decir.

–¡Estáis indispuesto! –exclama.

–Es la máscara –dice él–. La máscara, que me está matando.

Ella se inclina sobre él y se la quita de la cara.

–Estaba demasiado ceñida. Vaya, pero si vuestra cara tiene casi el mismo color que la máscara. Creo que tenéis fiebre. Haré que llamen a un médico.

–Refréscame la frente con las manos –y se las sujetó entre las suyas–. ¡Ay, Isabella! ¿Será éste mi último carnaval?

–Habrá muchos más. Pero he de traer ayuda, ya que no podéis quedaros aquí, ni yo puedo cargar con vuestro peso.

–¡Qué tonterías dices! Estoy en perfectas condiciones para andar.

Pero ella ya había echado a correr hacia los salones. Con un esfuerzo se puso en pie y echó a andar. Le faltaba una última visita, algo que deseaba volver a ver. Sacó de la peana un candelabro de tres velas para alumbrarse durante el viaje a las regiones tenebrosas. Por la galería abajo, hasta un corredor estrecho y una arcada que daba acceso a las Estancias de las Metamorfosis.

Eran éstas unas habitaciones que visitaba raras veces, un museo de curiosidades reunidas por la familia en el decurso de varios siglos y expuestas en cuatro estancias cuyos nombres eran los de los elementos, tierra, agua, aire y fuego. Las pinturas de las paredes representaban las *Metamorfosis* de Ovidio, Coronis convertida en urraca, Calisto en jabalí. En la primera habitación se han reunido objetos petrificados y sacados de excavaciones, así como antiguos ornamentos de los egipcios y los griegos. En la siguiente, la Sala dell'Acqua, hay que pasar por entre mesas llenas de corales, conchas y otras curiosidades marinas. En las paredes, Acteón metamorfoseado en ciervo y los campesinos de Licia convertidos en ranas. Pasa a la tercera habitación, donde hay vitrinas con diamantes y plantas raras. Al levantar la luz puede ver, fijos en la agonía de sus metamorfosis, a Cadmo y Harmonía en trance de ser convertidos en serpientes y Aglauro hecha piedra.

Y ahora llega a la última, a la estancia del fuego. La corriente de aire casi le apaga las velas y la cera caliente gotea sobre su mano. Alza el candelabro al tiempo que lo acerca a la pared. Allí hay mitos que se han grabado en su mente desde la primera vez que entró en esa habitación, cuando era un chico de siete años: el rapto de Proserpina, Ceres convirtiendo al muchacho en una salamandra, Teseo y Ariadna en el laberinto. Está el laberinto de la mente y de sus profundidades emerge el recuerdo del duque Guglielmo, avaricioso, cruel y empeñado en dominar a su brillante y único hijo. Mira ahí arriba, dijo su padre al tiempo que alzaba el candil, ése fue el primer enemigo de los Gonzaga. Mira lo que hicimos con el tal Passerino Bonacolsi. Está aquí con nosotros desde hace más de dos siglos. Míralo bien, así es como acabamos todos, los vencedores lo mismo que los vencidos. Decidido a no demostrar miedo en presencia de su padre, el muchacho contempló el cadáver embalsamado de Bonacolsi. Ahora el hombre adulto acerca el candelabro a otras obras de los taxidermistas en la estancia, las barnizadas encías de un leopardo, el brillo pálido de los colmillos de un gigantesco jabalí al fondo. Está como lo vio aquella vez, el pellejo color nogal del cadáver tenso como un tafilete sobre el esqueleto, los apergaminados párpados cerrados sobre las cuencas vacías, los resecos labios retraídos mostrando los dientes como en una mueca de amenaza. Pero ese rostro queda más arriba de lo que él recordaba. Con una sensación de incertidumbre, levanta el candelabro para acercarlo al cadáver, revestido, según recuerda, de una túnica hecha jirones y un peto pavonado.

A la luz de las velas le contempla una cara monstruosa, de mandíbulas enormes y armadas de grandes colmillos, una criatura infernal. Al enfocar mejor la vista, después de la primera sorpresa, descubre que *Il Passerino* está montado a horcajadas sobre el monstruo como disponiéndose a partir hacia la batalla. Siente un escalofrío que le hiela el corazón. Algún guasón de palacio ha colocado la momia de *Il Passerino* sobre otro espécimen, un hipopótamo disecado. Si él todavía fuese un chico despreocupado, a lo mejor le reiría la gracia al bromista. Pero ahora que nota su mortalidad en cada uno de sus miembros, no le queda otro remedio sino preguntarse lo que ocurrirá con su cuerpo cuando él ya no pueda defenderlo. Y siente otro estremecimiento, esta vez por el mal augurio. Tener la custodia de los restos de su enemigo derrotado, que fue en tiempos el amo de Mantua, y hacer semejante burla de él: nada bueno puede resultar de todo eso.

Ottavio regresa corriendo por los pasillos seguido de varios criados del duque. Lo encuentran caído junto a la entrada de las Estancias de las Metamorfosis. A su lado se agotan los cabos de vela del candelabro. Lo llevan a sus habitaciones y lo acuestan en su cama, y se quedan a su lado en espera de que concilie el sueño. Pero no quiere descansar, se nota que hay una preocupación en su mente. Hasta que dice ¿dónde está Chieppio? Quiero ver el testamento. E insiste en que el médico vaya a buscar al secretario. Sacan a Chieppio de la cama para que vaya a abrir el cajón de los papeles privados del duque, y echan a correr por los corredores; tras ellos el paje del duque lleva el tintero y el atril. Durante más de una hora se ha encerrado el secretario a solas con el duque, y cuando sale exhibe una cara de palo estudiadamente inexpresiva, la misma que van a componer muchos de los que entren y salgan de la cámara ducal durante los días siguientes.

22

Se canceló el carnaval, mientras el equipo médico trataba de combatir el fuego que devoraba al duque. Antes de caer enfermo se había quejado de resfriado y catarro; en cambio, ahora la fiebre aumentaba y sufría un ardor doloroso en los pulmones. Si se hubiese dejado persuadir y se hubiese acostado desde el primer momento no habría llegado a tan peligrosa situación, se decían los unos a los otros. Lo que más preocupaba era que, en vez de luchar contra la enfermedad como otras veces, se dedicase a considerar cómo seguirían las cosas sin él. Era como si hubiese decidido que estaba muriéndose, lo cual, conforme pasaban los días, iba resultando cada vez más inevitable.

Por el largo puente enfilaban hacia el *castello*, cuatro días más tarde y procedentes de Monferrato, el príncipe Francesco y su séquito. En la antecámara de los aposentos del duque aguardaba el resto de los hijos de éste, atónitos y descompuestos de pena. En todo el palacio les ocurría lo mismo a muchos, no porque creyeran en la inmortalidad de su soberano sino porque no lograban imaginar cómo sería la vida sin él. Olvidados quedaron los violines y las tiorbas en las habitaciones de los músicos. En su quinta quedaba postrada Andrea, llorando y negándose a recibir el consuelo de su marido, hermanos, sobrinos e hijo. ¡No! ¡Quiero morir yo también!, exclamaba con dolor no exento de cierta cólera porque el confesor del duque le había enviado un extraño mensaje en el sentido de que no era deseable su presencia junto al enfermo en aquellos momentos, cuando lo principal era tratar de salvar su alma.

En su casa cerca de la catedral, Monteverdi esperaba en estado de ansiedad febril. Tan acostumbrado estaba al duque después de tantos años, que admitía hasta las arbitrariedades de aquél como un rasgo familiar. Por otra parte, el futuro se presentaba incierto. En palacio eran conocidas sus antiguas discordias y que dos años antes, hacia la época en que compuso sus *Vísperas*, había echado el anzuelo en Roma tratando de pescar un nombramiento. El duque apenas hizo caso de esta rebelión de su compositor; estaba seguro de tenerlo bien sujeto. También recordaba Claudio lo que Ottavio le había dicho sobre De Wert, el viejo maestro de música: «El duque y él han hecho mucho camino juntos». Lo mismo podía decirse de él ahora: un largo camino, desde los conciertos en el *palazzo* del Te, pasando por las fogatas de campamento en Hungría y los viajes con la corte a Francia y Austria. Recordó las veladas de Spa, las largas conversaciones hasta la madrugada sobre el porvenir de la nueva música. No fue sino después del matrimonio de Claudio cuando el duque empezó a incordiarlo con su continua demanda de diversiones casi hasta volverlo loco. Mientras él profundizaba en la búsqueda de las formas de la nueva música, le llovían cada vez más exigencias desde el palacio, y encargos de composiciones de iglesia, pasacalles, divertimentos cortesanos, madrigales, misas, aires y danzas. Ponme música a este poema, Claudio, y la quiero en seguida. Y no obstante, ambos estuvieron siempre unidos por una corriente de simpatía, como si los dos buscasen la inmortalidad a través de la música.

En palacio, la cola de los cortesanos deseosos de tener unas últimas palabras con el duque se extendía de un extremo a otro del Salón de los Espejos. Ottavio estaba sentado junto a la cama en el aposento de Amor y Psiquis, los ojos inflamados lo mismo que la mayoría.

–Entonces, ¿nuestro pequeño escuerzo también llora? –dijo el duque.

Estaba sentado a medias en la cama, la espalda apoyada en un montón de almohadones. Hablaba con dificultad debido a la congesción pulmonar. Quiso decir algo más pero desistió del esfuerzo, como si hubiese decidido que no valía la pena. Alargó la mano buscando a Isabella. La piel reseca ardía.

–*Cara* Isabella..., ¿dónde está tu hijo? –era visible la asfixia que le obligaba a interrumpirse entre palabra y palabra para tratar de recobrar fuerzas.

–Está en casa, cómo íbamos a saber... –y se interrumpió.

–Me habría gustado verlo. Debiste traerlo contigo.

–Otro día –contestó ella.

Él sonrió.

–Sólo el presente cuenta. ¿Por qué no te casas con Ottavio? –y luego, al ver la sorpresa en el rostro de ella, pasó por el suyo la sombra de una sonrisa–. Te ronda desde hace tanto tiempo. O quizá pasó la oportunidad... No te quedes viuda, Isabella... –la congestión lo sofocó unos momentos; sus oyentes callaron mientras él procuraba rehacerse–. No es tu estilo.

Se abrieron las puertas y apareció el príncipe Francesco en el umbral.

–Me perdonaréis, pero mi padre necesita descanso. Los médicos han dicho que se queden únicamente los hijos y el padre confesor.

Isabella besó la mano del duque y notó el ardor de la piel en sus labios.

–Como dice el laberinto, «tal vez sí, o tal vez no» –dijo, y salió con precipitación de la estancia para no romper a llorar allí mismo.

El príncipe Francesco se hizo a un lado para dejarla pasar y luego esperó en silencio a que saliese también Ottavio.

A partir de ese momento nadie volvió a entrar por la sala del laberinto a la estancia de Amor y Psiquis, excepto los médicos, los criados del duque, la *madama,* su hermana, sus hijos y una procesión de sacerdotes y confesores. Éstos salían de la habitación con el mismo semblante inexpresivo que había revestido Chieppio, como para disimular la emoción que pudiese haberles causado su coloquio con el enfermo. Esta situación duró dos días, y luego el obispo de Mantua le llevó la reliquia de la Preciosísima Sangre del Redentor, sacándola de la misma cripta de Sant' Andrea donde no tardaría en ser sepultado.

Por último, el 18 de febrero de ese año de 1612 salieron de la cámara el príncipe Francisco y el médico del duque, para anunciar a los congregados en la sala del laberinto:

–Mi padre el duque ha pasado a mejor vida.

El obispo levanta la mano en bendición dirigida a Francisco, el nuevo duque. El secretario Chieppio va a buscar el testamento y lo lee en voz alta a la familia. En sus últimos días el duque se propuso deshacer entuertos en sus estados. Hay legados para limosnas, aunque dejando a los albaceas la decisión sobre quiénes son los pobres y cuáles de ellos son dignos de recibir la merced y cuáles no. A distintos establecimientos religiosos van otros legados, el más espléndido para el convento que fundó la *madama* de Ferrara. Y luego, los regalos y las pensiones para sus queridas del pasado y del presente, Adriana, Agnese la del *palazzo* del Te y así retrospectivamente hasta la primera, la que le inició en la vida de placer, Barbara la condesa de Salò. Bien está, dice la familia. No vamos a discutir sus últimas voluntades. La cosa cambia cuando se llega a las instrucciones para las pompas fúnebres, añadidas en un codicilo durante su enfermedad.

Chieppio las lee y hace una pausa para observar la reacción de los deudos. El duque no quiere ser enterrado en posición yacente, sino sentado en un trono de mármol. Quiere estar expuesto de cuerpo presente sobre dicho trono, y provisto de su espada, durante cuarenta horas, y que lo bajen luego en esa misma postura a la cámara de la cripta donde descansa su mujer.

–Como en una catacumba napolitana –comenta el consternado príncipe Francesco–. Deben ser los efectos de andar con esa canalla de Nápoles.

–¿Cómo se le ocurriría? –pregunta la nueva duquesa–. ¡Será el hazmerreír de la gente!

Los demás hijos del duque guardan un silencio pétreo mientras escuchan las exclamaciones. Tercia entonces *madama* de Ferrara la hermana del duque:

–Según maese Chieppio, estaba ya enfermo cuando mandó añadir esa disposición.

–Lo hizo la misma noche que lo encontraron caído a la salida de las Estancias de las Metamorfosis –explica Chieppio–. Estaba con fiebre entonces.

–En tal caso, nos toca a nosotros decidir lo mejor. Que debe ser, sin duda, sepultarlo de la manera acostumbrada. En todo caso, es lo que habría deseado su esposa si viviese.

Esto, dicho por *madama* de Ferrara en tono que no admitía réplica, y no la hubo. Despacharon a Chieppio para que lo dispusiera todo, y poco después se puso un cartel a las puertas y la bandera ducal quedó arriada a media asta. Los transeúntes que andaban por la plaza atentos a sus asuntos apretaron el paso para volver a casa cuanto antes y comunicar la noticia a sus familias. Un velo de tristeza cayó sobre la ciudad: a ver qué va a pasar ahora.

De momento, lo primero que ocurre después de la fastuosa procesión funeral que recorre la ciudad con los caballos negros y la engalanada carroza mortuoria, es un detenido escrutinio de las cuentas por parte de Francesco, ayudado por Chieppio y por Alessandro Striggio, que estaba en Milán pero ha sido llamado con urgencia para nombrarlo consejero. El grupo de los alquimistas es el primero que recibe el despido, con la intimación de liar petates y abandonar sus habitaciones en el plazo de veinticuatro horas. A continuación el duque Francesco repasa la lista de los cortesanos y extirpa a los que no ejercían ninguna función concreta salvo la de cómplices de los placeres del duque difunto. Cuando Ottavio regresa a sus aposentos se tropieza con unos operarios que están tomándoles las medidas para convertirlos en despachos destinados a los saboyanos de la nueva secretaría particular de la duquesa. Dadme tiempo al menos para recoger mis cosas, monta en cólera Ottavio, hasta que acude Striggio y lo apacigua con buenas palabras.

Después de esto el duque Francesco vuelve su atención a las instituciones teatrales y musicales. Los Fideli contratarán actores exclusivamente cuando haya alguna función que representar, no como compañía permanente a disposición del duque. En cuanto a los músicos, él no cree que hagan falta tantos, y convoca una reunión con el director de música y su hermano Giulio Cesare Monteverdi.

Los dos hermanos se sientan a la mesa con la nómina de los músicos, los cantantes y sus salarios. Uno a uno argumentan en contra de los despidos hasta que el príncipe Francesco zanja la cuestión:

–Os guste o no, voy a reducir la nómina. Dadme nombres, o tendré que elegirlos yo mismo. ¿Por qué gana tanto la arpista Lucrezia? Y fijaos en esos Basile napolitanos, ¿de qué nos sirve toda esa tropa? Además es un escándalo que la señora Adriana cobre semejante asignación.

Claudio justifica la cuantiosa asignación de su primera voz por la necesidad de retenerla, ya que se resentiría el prestigio de la corte si ella los dejase. Hace apenas un par de semanas la solicitó el gobernador español de Milán. En realidad no hay en Italia otra cantante que pueda parangonársele. Los hermanos salen de la reunión con la orden de comunicar a diez músicos de su orquesta que se prescinde de sus servicios, y con dos encargos: un ballet para el mes que viene, y la música para la coronación del duque Francesco, que será en junio.

El duque Francesco tiene otros problemas, aparte de las deudas que ha dejado su padre. En el Estado de Parma, al otro lado de la frontera, Ranuccio Farnese ha juzgado que el fallecimiento del duque Vincenzo es una buena oportunidad para volver a abrir las viejas heridas que dejó el fracaso del primer matrimonio de aquél con una princesa Farnese. Corren rumores difamatorios acerca del duque difunto; en Parma se registran desapariciones de los amigos de Mantua, torturas y asesinatos. Después de su coronación el duque Francesco declara la guerra a los Farnesios, y para hacer acopio de fuerzas organiza un festival en honor del recién elegido emperador Matthias, el Habsburgo que luchó al lado de Vincenzo en los campos de Hungría allá por aquellos días de las cruzadas.

Una mañana borrascosa a finales de julio, Ottavio, que se aloja en un *palazzo* de Mantua cuando recala en la ciudad, se encamina hacia la plaza Mayor para asistir a las celebraciones y al pasar por delante del palacio ducal se encuentra por casualidad con el corpulento e industrioso Striggio. El nuevo conde de Corticelli se disculpa por andar con tantas prisas. Es que ha de llevar al correo cartas para Florencia y Roma. El cargo de director de música está vacante, Monteverdi y su hermano han sido despedidos.

–¿Se ha vuelto loco nuestro duque Francesco? ¿Pues no ha dado licencia al mejor compositor que tenemos? ¿Y qué hay de Adriana?

–Caída en desgracia, pero sigue aquí. Ha escrito al cardenal Ferdinando para quejarse de que la tenían confinada en su casa.

Ottavio menea la cabeza con incredulidad.

–¿De modo que ni siquiera el hecho de ser codiciados por todas las cortes de Italia les ahorra el mal trago a los favoritos del duque?

–Pueden considerarse afortunados por residir en Mantua y no en Parma. A la vieja condesa de Salò le dieron tormento en el potro y luego le cortaron la cabeza por orden de Ranuccio. Soplan malos tiempos, Ottavio –añade con una mirada significativa–. Yo que tú me retiraría a mis cuarteles de invierno durante una temporada.

Ottavio se acercó a la casa del director de música y halló las puertas de par en par. Un anciano barría el suelo y recogía papeles abandonados. Sí, el maestro y su hermano se habían marchado, dijo el hombre. A primera hora de la mañana, en la diligencia de Cremona. No se esperaba su regreso.

Ottavio siguió el consejo de Striggio y regresó a la quinta que tenía a poniente de Mantua. Era un regalo de Vincenzo, y ahora le servía de refugio. De cortesano a labrador en menos de una semana. Previendo que habría de pasar mucho tiempo antes de que pudieran volver a intercambiar habladurías de la corte, escribió a Isabella para contarle los últimos acontecimientos de Mantua.

Isabella pasa el verano en la quinta de San Martino con sus dos pequeños, mientras los mayores vienen y van, a la manera de los adolescentes, una semana o dos con sus primos, y una semana o dos con su madre, sin contar las monterías y las excursiones en barca. Isabella está orgullosa de su tribu de siete hijos. Eran el orgullo y la alegría de Ferrante, dice, sobre todo Scipione, el mayor.

–Míralo ahora. Sólo tiene diecinueve años pero ya administra las fincas para mí. Proyecta sanear las tierras y construir una presa, y hará que éste sea el principado más rico de Mantua. En cuanto a la corte, no la echo en falta, Ottavio. Aquí hay mucho quehacer y muchos proyectos, y por si no fuese bastante, ahora me dedico a la jardinería, ¿sabes? No te rías, que es una gran distracción para mí. Mira esa pérgola, tengo limoneros y algunos naranjos, ¿y has visto mi rosaleda? Yo la llamo el jardín de las diez mil rosas. Y no exagero. Cuéntalas y verás. Esto de aquí es lo más preciado de mi jardín. Cuando pases por aquí, respira el aire, los aromas de las plantas. Esto es salvia, y en este lado hay orégano, albahaca, estragón. Hay menta de tres clases, y romero. Lo de aquí son hierbas medicinales, camomila, espliego que alivia las inflamaciones...

–¿Cuántos jardineros tienes? –pregunta Ottavio.

–Siempre tan cínico. Son cinco, y yo la sexta. Y todo el proyecto es mío. ¿Ves? Aquí hay unos peldaños para bajar al huerto, y aquel sendero termina en un estanque con lirios y hay un cenador con un banco de piedra.

Ottavio contempla el jardín. Algunos detalles recuerdan los jardines del palacio ducal.

–¿Así que por fin te has librado de Mantua? –pregunta.

–No he sentido ningún deseo de regresar desde el día de los funerales –responde Isabella, aunque hay algo de tensión en su voz y Ottavio se queda esperando. Pero ahora ella se ha distraído al ver a sus dos chicos que se empujan el uno al otro cerca del estanque, y el momento escapa y se desvanece.

Al anochecer Ottavio se despide y la mente de Isabella retorna a esa jornada de los funerales. Sentada en la glorieta contempla mientras se hace de noche un revoloteo de alas blancas: son las palomas que regresan al palomar. Recuerda el cortejo que salió de palacio, las columnas de encapuchados y descalzos, las damas de la corte con sus mantillas negras y, a uno y otro lado hasta la basílica de Sant' Andrea, la multitud silenciosa que contemplaba el coche fúnebre oro y negro y el ataúd donde viajaba el creador de los esplendores, el tirano del placer. Y cuando lo expusieron delante del altar ella hizo cola, lo mismo que los demás, para rendirle el último homenaje previo al descanso definitivo. Dirigió una mirada al interior del ataúd abierto, pero allí no estaba el hombre de sus recuerdos, ni casi uno remotamente parecido, después del trabajo de los embalsamadores. ¿Era el cuerpo que vivió para el placer lo que yacía allí semejante a una figura de cera? Qué irónico el lema que había elegido para sí mismo, *Semper viva*. No somos nada sin nuestro espíritu, pensó antes de apartarse de los restos del duque y desviar los ojos, súbitamente consciente de estar siendo observada. Enfrente, al otro lado del féretro, la contemplaba el fantasma de la noche de carnaval, sin la máscara. Reconoció el cabello rubio, el fulgor pálido de los ojos. Eras tú, naturalmente, al que nunca había visto, el hijo benjamín de su mismo nombre. El muchacho se quedó mirándola y sonrió hasta que ella pensó, qué falta de consideración, y estando su padre de cuerpo presente por añadidura. Y le dio la espalda. Pero ahora, mientras escucha el croar vespertino de las ranas en los pantanos, esa imagen al lado del ataúd retorna a su mente.

23

Mientras vivió, el duque forzó la buena suerte de los Gonzaga hasta el límite, pero de pronto parece que se haya roto la cuerda. ¿Recordáis el semblante agobiado de Francesco, hace algunos años, su inseguridad, como si tuviese a alguien pisándole los talones? Tal vez el futuro arrojaba ya algunas sombras en su mente. En el invierno de su primer año como duque se declaró en la ciudad una epidemia de viruelas. Su precioso hijo y heredero Ludovico atrapó el contagio y murió cuando aún no había cumplido los dos años. Tres días antes de la Navidad el propio duque Francesco, que en su angustia había tomado al hijo en brazos, murió de idéntico mal. En espera del cardenal, su cuñado, que regresaba procedente de Roma, la duquesa viuda se vistió de luto e hizo lo mismo con Maria, su hija de corta edad.

El joven cardenal y la duquesa empezaron a girar el uno en torno del otro, observándose con desconfianza. La pequeña Maria era la heredera de Monferrato, lo cual convertía a su madre en regente, o por lo menos eso decía ella. El cardenal Ferdinando optó por confinar a la viuda en sus habitaciones hasta tener la seguridad de que no estuviese gestando ningún hijo póstumo. Después de lo cual le puso una escolta y se la devolvió a su padre, no sin quitarle esa heredera de cuatro años de edad, a la que destinaba a educarse en el convento de la *madama* de Ferrara. Como quizá era de prever, el encolerizado duque de Saboya lanzó sus tropas a la invasión de Monferrato.

Todo indica que la guerra de Monferrato va a ser larga, pero no por eso permitirá Ferdinando, ahora convertido en cardenal-duque aunque todavía no coronado, que ello afecte a los gastos corrientes de su corte. Al esplendor de los tiempos de su padre deberán sumarse los prestigios intelectuales de la corte de Isabella d'Este. Por lo que él hace gala de sus conocimientos de griego, latín, hebreo, derecho y filosofía, literatura y música. Duerme con la pluma y el papel al lado para tomar nota de los versos y las frases melódicas que se le ocurren durante la noche. Y cuando los ejércitos de Mantua al mando de su hermano menor el príncipe Vincenzo consiguen expulsar a los saboyanos, el director de música de Ferdinando, un tal Sante Orlandi, se pone a reclutar músicos en Roma y Florencia e incluso hace llamar a otra Basile, hermana menor de Adriana. Suele arquear las cejas Orlandi cuando se menciona en su presencia el nombre de Monteverdi. Un hombre de otra época, dice. No ha olvidado ni perdonado que una vez lo avergonzó, durante los ensayos de la *Ariadna*, cuando él presentaba su candidatura como cantante. Que se vaya a Cremona y que se pudra allí.

Pero la *serenissima* tenía otros planes para Monteverdi. Acababa de fallecer el anciano director de música de San Marco dejando el coro y la orquesta en desorden total. Los canónigos envían a por él y se organiza en audición matutina un ensayo en versión concertante de su Misa *In Illo Tempore*. La misma tarde se interpreta públicamente la pieza en la Basílica y no hay más que hablar. El cabildo le ofrece con mucho gusto el cargo sin necesidad de más demostraciones.

Así es como empieza Claudio una nueva vida a la edad de cuarenta y seis años, con energías renovadas, en otra ciudad lacustre. A orillas del Adriático crece su fama y el lamento de Ariadna se hace canción popular en todas las casas que tengan al menos un instrumento musical, y toda Venecia corre a San Marco para escuchar su música. Mientras tanto, el cardenal-duque reconoce la estupidez de su difunto hermano y empieza un curioso tira y afloja, dividido entre la admiración y la envidia hacia el compositor. Pronto se demostrará que él también es un hombre dividido en otros muchos aspectos. Medio sacerdote, medio sibarita, por su sangre corre la astucia calculadora de los Médicis mezclada con la impetuosidad de los Gonzaga. Ése es el conflicto que le ha tocado vivir. Y ni siquiera el mismo cardenal sabe que hay todavía otro rostro oculto detrás de la máscara de melancolía erudita que exhibe habitualmente.

Estamos en un día de finales de la primavera y Ferdinando sale de rezar. Ha dedicado una hora a sus devociones en el santuario privado que ha construido para él Viani. De rodillas ha subido por la Santa Escalera que da acceso a un dédalo de habitaciones y de éstas a una capilla que imita el Santísimo de Roma. Todo este recorrido, de rodillas y seguido de su coadjutor. Es una ocupación dolorosa, y durante la práctica devocional la mente se distrae a medias pensando en las llagas que le van a quedar. Al finalizar, Ferdinando se pone en pie y se encamina a una reunión con su director de música y con Adriana, para quien acaba de escribir otro poema. Es una relación esporádica la que ha tenido con ella, ¿o tal vez está enamorado de la hermana? Ni él mismo lo sabe de cierto. En realidad está bastante harto de todas esas protestas artificiosas que conducen a muy menguadas satisfacciones. Cruza los jardines ducales en dirección al pequeño estudio y gruta donde se guarda la colección de su tatarabuela Isabella d'Este. Atraviesa el estudio de techo dorado con el relieve del rapto de Proserpina –¿cuántas representaciones de esa leyenda debe contener el palacio?– hasta la gruta revestida de paneles que alberga lo más preciado de la colección. Examina los bronces y las esculturas de la antigua Grecia. Hace poco que echando números ha comprobado que va a ser preciso venderla para pagar sus deudas. En las cornisas Isabella hizo esculpir sus signos crípticos a manera de mensajes, el XXVII místico, el candelabro, los vales de la lotería y su lema favorito, *Nec spe nec metu*, ni esperanza ni temor. Mientras contempla las imágenes de instrumentos musicales talladas en la madera de los paneles se oyen las notas de un laúd. Evocación del pasado que le envía un escalofrío espalda abajo, como si ella reconviniese al descendiente por sus intenciones de dispersar la colección. Ni esperanza ni temor: la música viene del jardín secreto, al otro extremo de una galería que desemboca en la gruta. Ahora oye voces, risas juveniles contenidas, y por último una voz que canta. Ferdinando sale al huerto cerrado y se halla entre limoneros, olorosas azaleas y lirios. Sentada en el banco de piedra, una joven toca el laúd y su compañera canta.

Una emoción insólita y extraña embarga al cardenal. Todavía ocupada a medias su mente con los argumentos que justifican la necesidad de vender la colección, por momentos olvida esa preocupación, fascinado por la garganta de la joven laudista. Es lo primero en que se fija cuando ella levanta la cabeza para unirse a su amiga en la canción. Tan suave, tan esbelta. Él se queda mirándola como si no hubiese otra cosa en todo el jardín, y observa la manera en que vibra y se pone en tensión al atacar las notas, y cómo late el pecho bajo el canesú. Luego, cuando ella se vuelve a mirarle, ve su boca y la turgencia de sus labios, y le invade un deseo ardiente. Es como si su cuerpo estuviese ya sobre el de ella, unidos los labios de ambos. Cuánto ansía embutirse en esa suavidad y arrancarle alaridos de pasión. Él permanece inmóvil, entregado a ese vértigo de sus sentidos, pero entonces ella repara en su presencia y lo mira fijamente, al tiempo que deja de cantar.

Se hace el silencio en el jardín mientras las dos jóvenes le contemplan. Ellas están viendo al cardenal, un hombre en hábitos eclesiásticos y de aspecto severo, como si estuviera enfadado. La del laúd se pone en pie y dice:

–Suplico el perdón de vuestra eminencia. Creíamos que no vivía nadie aquí.

Ella y su compañera hacen ademán de abandonar el jardín, pero no se puede salir sino por la puerta que él ocupa. Cuando se acercan, él dice:

–No, quedaos y seguid tocando.

Están muy cerca, tanto que se puede aspirar el indescriptible aroma a jazmín, jabón, prendas de lino limpias y tibia carne adolescente.

–¿Cómo te llamas? –pregunta él, incapaz de despegar los ojos de esa boca.

–Soy Camilla Faa, hija del conde Ardizzino.

–Podéis continuar con vuestra música.

Pero ella y su amiga insisten en presentar sus excusas y despedirse. Diga lo que quiera el cardenal, parece malhumorado y además ahora saben que ese jardín particular es suyo. Cuando se hace a un lado para cederle el paso a Camilla, se vuelve casi irresistible la urgencia de retenerla tomándola del brazo y obligarla a volver la cara hacia él. Los pasos se alejan por la galería mientras se queda inmóvil en el jardín, paralizado por un torbellino de emociones incontrolables.

24

Los hombres a caballo se agolpaban en el camino de la quinta de San Martino. Oleada tras oleada de jinetes mantuanos volvían de Monferrato después de un largo verano de hostilidades. Asomada de bruces sobre la balaustrada, Isabella alargó el cuello para ver hasta dónde llegaba la cola. Los primeros hicieron alto delante de la verja y conforme iban llegado los demás y chocaban con ellos, crecía el caos. Como hallaban ocupado el camino, los caballistas se metían en los sembrados. Las voces de mando sólo sirvieron para aumentar la confusión.

–¿No van a querer entrar todos aquí? –se lamentó Isabella–. ¡Ay, mi pobre jardín!

Seis jinetes cruzaron la verja y enfilaron hacia la casa envueltos en una gran polvareda, pese a lo cual Isabella reconoció a tres de sus hijos. Ellos desmontaron y uno tras otro se acercaron a su madre para darle un abrazo. Traían consigo el polvo de los caminos, olor a caballos y a sudor humano. Más altos que ella, las voces recias, los cuerpos robustos aunque enflaquecidos por el rancho y la tensión de las batallas, y sin embargo, seguían siendo sus niños, que regresaban de jugar a un peligroso juego de muchachos. ¿Les habían hecho daño? ¿Volvían enteros? ¡Ah, qué alivio!

Un cuarto jinete descabalgó luego y dejó las riendas en manos de uno de sus soldados. Lo mismo que los demás, traía costras de barro y sudor en el rostro, pero ella reconoció sus ojos y su sonrisa. El príncipe Vincenzo dejó que sus hombres se las compusieran como pudieran y fue a reunirse con sus jóvenes parientes.

–Mis respetos, *madama* –dijo.

–Bienvenido y algo más –repuso Isabella–. Os quedaréis a comer, aunque no estoy segura de poder alimentar a todo el regimiento.

Más tarde, sentados bajo el emparrado de la terraza entre jarras de vino y de limonada, los jóvenes contaron sus proezas bélicas. Ella los contemplaba con afecto y los escuchaba con indulgencia. Scipione, el mayor, llevaba el rubio cabello largo en cola de caballo y con greñas sobre la frente, a la manera de los bravos; el segundo, Annibale, con el cabello corto y poderoso cuello de toro, era la viva imagen de don Ferrante; el benjamín, Guido, acababa de cumplir los diecisiete y estaba tratando de dejarse barba.

–Así pues, ¿han luchado con valentía? –le preguntó ella al príncipe Vincenzo.

–Habéis engendrado unos tigres –replicó él mientras se servía otro vaso de vino, que trasegaba como agua para combatir la sed.

–Para mí todavía son unos cachorros. Confío en que después de esta victoria no habrá más combates.

–No confiéis demasiado –respondió el príncipe Vincenzo–. Ese puñetero estado de Monferrato que nos proporcionaba tan saneadas rentas se ha convertido ahora en una llaga para Mantua. El duque de Saboya no dará tregua mientras sea nuestro. Ahora se ha embarcado en un juego muy peligroso. Trata de enfrentar a los franceses contra los españoles, con lo que proporciona a las potencias un buen pretexto para inmiscuirse en nuestros asuntos. Nuestro padre siempre nos advirtió que era un traidor, incluso cuando éramos aliados a través de Francesco.

–Quizá vuestro otro hermano debió tener la prudencia de tratar mejor a su cuñada.

–El cardenal se cree muy listo y sólo tiene ciencia, pero no sentido común. Debió casarse con su cuñada para tener a raya al loco de Saboya.

–Pero si es cardenal...

–¿Y qué? Podía renunciar, pero él prefiere seguir disfrutando los privilegios del fuero eclesiástico, el muy hipócrita meapilas... Perdonad, *madama*. Esto me pasa por andar con los malhablados de vuestros hijos. Suplico vuestras disculpas.

Isabella soltó una carcajada.

–Ahora criticáis a su madre por no haberlos educado bien. Vamos, dejad el vino porque me parece que os suelta más la lengua que la compañía de mis hijos, y acompañadme a ver el jardín.

Vincenzo se puso en pie, algo tambaleante, y recorrieron la pérgola, la rosaleda y los arriates de plantas medicinales. Isabella iba recogiendo hierbas y se las daba a oler para que adivinase las especies.

–Esto es romero –dijo él–. Lo reconozco porque recuerdo que los cabellos de mi padre siempre olían a esencia de romero.

Isabella se volvió para que él no viese como se ruborizaba. Continuaron en silencio hasta el huerto. Las manzanas estaban en sazón para recogerlas, doblando con su peso las ramas. En cuanto a los melocotones, se hallaban casi pasados y muchos, caídos en el suelo, entre zumbidos de avispas.

–Qué lástima –dijo Isabella–. No los ha recogido nadie y se van a estropear.

Alargó una mano hacia el árbol y tocó un melocotón que cayó en la mano como si la estuviera esperando.

–Ahí lo tenéis. Un melocotón fresco –con estas palabras se lo ofreció, y se quedó mirando mientras él lo mordía.

Vincenzo rió mientras le corría el jugo por la barbilla y luego le ofreció la fruta empezada.

–Probadlo vos –dijo, pero ella meneó la cabeza riendo.

–No me tentéis.

–¡Ah! –replicó él con los ojos muy brillantes–. En cuanto a eso, no estoy seguro de quién tienta a quién.

En el palacio ducal, el cardenal pelea con su propia conciencia. O mejor dicho, con la virtud inquebrantable de Camilla. Ella le ha señalado la diferencia abismal de clases que se interpone entre ambos. Un matrimonio es inconcebible, y fuera del matrimonio, antes morir que concederle lo que él solicita. Tampoco sirve una promesa de matrimonio para después. Ella es honesta, y tiene un padre anciano que la adora: una deshonra lo mataría de vergüenza. Cuando Ferdinando, perdido el dominio de sí mismo, intentó seducirla por la fuerza, ella gritó, lo aporreó con los puños y amenazó con matarse, por lo que fue preciso desistir. En este *impasse*, el matrimonio se impone como única solución, pero ha de ser un matrimonio secreto; las potencias que rodean a Mantua no deben saber que el príncipe de ésta se ha colocado a sí mismo en una posición tan desairada, al casarse con persona de inferior alcurnia.

Ese matrimonio es el secreto de Polichinela. Tan pronto como se conoce el encargo de una música para la ocasión, los mentideros de la corte empiezan a zumbar como colmenas. Ha escrito un libreto y envía a Venecia una proposición para que Monteverdi le ponga música. Manda buscar músicos en Ferrara y Roma. Al mismo tiempo, y teniendo buen cuidado de no mencionar para nada ningún matrimonio, hace saber al Vaticano que piensa renunciar al cardenalato para hacerse coronar duque con todas las de la ley. Y sabiendo que las negociaciones con Roma se eternizan siempre, ofrece pasar la púrpura a su hermano menor, por si eso facilita las cosas.

–¿Os parece prudente? –pregunta Striggio, convertido en gran canciller y justicia mayor–. No le interesa para nada la vida eclesiástica. Es un soldado, y un poco bruto, dicho sea con el debido respeto.

–Le ayudará a sentar cabeza –replica Ferdinando, que no quiere hablar de otras cosas sino las que sirvan para facilitarle el casamiento.

Conforme pasaban los meses creció su mal humor y la oposición se consolidaba. Desde el convento, su tía la *madama* de Ferrara se enteró de los proyectos y se presentó en palacio para llamarlo al orden. Pero ya era demasiado tarde. Su sobrino había renunciado al cardenalato, el capellán ofició una ceremonia vespertina en la capilla ducal de Santa Barbara y Ferdinando juró en presencia de testigos que Camilla era su esposa. Fue inútil que *madama* de Ferrara le repitiese la gloriosa nómina de los enlaces dinásticos del pasado con los Habsburgo, los Médicis, los D' Este, etcétera. Y ahora esa... esa... persona insignificante. Dijo que confiaba en que fuese posible disolver ese matrimonio, y anunció que se proponía hacer cuanto estuviese en su mano para conseguirlo.

Para su propia sorpresa, después de la boda Ferdinando se enamoró todavía más de su mujer. Le habían augurado que una vez satisfecha la pasión se aburriría de ella. Pero sucedió todo lo contrario. Era tan buena y tan cariñosa, que resultaba imposible dejar de quererla, y además ahora iba a tener un hijo suyo, el próximo heredero del título ducal.

La coronación se celebró en Año Nuevo y poco después debían comenzar los preparativos para el carnaval. Lo único que lamentaba Ferdinando era la falta de respuesta del señor Claudio desde Venecia. A la carta en que el ex cardenal le encargaba un ballet, el compositor contestó quejándose de la falta de detalles. Que el duque Vincenzo, el Señor lo tenga en su gloria, siempre especificaba con toda exactitud de cuántos movimientos debía constar la pieza y daba un resumen del argumento, escribía. Ferdinando leyó entre líneas cierta falta de disposición y, aconsejado por Sante Orlandi, decidió buscar en otra parte. Para colmo le tocaba bregar además con la insumisión de su hermano. Al joven Vincenzo le hacía poca gracia la idea de ser cardenal. No acudía al sastre para las pruebas del hábito, no cumplía con las obligaciones del culto y se presentaba todas las noches borracho y con malas compañías. Ferdinando estaba a punto de perder la paciencia con él, y además temía que las noticias de su conducta llegasen al Vaticano.

Fue durante una noche de carnaval cuando Ferdinando perdió definitivamente la paciencia. El príncipe Vincenzo había comparecido al concierto vestido de cardenal, aunque no venía directamente del sastre sino de la taberna donde estuvo bebiendo con unos amigos. Fue a ocupar unos asientos bien visibles en primera fila con sus dos compañeros de juerga y una joven actriz de los Fideli. Cuando Adriana terminó su canción, Vincenzo comentó en voz alta:

–Bonita música..., lástima de letra.

Era uno de los poemas de Ferdinando, naturalmente. Vincenzo escuchó otra canción y luego, aburrido, hizo una salida estrepitosa, seguido de sus acompañantes.

Sobre lo que sucedió después hubo varias versiones, según quién lo contase. Los partidarios de Ferdinando se fingieron escandalizados. Los amigos de Vincenzo dijeron que había sido una broma pero que luego las cosas salieron mal.

–Soy un cardenal y debo comportarme como un cardenal –había dicho Vincenzo–. ¿Qué haría mi hermano en mi lugar?

–¡Subir de rodillas la santa escalinata! –exclamó la actriz, a la que llamaban *La Bambolina*.

Así se formó una tambaleante procesión encabezada por el joven cardenal rumbo a la Scala Santa de Ferdinando. Los penitentes se quedaron mirando los tres empinados tramos de escalera por donde se subía al santuario.

–¿Quién va a subir con el cardenal? –preguntó Vincenzo–. ¿Qué oigo? ¿Te has ofrecido voluntario, Archimedeo?

–Estoy impedido de la pierna –contestó él.

–Subirás. Eres el único que puede ponerse de pie dentro del santuario. Y tú, La Bambolina. El cardenal dispone que hagas penitencia, ¡de rodillas!

Los tres empezaron a subir entre lamentos de Archimedeo y agudos chillidos de La Bambolina a cada peldaño. Cuando llegaron arriba trató de incorporarse, se le enredó un pie con la falda y cayó escaleras abajo dándose un gran golpe en la cabeza contra el suelo de mármol. Los juerguistas se serenaron al instante y un escalofrío les recorrió las espaldas.

La Bambolina fue conducida inconsciente a los aposentos del médico. Vincenzo desapareció en los suyos y cayó en la cama, donde se durmió como un tronco. La mañana siguiente lo despertó su enfurecido hermano para mandarle que se vistiera inmediatamente y que se mudase a la quinta de Gazzuolo hasta nueva orden. El desconsolado Vincenzo abandonó el palacio con su servidumbre particular y una escolta de soldados. La quinta estaba fría, mal ventilada, y las tierras circundantes empantanadas por las lluvias. Los amigos no se dieron mucha prisa en presentarse para aliviar su destierro. Tardó un día o dos en recordar que Gazzuolo quedaba a pocas millas de San Martino y de la bella viuda.

25

Todo empezó como un juego para ambos. En la quinta de Gazzuolo todas las doncellas del servicio eran feas y ancianas, como si Ferdinando las hubiese elegido adrede para fastidiar a su hermano. Cerca de allí estaba, sin embargo, la viuda de Ferrante, en cuyos ojos había leído ya él que le gustaba. Sería divertido poner a prueba su resolución, pensó el joven príncipe. Para Isabella comenzó también dentro de un estado de ánimo similar. Aquel muchacho cuyas miradas ardientes le recordaban a su padre cuando joven siempre se presentaba como un torbellino, entrando al galope en la finca. Sabía tocar la tiorba y recitar poemas de amor. Cómo dejar de sentirse halagada cuando repicaban las herraduras sobre la grava del sendero, cuando se oían en toda la casa sus voces de «¿dónde está doña Isabella?» y luego los pasos impacientes en la antesala, casi corriendo, como un fogoso corcel. Sus hijos estaban todos lejos, Scipione y Annibale en Bozzolo recorriendo las propiedades, los más jóvenes en la instrucción militar o de estudiantes en la Universidad de Parma. En cuanto a Ottavio, confinado en su casa durante todo el invierno y parte de la primavera, sus cartas eran listas inacabables de achaques físicos, desde la gota hasta el constipado nasal. Ella le envió algunas plantas medicinales de su jardín, pero como las quejas no cesaban acabó por perder la paciencia. Era increíble que uno de los cortesanos más ingeniosos del difunto duque no supiera escribir de otra cosa sino sus catarros. Así que le envió una carta muy seca para exigirle que buscase otros asuntos más interesantes.

Fue entonces cuando apareció Vincenzo el joven. Isabella fue a mirarse en el espejo y recordó las palabras del duque: no te quedes viuda, no es tu estilo. Su asedio impetuoso no dejaba de ser halagador, aunque desde luego era imposible que hubiese nada entre ellos. Él tenía dieciocho años menos que ella y un porvenir hipotecado a la razón de Estado. Lo que Mantua necesitaba, sobre todo teniendo en cuenta el desigual matrimonio del duque Ferdinando, era una alianza con algún Estado fuerte. Eso fue lo que ella le dijo la primera vez que él, alborotado porque rechazaba sus besos, le propuso súbitamente el matrimonio.

–Eso es una necedad peligrosa –dijo ella–. Sabéis que vuestro porvenir es otro..., no podéis dejaros llevar por los impulsos.

–No soy feliz más que cuando estoy con vos –replicó arrodillándose delante de ella–. ¿Cómo podéis ser tan cruel, cuando yo os amo tanto? Amo todo lo que es vuestro y me acuesto pensando sólo en vos.

Dicho lo cual empezó a pasar relación de todo lo que amaba en ella, empezando por los ojos y terminando con los pies, los cuales hizo intención de besar.

–Dejad esa tontería ahora mismo –le ordenó ella–. Para vos esto no es más que un juego.

–No, no lo es. Ahora ya no –musitó él, y obligándola a acercar la cara, la besó–. Te amo más que todos los besos del mundo. ¡Oh, Isabella! Hazme feliz.

–No –replicó ella con suavidad–. No es posible.

–Cásate conmigo, Isabella.

–No.

–¿Por qué tanto no, no, no? Tus desdenes me matan.

–Al contrario, os estoy demostrando mi afecto –contestó–. Conformaos con un solo beso.

–Uno más –dijo él al tiempo que la abrazaba, y luego balbució–: *Dio, Dio*, ¡cuánto te amo!

Con estas palabras dejó caer la cabeza en el regazo de ella, como un niño. En ese instante comprendió Isabella que la *commedia* de Arlequín y Colombina que venían representando se convertía en un drama y en algo mucho más peligroso.

Fue en este punto de tensión no resuelta entre ambos como los encontró Ottavio una tarde de mayo. Isabella paseaba por el jardín y el joven príncipe con ella, el brazo rodeando la cintura de la mujer. Los ojos de Ottavio se oscurecieron de cólera y cuando se hubo despedido Vincenzo, en seguida buscó el enfrentamiento.

–¿A qué jugamos ahora? Sin duda no ignoras que ese muchacho está medio loco, y no sólo eso, tienes casi el doble de años que él.

–Muy poco galante por tu parte el recordarme mi edad en semejantes términos –replicó Isabella–. Aparte de que no tienes ningún derecho sobre mí, ¿se te ha ocurrido que entre hombres y mujeres puede haber otras afinidades, sin que intervengan las cuestiones carnales? A su manera confusa de chico solitario, tal vez ha creído encontrar en mí un amor maternal.

–¡Maternal! –repitió Ottavio con sarcasmo, y luego agregó sonriendo–: Aunque bien mirado, es verdad que podrías ser su madre, si se tiene en cuenta tu inclinación por el padre.

–Muy lamentable –dijo Isabella–. No vienes aquí más que para ofenderme, Ottavio. Me pregunto si todavía eres un amigo.

–Nunca sabrás hasta qué punto he sido amigo tuyo –contestó Ottavio con amargura–. Por tu causa me he condenado yo mismo.

Isabella estaba a punto de poner fin a la discusión por el procedimiento de dejarlo plantado con la palabra en la boca, pero las últimas palabras de él habían sido tan extraordinarias que la obligaron a detenerse, y se volvió a mirarle con incertidumbre.

–¿Qué significa eso de que te has condenado por mí?

–Es una manera de hablar –se apresuró a responder Ottavio–. No quiere decir nada.

–Algo quiere decir, o no pondrías cara de estar mordiéndote la lengua ahora mismo. Yo nunca te he pedido que hicieses nada contrario a los mandamientos de Dios. No te entiendo.

En vez de responder, él se salió por la tangente.

–No debes casarte con don Vincenzo. Sería la desgracia para todos, incluyéndole a él mismo. Te engañas si crees que él está enamorado de ti, o tú de él. Lo que te pasa es que has visto en él la imagen de su padre.

–Ahora estás diciendo tonterías –pero mientras le miraba creyó sentir otra presencia en la habitación y oyó en su mente la risa del duque.

Ya lo ves, decía la voz en su cerebro, todo ha salido tal como predijeron los astrólogos. Una conjunción de nuestras estrellas rige los destinos de nuestra casa. Tan crédulo había sido con los astrólogos como con los alquimistas, y sin embargo, hete aquí que nuestros destinos siguen atados incluso después de su muerte.

–Cuánto se reiría si pudiese ver ahora cómo la mujer seducida por él seduce a su hijo –prosiguió Ottavio.

Ante la osadía del comentario, la mente de ella dejó a un lado las cuestiones de destinos atados más allá de la tumba, para centrarse en lo más inmediato y práctico, que era la necesidad de desarmar a aquel hombre que había sido el custodio de sus secretos y ahora estaba en condiciones de utilizarlos contra ella. Adivinaba la capacidad destructora de los celos de Ottavio, si él decidía oponerse a su amor.

–Dime una cosa, Ottavio. ¿Recuerdas que hace muchos años, cuando merecías mi confianza, te di a guardar una carta de mi propiedad? Ahora ya no hace falta que la guardes, pero nunca me la devolviste. Me gustaría tenerla.

–¿Qué carta? –preguntó Ottavio, y apartaba los ojos para no encontrarse con la mirada de ella.

–Tú sabes muy bien de qué carta te estoy hablando. La del duque. Dije que algún día desearía releerla. Pues bien, ese momento ha llegado, entre otras cosas porque ya no creo que esté segura en tus manos.

Ottavio se volvió hacia la chimenea.

–Se quemó. No me preguntes nada más.

–¡Vaya! ¡Magnífico! –exclamó Isabella–. Sin embargo, pienso seguir preguntando. La carta era mía, y tú no tenías ningún derecho a destruirla. ¿Cuándo la quemaste?

–No me lo preguntes. No soporto pensar en ello siquiera. Déjalo estar, ¡por el amor de Dios!

Pero la curiosidad se había apoderado ya de Isabella, que no cejó en su insistencia. Plantada delante de él, le cerraba el paso de manera que Ottavio se habría visto en la necesidad de empujarla para ganar la puerta. Y como ella no consintió en mudar de conversación, poco a poco y estrechado por sus implacables preguntas, Ottavio fue revelando las vicisitudes de la carta desde el palacio ducal hasta la casa de Ferrante, y cómo él la había buscado y quemado para tratar de enmendar su equivocación, dijo, así como para salvarla a ella.

Isabella calló un rato mientras procuraba asimilar la enormidad de lo sucedido, y luego dijo muy quedo:

–Ahora sé que los últimos pensamientos de mi marido fueron de cólera y rencor contra mí. Que tú, con tu negligencia, destruiste la fe y el cariño que él tenía depositados en mí. Que todo mi amor por él fue inútil en esos últimos momentos de su vida. ¡Registrar la habitación mientras el pobre hombre estaba ahí tendido, muriéndose! ¿Cómo fuiste capaz?

–Trataba de salvarte la vida –replicó Ottavio con vehemencia–. Si él se hubiese rehecho, habría acabado contigo, ¿no lo entiendes? ¿No recuerdas lo que te conté sobre la muerte de mi madre?

Isabella exclamó de súbito:

–¡Tú lo mataste! ¡Tú mataste a mi marido!

Ottavio palideció al escuchar estas palabras y protestó volviéndose a mirarla de frente:

–No, Isabella, no. Yo sólo destruí la carta. Él murió de su mal.

–¿De veras? –contestó ella con renovada desconfianza, ante el reconocimiento implícito que intuía en la negativa–. Tienes tanta cara de encontrarte mal ahora, Ottavio, como la noche en que murió Ferrante. Ahora veo que es verdad lo que sospeché entonces, aun diciéndome a mí misma que no podía ser, que tú no habrías sido capaz de hacer eso. Su ayuda de cámara lo dejó a solas contigo, y pocas horas después lo encontraron muerto. Así que es verdad, Ottavio. Eres un asesino, lo mismo que lo fue tu padre. Tú envenenaste a mi esposo.

–No –dijo Ottavio–. Yo no lo hice..., el veneno era suyo...

Las palabras quedaron suspendidas en el aire, sus consecuencias evidentes para ambos. Se miraron en silencio y luego Isabella empezó a gritar, lo mismo que cuando la muerte de Ferrante. Sus gritos resonaron en todos los rincones de la casa, en las galerías, hasta en el jardín. Hubo voces y carreras de los criados que acudían a ver qué le pasaba a su ama. Cuando llegaron, la encontraron acurrucada en el suelo y llorando. Don Ottavio estaba de pie en medio de la habitación, y miraba, inmóvil como una estatua. Ellos se detuvieron sin saber qué hacer ni cómo interpretar aquella escena, hasta que apareció Emilia procedente del jardín y les gritó:

–¡Basta de curiosear, y volved a vuestro trabajo! A la señora no le hacen falta mirones. ¡Fuera de aquí! –y de este modo los echó a todos de la estancia para cerrar en seguida la puerta.

Isabel se incorporó y exclamó al tiempo que señalaba a Ottavio con el dedo:

–Éste es el que debe marcharse de aquí. Es un asesino.

–Te salvé la vida. Te salvé la vida –balbució Ottavio como quien repite un conjuro.

–¡Cómo te atreves a juzgar a mi marido por lo que hizo tu padre! Él era un hombre malvado y un demente. Ferrante era bueno y me quería.

–Vámonos, señora –intervino Emilia tomándola del brazo–. Dejemos a este hombre.

Pero Isabella todavía miraba fijamente a Ottavio, y gritó:

–Ahora veo lo que eres tú. Eres tan malvado y tan perverso como tu padre. Y mis hijos vengarán al suyo. ¿Dónde están? ¿Dónde está Scipio? ¿Dónde están Annibale, Guido, Ferrante?

Al otro lado de la puerta se oyeron murmullos de los criados, que escuchaban. Ottavio dijo:

–Algún día comprenderás que lo hice todo por ti.

Salió por la puerta que daba al jardín y una vez allí, con toda la rapidez compatible con su dignidad echó a andar hacia el establo donde tenía su caballo. Le dio un escudo de propina al mozo y el muchacho, ajeno a la conmoción que reinaba en la casa, se lo agradeció con una sonrisa radiante y le sostuvo el estribo para ayudarle a montar. Tan pronto como salió del patio, Ottavio hincó espuelas y se alejó al galope, sin hacer caso de la voz que a su espalda le daba el alto. Una hora después, el mismo mancebo recibió la orden de sacar otro caballo. Éste era para un hijo de Emilia que iba a Bozzolo llevando en el zurrón una carta para el príncipe Scipione.

Es como si hubiese perdido a Ferrante por segunda vez. Isabella enciende los cirios de la capilla y reza por él. Para que descanse en paz su alma, para que se salve y sea recibido en el paraíso, y deje de sufrir en el purgatorio. A primera hora de la mañana siguiente se presentan Scipione y Annibale al mando de cincuenta hombres armados. Scipione entra para hablar con su madre, y cuando sale poco después enfilan camino de la residencia de Ottavio. Sus hombres ponen cerco a la quinta. Los hermanos se apean espadas en mano e irrumpen por la puerta principal. En la casa no encuentran sino a un sirviente anciano; los jóvenes han puesto pies en polvorosa dejando indefenso el lugar.

–¿Dónde está *Il Gobbo*, el envenenador? –pregunta Scipione.

El viejo, espantado ante la visión de tanto acero y tanto correaje de cuero claveteado, suplicó que le perdonaran la vida y dijo que su amo se había marchado antes del amanecer, y que no dejó dicho cuándo regresaría.

–Se habrá ido a Mantua. Lo encontraremos allí –resumió Scipione–. Si vas a enviarle un mensaje, dile que da lo mismo morir en Mantua que aquí. Dile que la distancia no es obstáculo para nosotros. El mudarse de lugar no va a servirle para escapar a nuestra *vendetta*.

A modo de declaración de intenciones, por si regresaba el dueño de la mansión, se acercó a un retrato que representaba a Ottavio de joven, y lo atravesó de una estocada en la garganta.

26

Avasallados por la cólera de Júpiter, los Titanes muestran sus rostros doloridos mientras alrededor de ellos se derrumban las columnas de sus templos. Los ojos saltones, las bocas abiertas en silencioso clamor, parecen querer salirse de las paredes. Desde lo alto, entre nubes, Júpiter asiste al espectáculo de la destrucción. En su orgullo, esos gigantes se rebelaron contra los dioses y ahora reciben su castigo.

El Salón de los Titanes es la *pièce de résistance* del *palazzo* del Te, y tiene un curioso eco que distorsiona y amplifica los sonidos de manera que se creería estar escuchando el derrumbamiento de una pared, o los truenos de una tormenta. De vez en cuando celebran allí un concierto que sirve para poner a prueba a los buenos músicos.

–De chico estuve aquí con Monteverdi –dijo Ferdinando–. Él me enseñó las primeras nociones de música. Aprendí a tocar la tiorba y el clavicémbalo, y llegué a actuar en un concierto en esta sala. Recuerdo que después de ensayar la acústica el maestro marcaba en el suelo con tiza el lugar correspondiente a cada instrumentista. Era un genio de la precisión.

Aunque Ferdinando no lo dice, la observación va dirigida contra el maestro de música actual, Sante Orlandi, el de Florencia, el que casualmente se hallaba en Mantua el día que cesaron a Monteverdi, y que se apresuró a asumir el cargo vacante. Esta noche los ecos de la estancia, lejos de dar realce a la música la están convirtiendo en una cacofonía insoportable.

–¿A ti te parece que nuestro Claudio querría regresar a Mantua? Tú lo conoces mejor que yo, Ottavio.

Sentado junto a Ferdinando, el aludido atisbaba la oportunidad de mantenerse lejos de los esbirros de Scipione, algunos de los cuales, según noticias, acababan de llegar a la ciudad. Lo de Monteverdi llevaría su tiempo; al músico le costaba mucho tomar decisiones y se necesitarían muchos argumentos para persuadirlo. Por otra parte, esto sólo podía lograrse yendo allí para hablar con él. Si se le residenciaba en Venecia como diplomático, por ejemplo, él, Ottavio, quedaría en óptimas condiciones para conseguirlo. Dicho esto, aguardó la reacción de Ferdinando.

Éste lo pensó con detenimiento. A lo mejor te enviamos allá en otoño, dijo. Luego se puso a hablar de su hijo y heredero habido de Camilla. Un guapo mozo Giacinto, pero su tía la *madama* de Ferrara no quiso asistir al bautizo.

–La vida se está volviendo cada vez más complicada, ¿verdad? –dijo Ferdinando–. Menos mal que tenemos la música para elevar un poco el espíritu. Por mi parte, creo que me moriría si no pudiera contar con la música.

La mañana siguiente Ottavio fue al despacho de Alessandro Striggio para enterarse de las últimas novedades en cuanto al problema de Camilla.

–Están presionando mucho a nuestro duque Ferdinando –dijo Striggio–. Tengo un armario lleno de cartas acerca de ese matrimonio. El pleito con los de Saboya se eterniza, los franceses quieren intervenir, y es de temer que el emperador caiga en la cuenta de que careciendo nuestro Estado de alianzas fuertes, podría pura y simplemente anexionárselo. Hay en la corte una facción promovida por *madama* de Ferrara que considera a esa pobre muchacha Camilla como un lastre para el ducado, y si él se empeña en perpetuar esos lazos de amor, como los llama, tendrá que buscar la compensación en unas magníficas alianzas para su hermano y su hermana. Él anda indeciso, hay días que lo consume la pasión por Camilla, y otras veces se muestra con ella de lo mas frío. Creo que ya no sabe a qué santo encomendarse.

Durante todo el verano, Ottavio anda pisándole los talones a Ferdinando. Mantenerse cerca de la corte, no hay otra manera de protegerse contra los bravos de Bozzolo que tal vez están emboscados en la ciudad. De ahí que estuviese en el *palazzo* de Ferdinando, a pocas leguas de la capital, cuando llegó el mensajero de Gazzuolo. Aquel palacio era una adición tan costosa como inútil a las muchas casas que tenía repartidas por sus posesiones, y un monumento a la vanidad de Ferdinando. Cada duque sucesivo se había empeñado en construir la suya, y lo mismo hizo él pese a no disponer en absoluto de recursos para semejante dispendio.

El mensajero dijo que tenía orden de entregar la carta en propia mano y así fue preciso permitir que subiera por la escalinata hasta el *piano nobile* y hasta comparecer a presencia de Ferdinando. Tras hacer entrega del mensaje, se retiró a una antecámara en espera de respuesta. En vez de abrir la carta, Ferdinando se la pasó a Striggio diciendo:

–Tendrá que ver con el infeliz de mi hermano.

–En efecto –replica Striggio mientras lee la misiva–. Lamento poner en conocimiento de vuestra alteza que el príncipe Vincenzo ha contraído matrimonio secreto con la viuda de don Ferrante, y que la ceremonia se ofició en la iglesia parroquial de la aldea actuando como testigos un hermano de ella, dos hijos suyos y varios miembros del servicio.

Espantado, Ferdinando se derrumba en un sillón. Su mirada extraviada parece que contempla el porvenir mientras él murmura:

–*Povera mia casa*!

Quisieron edificar una casa que fuese la envidia de los dioses, y ahora todo se derrumba a su alrededor.

A primera hora de la mañana hace ya un calor intenso en la habitación. Las tierras calcinadas por el estío envían su claridad al interior de la casa cuyas persianas, después de levantarlas un par de horas para aprovechar el fresco matinal, han vuelto a bajarse. Pero Isabella le ha pedido a Emilia que dejase levantadas las de la alcoba. Para contemplar a su amante, y ahora esposo, que duerme a su lado. Está tumbado de espaldas, las piernas abiertas, una mano debajo de la cabeza, sobre la almohada, y la otra tendida todavía hacia ella. Cuando cayó dormido la tomó de la mano y durante mucho rato ella no consiguió soltarse. Ahora lo mira mientras duerme, iluminado por los rayos de sol que entran en diagonal por la ventana. Mientras él yace boca arriba, ajeno a todo, los párpados cerrados, ella espía los movimientos de la respiración, los fuertes músculos pectorales, el vientre plano y el vello rubio que sube en flecha hasta el ombligo, brillante al sol como un toisón de oro.

–¡Mi dulce ángel! –susurra Isabella.

A lo que él abre los ojos, ve que ella está mirándole y sonríe.

–¿Estás contenta? –le pregunta–. ¿Te agrada lo que ves?

Alarga su mano hacia ella y se arrima con gesto perezoso.

–Te he visto en sueños mientras dormía, y ahora que he despertado te veo y me parece que todavía estoy soñando, ¿ves lo que has hecho conmigo?

Ella vigila la expresión de tierno ensimismamiento de su semblante cuando él se tiende sobre ella, hasta que las oleadas de placer y dolor que la recorren la obligan a cerrar los párpados. Él eyacula con un grito triunfal y se derrumba sobre ella para caer dormido en seguida.

–Pobrecillo maridito cansado –exclama la solícita Isabella, aplastada por el peso de él mientras mira arriba y ve a Cupido y Venus pintados entre guirnaldas de rosas.

Una lagartija gris corretea por la cornisa y saca la lengua para cazar un insecto. Isabella observa su carrera por el techo. La tierra es amante, el aire es amante, hasta el reptil lo es. *Amante è il cielo, amante la terra, amante il mare*, y la primera vez que escuché estas palabras, Vincenzo, tú estabas en el vientre de otra mujer, y yo estaba enamorada de Vincenzo. Pero Vincenzo el joven duerme y no se entera de esta adivinanza.

Los días pasan y con ellos el calor del estío cede su lugar a las primeras nieblas otoñales. Isabella le cuenta a Emilia cómo había olvidado ya el júbilo del lecho compartido, de alargar la mano a oscuras y encontrar el cuerpo del hombre amado junto a sí. Y él también era feliz, ¿no? Por lo menos, ya no bebía como si buscase la salvación en el fondo de la copa. Emilia le dio la razón. Era verdad, ya no tenía aquel aire colérico en la mirada, aunque era de esperar que no se domesticase demasiado, porque a ella no le gustaban los falderillos. En el fondo es un soldado, y necesita las emociones de la caza. Por eso he mandado llamar al montero de Scipione, dice Isabella, para que se entretenga cazando fieros jabalíes y demás seres inocentes.

Así fue que cierto día, a comienzos del otoño, estaban Vincenzo y Guido, el tercero de Isabella, acosando un venado que huía hacia Gazzuolo, cuando vieron en el llano un grupo de jinetes que venía de Mantua, los petos de acero brillando al sol. Vincenzo tiró de las riendas y esperó. Eran de la caballería de Mantua, pero no venía ningún amigo suyo con ellos, ni siquiera ningún conocido, según pudo ver cuando estuvieron más cerca. El capitán saludó a Vincenzo con la ceremonia habitual y luego le hizo entrega de una carta. Era de su hermano, y el mensaje no podía ser más breve. Que consintiera en ser escoltado hasta Mantua por aquel mismo capitán y los hombres que lo acompañaban.

–¿Y si no consiento en tamaña insolencia? –dijo, enfurecido.

El capitán puso cara de sentirlo mucho.

–Tenemos orden de llevaros de cualquier modo que vos hagáis necesario, bien sea en nuestra libre compañía o atado de pies y manos y atravesado sobre la grupa de un caballo. Lo lamento, mi señor príncipe, son las órdenes que tenemos.

Vincenzo juró que se vengaría de todos ellos cuando él fuese duque. Después de lo cual se inclinó ante lo inevitable y enfiló con la escolta camino de Mantua no sin antes encargar a Guido que le comunicase a la enamorada Isabella lo mucho que lo sentía y la esperanza de hallarse pronto de regreso después de la ya inexcusable explicación con su hermano. Pero luego resultó que no iban a la capital después de todo. Su hermano había ordenado llevarlo a una fortaleza del norte, donde quedaría encerrado hasta que renunciase a su escandaloso matrimonio, recordase su condición de cardenal y declarase su sincera penitencia. El padre inquisidor, terminaba el duque Ferdinando en la última de las diez páginas de su carta, estaba vivamente interesado en el asunto.

Por aquella época la Inquisición estaba interesada en todo lo que ocurría. Sus poderes abarcaban todos los órdenes de la vida, los libros que uno leyese, los cuadros que mirase, los amigos a quienes tratase, incluso los pensamientos si fuese posible el escrutinio de las mentes. En Venecia el número de imprentas pasó de un centenar a una docena. Los *avvisi* más descarados salían como pliegos clandestinos sin mención de autor ni pie de imprenta. Para Ottavio, sin embargo, Venecia es el lugar donde puede respirar otra vez libremente, sin tener que andar mirando por encima del hombro por si aparece un asesino.

Reside en la Casa de los Mantuanos, a escasa distancia del Gran Canal y de la *piazza* San Marco. Llama una de las góndolas que se deslizan por el canal como cisnes negros.

–¿Forastero? –le pregunta el gondolero mientras observa sus ropas como si no hubiese visto nunca nada tan ajeno a la moda veneciana.

–De Mantua.

–¡Ah! ¡La ciudad de nuestro divino Claudio! El maestro de San Marco, ¿le conocéis?

–Hace años solía escuchar algunas cosas suyas.

–Pues no habéis oído nada, si no ha sido en nuestra basílica. Los ángeles del cielo dejan de batir sus alas para escucharlo.

Y poniendo cara de mucho sentimiento empieza a cantar una estrofa del lamento de Ariadna, al tiempo que empuja con la pértiga. Enfilan hacia las aguas abiertas y entran en la plaza. A Ottavio se le escapa una exclamación de alarma al verla inundada; toda la *piazza* San Marco es una sábana de agua. Como si el mar hubiese decidido reclamar sus dominios.

El gondolero ríe al ver el rostro del cliente.

–No os asustéis. No es que la ciudad esté hundiéndose, es sólo el *acqua alta*. ¿Le interesarían al señor mantuano un par de chanclos?

Ottavio compra *a prizzo alto* un par de zuecos de madera para evitar que sus escarpines se llenen de agua salada, y se acerca a la basílica con paso inseguro. Al entrar en el edificio, transita súbitamente de los reflejos glaucos a una caverna de oro. La luz de los candelabros alumbra las riquezas de Venecia hasta las mismas bóvedas. Las voces jubilosas del coro se elevan en alabanza a Dios, hacia los santos de mosaico sobre dorado, *Lauda, Laudamos Dominum*... Se abre paso entre la congregación. Allí, frente al coro, está el personaje enlutado que él recuerda, como un mago que tiene a un millar de almas prisioneras de su conjuro. La mente de Ottavio, absorta hasta ese momento en un sinfín de preocupaciones, como sus entrevistas pendientes con funcionarios para preparar la inminente visita del duque Ferdinando, o la posible relación con Bozzuolo de un individuo malcarado que ha sido visto cerca de la residencia, se despeja de todo lo que no sea el sonido que llena la basílica. Su alma se eleva con la música al unísono con las de la congregación.

Ahora ya sabe que los deseos de Ferdinando no se verán cumplidos, en lo que se refiere a la recuperación de Monteverdi. Como más tarde le diría el mismo Claudio:

–Teniendo a toda Venecia impaciente por escuchar mi música, con el coro y la orquesta que han puesto a mi disposición, y con los muchos mecenas que me encargan composiciones, ¿para qué quiero sujetarme otra vez a los caprichos de un príncipe y la mala fe de su tesorero? ¡Caramba! Aquí en la Serenísima, si me olvido de pasar a cobrar mi salario ellos mismos me lo llevan a casa. En Mantua me veía obligado a comparecer ante el tesorero para mendigar lo que era mío, y no creo que haya cambiado nada. La última vez que Fernando dijo que me encargaba una ópera, y por hacerle caso descuidé mi trabajo aquí, cambió de opinión cuando el trabajo estaba a medias. ¿Cómo sé que no cambiará de opinión cuando yo sea empleado suyo? ¿Por qué he de disputarles mi sustento a los alquimistas, las cantantes favoritas y una bandada de enanos? Llevo Mantua en la sangre como tú debes saber, puesto que me propones el retorno, pero ¿exponerme a ser estafado otra vez? Ni que estuviese loco.

Mientras habla sus ojos traicionan la nostalgia, pero Ottavio se da cuenta de que no regresará mientras las cosas sigan en el presente estado. Lo que echa en falta es el país de su juventud, el país donde dejó todo cuanto amaba. Un hombre rubio que ríe. Una mujer morena que sonríe. Para ellos escribió su música.

–Ni que estuviese loco –repite Claudio–. Y dicho sea de paso, ¿querrías encargarte de preguntar a mi buen amigo Alessandro Striggio qué ha pasado con la pensión que me prometió el difunto duque, y que se me adeuda en su totalidad?

De regreso en Mantua, Striggio suspira como si hubiese oído toda la conversación otras veces.

–¡Ese condenado *fondo*...! No hace más que escribir reclamándolo, y yo envío comunicados a Tesorería, pero... ¡qué se le va a hacer! En la escala de las prioridades la pensión de un ex director de música viene después que los disfraces para la nueva arlequinada de los enanos.

27

Hablando de enanos, son mucho más numerosos en la corte ahora que en tiempos del duque Vincenzo, de gloriosa memoria. Han pasado de una docena a más de una veintena. Pululan por los pasillos como si fuesen los amos del palacio. Hace años que Archimedeo ha formado esa corte suya de mentirijillas, y tres de ellos son hijos suyos. Legítimos, por más señas, ya que se celebró la boda en la capilla privada del duque. Al canoso y gotoso Archimedeo lo transportan cuatro de los suyos en una litera, y por delante de ellos va uno que clama con voz perentoria: «¡Abrid paso al enano de nuestro señor el duque!». A los cortesanos que no se apartan a tiempo, los embisten con las varas de la litera en las espinillas. Nadie protesta por el comportamiento de los enanos; es como si fuesen una bandada de chiquillos traviesos. Si hay que llamarlos al orden, eso es algo que le corresponde a Ferdinando.

Pero Ferdinando tiene otros asuntos más urgentes de que ocuparse. Las cuestiones políticas andan dolorosamente entremezcladas con las del corazón. Los Médicis han dado el consentimiento a su matrimonio con la hermana del gran duque Cosimo, pero poniendo condiciones tales que no dejan el menor resquicio por donde pueda colarse el amor. Camilla debe recluirse en un convento y el hijo de Ferdinando será desheredado, para que no quepa ninguna duda de que ese primer enlace no fue válido. Mas hete aquí que su alteza serenísima de Toscana se ha enterado de que la sedicente duquesa Camilla tiene una carta en donde Ferdinando declara bajo juramento que él es su esposo legítimo. Hay que rescatar esa carta y enviársela al Gran Duque, sin lo cual no se celebrará el casamiento con su hermana. Camilla no quiere, pero es muy difícil mantener una resolución en presencia de dos tipos mal encarados que dirigen miradas amenazadoras al hijo de una. No tiene a nadie que la defienda. Su padre falleció de una manera bastante repentina, de modo que no hay quien evite las amenazas que se ciernen sobre su hijo. Los bravos regresan a la corte llevando la carta y con ella a Giacinto. A Ferdinando le da mucha vergüenza ver el llanto de la criatura separada de su madre, pero ¿qué otra cosa podía hacer? Son las condiciones de los Médicis a cambio de la princesa de la gran dote. Que llega justo a tiempo para que no sea necesario llevar al empeño las joyas con que él debía obsequiarla.

La sucesión depende de este matrimonio, porque el Vaticano ha rechazado su pretensión de que sea anulado el casamiento secreto de su hermano. El papa declaró válido aquel enlace y ha ordenado que el príncipe Vincenzo prescinda de ser cardenal, puesto que no tiene vocación para ello como es obvio. Que cumpla con sus obligaciones conyugales y regrese al lado de su esposa. Por si esto fuese poco, la santa sede se ha llamado a ofensa por el desorden a que el presente soberano de Mantua ha arrojado una casa que en otros tiempos sí había producido magníficos cardenales. Y los excluye de la púrpura, al menos mientras viva el papa reinante.

Lo que resulta de todo esto es la necesidad de que el matrimonio de Ferdinando sea fecundo. Al menos las celebraciones en Florencia impresionaron a sus enemigos. Pero ahora, en la intimidad de la alcoba..., si es que puede llamarse intimidad, ante la ubicuidad de las espías apostadas en todas partes por el hermano de ella..., hay que pasar el trago amargo y pagar el precio de esos éxitos aparentes. No es Caterina de Medici la clase de mujer que él habría escogido para compartir el lecho, si se le hubiese dado a elegir. Tiene la mandíbula prominente de los Habsburgo, ninguna cordialidad y una mente celosa llena de desconfianza. Mientras la besa, imagina la boca de Camilla, pero ella ha tardado en averiguar que sus promesas de amor son vanas lo que tardó él en dormirse, porque al acariciarlo le oyó murmurar en sueños el nombre de Camilla.

El camino de San Martino está muy frecuentado últimamente. El embajador de Saboya hizo su visita, de paso hacia Mantua según aseguró. También ha llegado un mensajero de la rama francesa de los Gonzaga con una misiva de apoyo y una oferta de dinero.

–No quiero dinero ni me interesa la sucesión –dice Isabella–. Quiero que vuelva mi marido. Un contrato es un contrato. El nuestro, que yo he cumplido por mi parte, dice que él debe amarme y honrarme hasta que la muerte nos separe. Decidle eso, dondequiera que esté ahora.

Aunque ella sabe muy bien dónde está. Combatiendo con las tropas españolas a las órdenes del corregidor de Milán, como opción menos peligrosa que desgarrarse entre las exigencias de su hermano y las de ella. Lo vio cuando lo soltaron. Él se hincó de rodillas delante de ella y le juró que no había sido idea suya la de solicitar la anulación, sino de su hermano.

–Mi pobre maridito –dijo Isabella rozándole la cara con los dedos–. ¿Qué han hecho de ti? El espíritu de tu padre no resplandece ya en tus ojos.

Aquella noche lo recibió en su cama, y la mañana siguiente él se marchó con sus tropas y ésa fue la última vez que lo vio, agitando la mano con fingida jovialiad mientras se alejaba.

–Maridito mío, tú y tu hermano os vais a enterar de lo que cuesta quebrantar una palabra dada –prometió hablando con el retrato que él le había regalado en un dije–. Tu padre tenía más espíritu y pecaba con desvergüenza, no con subterfugios.

–Que se vayan los dos al infierno –dice Scipione, que acaba de regresar de Bozzolo y monta en cólera al enterarse de que Vincenzo se ha marchado.

En todo caso piensa darles algún quebradero de cabeza. Quiere tirar adelante con su proyecto de construir un dique sobre el río Oglio para mover sus molinos, lo cual le supondrá pingües beneficios. En cambio, Mantua perderá un afluente importante y sus lagos perderán la tercera parte del cubicaje, no sin consecuencias malolientes.

Isabella sonríe mirando a su hijo, que pasea por el salón con sus botas de montar y su cabello largo, y no chorreando pomada como el de los cortesanos.

–Que se ahoguen en su fango –dice ella–. Nos haremos ricos a costa de ellos.

El que tiene una mente astuta y sutil nunca se resigna a admitir un punto muerto. Si Isabella no quiere ceder sus derechos por las buenas, tal vez será preciso quitarla de en medio. Los informadores de Ferdinando le han contado que el príncipe Vincenzo pasó la noche con su mujer, de la que supuestamente debe separarse, y que ahora ella apenas se deja ver fuera de su casa. Se rumorea si estará embarazada. Ferdinando le envía una carta muy cordial para expresarle lo preocupado que está por su salud y sugerir que se hallaría mejor atendida por los médicos y criados que él tiene a su servicio en una quinta muy confortable de las cercanías de Mantua.

Gracias, pero no, se dice Isabella. ¿Cuál de tus criados me serviría el veneno?

¿Veneno? En la mente de Ferdinando germina la semilla de otra idea. Que empezó a brotar durante una entrevista con el padre inquisidor en el salón del laberinto. Bajo el lema pintado en el techo, que recuerda la incertidumbre de la vida, los dos hombres se sentaron a uno y otro lado de la chimenea y discutieron posibles soluciones para el problema de Isabella. La voz tranquila del inquisidor sosegó el espíritu alterado de Ferdinando. A ambos les toca de cerca el interés bien entendido de Mantua, dijo el inquisidor envolviéndolo en una ojeada comprensiva aunque extrañamente opaca. No hay nada tan complicado como los conflictos entre lo material y lo espiritual. Adivino un conflicto en tu corazón, hijo mío. Y alargó el intervalo de silencio en espera de que Ferdinando rompiese a hablar como solía ocurrirles a aquellos príncipes, una vez obligados a mirar en su propio interior.

Pero Ferdinando también tenía una formación vaticana y supo contener su propio temperamento. No iba a ponerse ahora a desahogar la melancolía que celaba en su fuero interno, cuando tenía asuntos más urgentes que atender. En voz no menos sosegada que la del inquisidor, contestó que el problema no era suyo sino de su hermano. Y aunque estaban solos en aquella estancia y nadie podía escucharlos, siguió hablando en latín. Que su hermano había sido embrujado. No cabía otra explicación para que estuviese tan obsesionado por una mujer que casi le doblaba la edad, y además perteneciente a una familia cuya lealtad al Estado se había evidenciado dudosa en más de una oportunidad. Y ella había salido con la suya, en lo que tuvo una suerte casi diabólica. ¿Quién podía suponer que semejante matrimonio fuese válido siendo el príncipe cardenal de la Iglesia en la época? Sin embargo el papa había ratificado la legitimidad de la unión.

El inquisidor levantó una mano para imponerle silencio, y dijo con severidad que no incumbía a ninguno de los dos el poner en duda las voluntades del papa. Aunque naturalmente, si ella era una hechicera eso sería de la incumbencia del Santo Oficio. ¿Se tenía alguna prueba de sus actividades brujescas?

Ferdinando recordó que su hermano le había hablado del huerto con plantas medicinales. Que cultivaba hierbas mágicas de las que usan las brujas. Tal vez le envenenó la comida con una pócima.

El inquisidor meneó la cabeza. No, eso no demostraba nada, no era sino una sospecha del señor duque. Se necesitarían testigos. Y luego, como si acabase de ocurrírsele, preguntó si doña Isabella era hermosa.

–Vaya si lo es, y de una belleza contra natura –replicó Ferdinando con rabia–. A pesar de que tiene cuarenta años y es madre de siete hijos. Algunos dicen que esa belleza también es obra de brujería.

El inquisidor sonrió por primera vez.

–¿Es la belleza la causa del embrujo, o son los pensamientos de quien la mira? –preguntó retornando al italiano–. Acudid a mí cuando tengáis pruebas.

Alzó la mano para la bendición.

–Que tu espíritu halle consuelo en la voluntad de Dios.

Ferdinando se quedó a solas en el salón del laberinto y contempló el retrato del duque Vincenzo con la leyenda de oro al filo del techo: VINC. GONZ. MANT. IV y la flagrante mentira, «Debelador de los Turcos». Ese retrato se pintó poco después de la coronación de Vincenzo y ahí se le ve joven y esbelto, consciente de su buena presencia con el cuello de encaje y los calzones bombachos que se usaban entonces, ridículamente abultados alrededor de los muslos pero dejando ver unas piernas largas y bien formadas. Ferdinando lo mira con envidia y se pregunta qué habrá sido de la facilidad que su padre tenía para toda clase de prestidigitaciones, y que tan lamentablemente ha abandonado a su hijo.

–¿Qué hacen vuestros hombres alrededor de mi verja? –le preguntó Isabella al capitán de Mantua, el mismo que había prendido a su marido.

El capitán contestó en el mismo tono de voz razonable que había usado con Vincenzo:

–Tenemos orden de no dejar pasar ninguna visita excepto las imprescindibles para la administración de la casa, *madama*. Y temo que no podemos permitir que abandonéis la casa si no es rodeada de una escolta.

El rostro de Isabella se encendió de furor. Esa nulidad de Ferdinando pretendía dictarle lo que debía hacer en su propia casa.

–No lo toleraré –replicó–. ¿Dónde está mi hijo? Os recuerdo que él figura entre las personas indispensables para la administración de la casa, capitán.

–Lamento tener que comunicaros que el príncipe Scipione ya no se encuentra en Bozzolo. Ha huido con su hermano, suponemos que a

Milán, para evitar su prendimiento por el robo de las aguas de Mantua. Tenemos orden de interrogar a vuestros criados sobre ciertos asuntos, en particular lo relativo a vuestro empleo del tiempo en la época en que el hermano de nuestro señor el duque empezaba a cortejaros. Con vuestro permiso, *madama*.

El capitán hizo una inclinación y salió de la estancia. Isabella advirtió cómo impartía instrucciones a sus hombres, y luego se oyeron voces y llantos procedentes de diversos rincones de la casa. Corrió a la puerta pero se tropezó con un centinela que cruzó delante de ella una alabarda. Una hora después permitieron que saliera de la estancia, y se recluyó en sus habitaciones. Sentada frente al espejo vio cómo había cambiado su propia cara. Le devolvieron la mirada unos ojos como de animal acosado, y se descubrió algunas canas que no había visto antes, y la piel marchita, desprovista de lozanía. Era increíble que la fortuna de una persona mudase tan súbitamente, y además le constaba que lo peor todavía estaba por venir. No pudo recurrir al sentido común de Emilia porque se la habían llevado, lo mismo que a su marido y tres criados más, quién sabía adónde. Por primera vez en su vida, Isabella se halló sola de verdad y necesitada de una voz amiga. ¿Qué haría Ottavio si estuviese allí?, se le ocurrió preguntarse. Y la sorprendió un poco comprobar que ella, que tanto y con tanta facilidad había llorado en el pasado, no encontraba lágrimas en aquel momento en que la vida la golpeaba con toda su fuerza.

28

Cuando el duque Vincenzo se inclinó sobre la cuna de la infanta y afirmó que no la casaría sino con el mismísimo emperador no podía prever que no viviría lo suficiente para negociar esa alianza. Pero Ferdinando sí lo ha conseguido; su padre se habría sentido orgulloso de él. El cielo de medianoche se convierte en una cúpula dorada encendida por las tracas, las bengalas y los castillos de fuegos artificiales. Alrededor del lago han puesto faroles cada pocos pasos para celebrar la llegada del emperador en busca de su prometida.

Con tan excelente casamiento para su hermana y su propia e ilustre unión con los Médicis, el duque Ferdinando puede presentar otra vez al mundo un semblante satisfecho. Pero mientras los distinguidos invitados y la ciudadanía en general disfrutan de los espectáculos y del buen vino, él sabe que todo eso no es más que apariencia. Catalina, su duquesa, es estéril. Una tara de los Médicis, dicen sus médicos. Nada de eso, dice Catalina, lo que pasa es que mi esposo no me quiere. Cualquiera que sea la causa, conviene anular el matrimonio de su hermano y buscarle un casamiento más acorde con su alcurnia. Menos mal que él se muestra inclinado a aceptar cualquier solución que Ferdinando disponga, sin exceptuar las acusaciones de hechicería. El hechizado experimentó una notable curación después de pasar una temporada en el balneario de Spa. A esa estancia le precedió una carta de Ferdinando a Madame Gilbert, la celestina de la nobleza, a cuyas atenciones quedó recomendado el inconsolable príncipe.

En San Martino, Isabella montaba en cólera al enterarse del trato que habían infligido a sus criados los hombres de Ferdinando. El marido de Emilia tenía la nariz rota, un brazo dislocado y varias costillas fracturadas. La cara de Emilia estaba hecha un mapa con cardenales de distintos colores. Pero no hemos dicho lo que ellos querían, cuenta Emilia. Trataban de obligarnos a declarar que lanzasteis un encantamiento para someter la voluntad del príncipe a la vuestra.

Pocos días después se recibió una carta en la que el príncipe Vincenzo solicitaba con gran afecto a su esposa que dejase de vivir separada de él y acudiese a Mantua para una reconciliación. Ella consideraba ya el viaje cuando se presentó el párroco de San Martino para advertirla en confianza que el tribunal de la Inquisición en Mantua estaba incoando ya el proceso de instrucción. Los cargos de hechicería contaban con dos testigos, y sólo era cuestión de tiempo que la llamasen a ella para interrogarla. Si vas a Mantua, hija mía, concluyó el sacerdote, ya sabes cuál será el final.

Una hoguera en la *piazza*, contestó Isabella, y se quedó mirando por la ventana. Se veían varios centinelas apostados delante de la verja y uno de ellos debió de contar un chiste, porque hubo una súbita carcajada general. Los sembrados que se extendían hacia Gazzuolo exhibían un verdor lozano, producto de las lluvias de primavera.

–¿Recordáis el día que nos casasteis? –preguntó–. Fue una tarde de agosto con mucho calor. Y la ceremonia fue válida, el papa así lo ha corroborado. En contra de todos los argumentos de Ferdinando y de todos los aliados que consiguió ganar para su causa, ¡y que no fueron pocos! El rey de España, la Médicis reina madre y regente de Francia, sus amigos cardenales. Ferdinando tocó todas las teclas que pudo, y sin embargo el papa no quiso anular el matrimonio. Por eso quieren matarme. Esta causa debe sentenciarla el santo padre. Que examine su santidad las pruebas. Exijo ser juzgada en Roma.

Ha sido la sensación de toda Italia. La princesa mantuana cuyo caso se viene debatiendo desde hace meses se presentó por su propia voluntad para ser encarcelada en Castel Sant' Angelo bajo la única condición de que comparezcan en el juicio los acusadores y sus testigos. Las ventas de los *avvisi* suben como la espuma; todo el mundo quiere ver cómo lavan en público su ropa sucia los príncipes. Los mentideros evocan el recuerdo de otra bella víctima del duque. ¿Qué ha sido de La Bella Camilla? Languidece en un convento, según informa *Il Intrepido*. Y ahora La Bell' Isabella, encerrada en la cárcel vaticana.

En los despachos ducales Ottavio encuentra a Striggio de un humor de perros. Ferdinando está desesperado y quiere evitar el juicio por medios que el propio Striggio preferiría no comentar. Aunque Ottavio ya sabe por un comentario imprudente del secretario del conde que Striggio ha enviado una carta a un amigo suyo de Roma, el marqués Tassoni, sobre la posibilidad de contratar a un asesino napolitano versado en el uso de los venenos. Hay que ver las vueltas que da la diosa Fortuna, comenta Ottavio. El mismo que componía las letras para el *Orfeo*, ahora anda confabulado con el hampa.

El compungido Striggio le mira de reojo. No ha sido sino con la mayor repugnancia que hemos descendido a considerar esos medios, dice. Pero también hay que tener en cuenta la alternativa. Sin un heredero por parte de ninguno de los hermanos, la sucesión será confusa y el estado mantuano quedará desgarrado entre pretensiones contradictorias. Es la vida de una mujer contra la seguridad nacional…

Empieza el juicio. Ante el tribunal, ocupando el banquillo, Isabella vestida como una monja, de luto y con la cabeza cubierta por un velo. Sus defensores, en los asientos vecinos. En los bancos opuestos, los juristas mantuanos con sus togas negras y agazapados sobre los legajos parecen cuervos dispuestos a luchar por la carroña. Pero apartan los ojos cuando Isabella los mira.

El escribano lee los cargos contra doña Isabella Gonzaga de Novellara, viuda del difunto don Ferrante y madre de don Scipione de Bozzolo, residente en San Martino dell' Argine, en la vecindad de Gazzuolo, del estado de Mantua. Cuya doña Isabella practicó en el decurso del año 1616 actos delictivos de hechicería contra don Vincenzo Gonzaga, hermano del duque Ferdinando, sexto duque de Mantua y cuarto de Monferrato, a fin y efecto de obtener del mentado don Vincenzo un casamiento contrario a sus votos como cardenal así como a la voluntad de nuestro señor el duque. ¿Qué tiene que manifestar a esto la acusada? La acusada se declara inocente, con voz serena y mirando fijamente al juez.

Ahora el abogado de Mantua, hombre de amplia corpulencia, se pone en pie y después de una pausa se arregla los pliegues de la toga, se acomoda las puñetas, adopta una postura de orador y comienza su discurso. La mayor parte de éste se pronuncia en latín y es una disertación sobre la naturaleza de la brujería, sus diabólicos efectos, su influencia subversiva para el Estado y la Iglesia, y la necesidad de erradicar a quienes la practican. Sin embargo, dice haciéndose eco de la benevolencia del duque, pese al daño evidente infligido a su hermano, no se desea que doña Isabella sufra la última pena, puesto que se estima que ella habrá pecado por amor, y sin duda los pecados de amor deben juzgarse con menos severidad. Al fin y al cabo, *si eos, qui nos amant, interficiamus, quid his faciemus, quibus odio sumus?* Si matamos a los que amamos, ¿qué haremos con aquellos a quienes odiamos? El príncipe benevolente no desea la muerte de la noble princesa, sino únicamente que acepte la anulación del matrimonio para que él quede en libertad y pueda contraer otro enlace.

Es posible que el benevolente príncipe no haya entendido todo el alcance de los cargos que formula, interviene el juez. Los cuales no tienen que ver con la anulación, que es otro asunto, sino con las obras de hechicería. La profanación del santo sacramento es una ofensa contra la Iglesia, y corresponde a ésta juzgar. De manera que no es posible retirar ese cargo ni aunque lo soliciten los acusadores. Y dicho sea de paso, ¿por qué no han comparecido éstos ante el tribunal?

Con el permiso de su señoría, dice el abogado de Mantua, nuestro señor el duque está ocupado en la defensa de nuestros territorios amenazados por el enemigo, y el príncipe Vincenzo está indispuesto.

Se pone en pie el defensor y con voz aterciopelada sugiere un aplazamiento de la vista, en espera de que los acusadores mejoren de salud o se hallen menos atareados con los asuntos del gobierno. El juez repite en tono de cierta irritación que los cargos atañen a la jurisdicción eclesiástica y que la presencia o los deseos de los hermanos son irrelevantes para lo que hace al caso. Que se procederá a tomar declaración a los testigos de cargo cuando la defensa haya presentado su alegato.

La defensa replica que después del laberíntico discurso de la acusación y lo mal fundamentado de sus argumentos sólo resta declarar ciertos hechos evidentes que prueban la insustancialidad del cargo de hechicería. Primero, que no se haya presentado la acusación de brujería sino años después de haber intentado anular el matrimonio por diversos medios y no conseguirlo. Segundo, que la moralidad y buena reputación de doña Isabella restan crédito a semejantes acusaciones. Tercero, que no tenía la menor necesidad de recurrir a encantamientos ya que era su belleza la que justificaba las muchas peticiones de mano recibidas. Cuarto, que los infundios del príncipe contra su esposa reflejan el comportamiento de quien se arrepintió de un enlace contraído con precipitación, no el del hombre prisionero de un embrujo. Quinto, que una mujer tan prudente como doña Isabella no habría confiado semejantes secretos a testigos como un criado de don Vincenzo y una criada despedida por la misma doña Isabella. Sexto, que el duque Ferdinando tenía pendencias anteriores con la familia de la acusada por otros asuntos, y que había enviado un ejército contra el hijo de la acusada, don Scipione. Séptimo, que cómo podía nadie conceder crédito a los cargos contra doña Isabella, que se había comportado como persona totalmente inocente prestándose voluntariamente a ser juzgada en Roma. Contemplad a la acusada. ¿Acaso no es cierto lo aducido acerca de su belleza, y no resplandece en ella la luz de la inocencia? He dicho.

Con un ademán elegante, el defensor retorna a su asiento y junta cabezas con su pasante mientras examinan los papeles. Se hace un silencio mientras la corte considera los argumentos de la defensa.

Y luego el juicio cobró un giro que haría las delicias de los *avvisi* romanos, los cuales, aunque excluidos de la vista, recogían después las hablillas. El primero en ocupar el estrado de los testigos fue un tal Federico Puelli, trinchador de don Vincenzo, quien declaró que había visto a doña Isabella mascullando palabras incomprensibles sobre la salsa que preparaba, y que cuando él le preguntó qué había puesto en ella, la réplica fue: algo que le sentará bien. Tartamudo, la mirada fija en el suelo, Puelli no tardó en ser dispensado de los turnos de interrogatorio.

El escribano mandó que llamaran al testigo siguiente, que era Bianca Montagnana, ex criada de Isabella. No parecía gozar de muy buena salud la tal Montagnana pues entró casi a rastras conducida por dos ujieres que la sentaron en la silla de los testigos desde donde, sin atreverse a mirar a Isabella, contestó con voz desfallecida a las preguntas del acusador mantuano. Sí, había visto a doña Isabella guisando la poción. Y una calavera en la alacena. Y luego, una noche que era ya muy tarde, doña Isabella la obligó a sujetar el mortero mientras majaba unos huesos, y luego le echó pedazos de una Sagrada Forma, y finalmente lo redujo todo a un polvillo fino.

–¿Cuál de esos locos te enseñó lo que acabas de decir, Bianca? –exclamó Isabella sin poder contenerse.

El juez exigió silencio y el defensor meneó la cabeza al tiempo que la miraba y formaba con los labios la palabra «prudencia».

Pero Isabella se volvió hacia el juez y dijo:

–Con la venia de su señoría, quiero hacerle unas preguntas a la testigo –y en seguida, hablando con la Montagnana–: Di cuándo fue la última vez que me viste, Bianca, y en qué circunstancias.

Montagnana se mostró avergonzada al verse obligada a recordar el día de su despido. Sí, fue por mentir, y también por pequeños hurtos. Y sí, era de agradecer que se hubiesen limitado a despedirla.

–Entonces, ¿por qué declaras este fárrago de necedades contra mí? ¿Quién las inventó y por qué te has avenido a declarar? Dime, Bianca, ¿realmente deseas tanto verme muerta?

Entonces Bianca se echó a llorar, y después de enjugarse los ojos dijo:

–Perdón, *madama*. Es que ellos me amenazaron diciendo que me matarían...

Al abogado del duque poco le faltó para derribar la silla cuando se puso en pie de un salto y declamó:

–¡Protesto! Son falsedades, señoría.

El juez volvió a reclamar silencio y dijo que él mismo interrogaría a la testigo en cuanto a las circunstancias de su confesión. Que el tribunal estaba por encima de cualquier amenaza o influencia de partes interesadas. Y le recordó a la testigo su juramento de declarar la verdad. Bianca logró rehacerse lo suficiente para recordar su reclusión en una especie de cabaña a las afueras de la ciudad, donde hubo de sufrir toda clase de incomodidades, malos tratos y amenazas. La habían interrogado durante horas, y le habían pegado y amedrentado con sus puñales. Que la tuvieron así durante veinte días, los siete últimos sin darle nada que comer. Por último, desesperada, había cedido a las exigencias de sus captores. Y que aún tenía pesadillas en las que se veía a sí misma tal como la tenían, los brazos retorcidos a la espalda mientras él se sacaba una daga y se la ponía cerca de los ojos, y le pasaba la punta desde la mejilla hasta la cuello como para sugerirle lo que pensaban hacer con ella. Y además la había llamado puta.

Hubo unos murmullos en la sala mientras la testigo rompía otra vez en sollozos, y el juez dijo:

–Pero ¿de quién estamos hablando? ¿Quién te sujetó, y quién te amenazó?

–Con la venia de su señoría. El conde Striggio me sujetaba los brazos, y el duque Ferdinando me pegaba y me pinchó con la daga. Suplico vuestro perdón.

–No hay necesidad de perdonarte, si has dicho la verdad –replicó el juez.

Los murmullos se convirtieron en un gran alboroto y el escribano gritó:

–¡Silencio en la sala!

El abogado del duque gritó para hacerse oír en medio del estrépito general:

–¡Todo eso es mentira! ¡Son invenciones! ¡Nunca hubo tal interrogatorio!

–¿Está diciendo la acusación que su propia testigo no es de fiar? ¿Va a presentar alguna otra declaración? –preguntó el juez.

La del príncipe Vincenzo, por escrito, se apresuró a decir el abogado.

–No ha comparecido para ser interrogado –replicó el juez–. Acabáis de decir que la declaración de vuestra testigo es falsa. Se desestiman los cargos contra la acusada por falta de pruebas.

El defensor se levantó para anunciar que pensaba demandar al duque por calumnia y que reclamaría una indemnización por la angustia y daños morales que los cargos le habían causado a Isabella.

–Eso queda a vuestro criterio, abogado –dijo el juez poniéndose en pie a su vez–. Se levanta la sesión.

Cuando el juez iba a salir, toda la sala puesta en pie le tributó una ensordecedora ovación.

Los *avvisi* que circulan de mano en mano contienen las más escandalosas revelaciones... doña Isabella llevada en triunfo a su salida de Castel Sant' Angelo..., reivindicada..., el duque Ferdinando humillado... y promesas de más sensaciones futuras. Una demanda por daños y perjuicios significa que el conflicto se eterniza. Uno de los *avvisi* más serios recuerda que más allá del pleito la cuestión dinástica sigue pendiente.

Ferdinando está hundido en la depresión. No hay nada capaz de levantarle el espíritu, ni siquiera la música, de la que siempre dijo que le era necesaria para vivir. Ahora tampoco le anima, porque Adriana Basile se ha marchado. Nadie como ella para prever que el barco se hunde. Ha aceptado unos contratos en Venecia, magníficamente remunerados, bajo la dirección del gran Monteverdi, el mago de la música reconocido por todos. Cuanto más se aleja Adriana de Ferdinando, más apasionado el tono de las cartas con que él implora su regreso.

Aunque también a él le atrae Venecia, porque Mantua está demasiado llena de recuerdos amargos que alimentan el odio que se profesa a sí mismo. Su hijo Giacinto, que se ha criado en la corte, se está revelando como un muchacho despierto y de carácter amable. Pero desheredado por su padre, a cambio de un matrimonio que ha resultado estéril. Cada vez que contempla al chico se le encoge el corazón. En cuanto a la duquesa, procura verla lo menos posible para evitar sus reproches y sus escenas de celos. Y ahí queda su hermano, atado todavía al vínculo matrimonial, diciendo pestes de la mujer a quien antes amó y furioso contra ella porque le obliga a respetar sus promesas después de tanto tiempo. Él sabe que todo esto es una conjura de los enemigos que desean su ruina. Ferdinando se apoya en su canciller el conde Striggio, sus ojos y oídos, tanto así que muchos le llaman –medio en broma, medio en serio– el viceduque. Quien aplica al problema su inteligencia de diplomático, y como si fuese una partida de ajedrez. La clave está en Maria, dice, la hija de vuestro difunto hermano y heredera de Monferrato. Si la casamos con quienquiera que nos convenga como heredero de Mantua, contentaremos al duque de Saboya y reforzaremos nuestras pretensiones sobre Monferrato. Todo estriba en hallar ese heredero.

Se recibe carta de su hermana la emperatriz Leonora, en donde recomienda a su hermano que favorezca el interés del emperador y nombre heredero al príncipe de Guastalla, que es un Gonzaga y hombre de excelente reputación, ajeno a influencias extranjeras. La elección del duque de Nevers, de la rama francesa de los Gonzaga, supondría la intromisión del tradicional enemigo francés en los asuntos italianos.

Ferdinando titubea. Escribe a ambos bandos, el rey Habsburgo de España y el rey Luis XIII de Francia, casi al mismo tiempo y diciendo casi lo mismo: idénticas protestas de eterna devoción e idénticos deseos de que sus méritos le sean reconocidos. Pero le desgarra un conflicto del corazón: él querría como sucesor a su hijo, aunque él mismo lo haya desheredado y pese a la oposición de la duquesa. Más cartas salen hacia Francia y su cuñado el emperador para argumentar la causa de su hijo. Pero en una de las misivas al rey francés, en una posdata añadida casi como si se le hubiese escapado la mano obedeciendo a la voluntad del destino, se le ocurre afirmar que en caso de resultar excluido su amado hijo Giacinto no se opondría a que el hijo del Gongaza duque de Nevers acudiese a Mantua para una posible boda con Maria la sobrina de Ferdinando, como único procedimiento para defender Monferrato frente a las pretensiones de la casa de Saboya.

El rey lee esta carta y la interpreta lo mismo que su ministro el cardenal Richelieu. El rey y Richelieu despachan cartas por correo urgente para el duque de Nevers. Poco después, y sin solicitar confirmación, el duque francés despacha a Italia, no una carta, sino a su hijo y heredero en persona. Con su posdata escrita en un instante de confusión, Ferdinando ha favorecido los intereses franceses y ha arruinado definitivamente las posibilidades de su propio hijo.

29

Archimedeo se ha hecho el amo de la Scala Santa. Esas diminutas estancias de techo bajo parecen hechas adrede para servir de habitación a unos enanos, y además Ferdinando dejó de practicar allí sus devociones desde varios meses antes de su fallecimiento. Pobre Ferdinando, en la tumba antes de cumplir los cuarenta y después de una vida deshecha bajo el peso de sus propios errores. Archimedeo ha ordenado a los de su corte que traigan ricos tapices de otras partes del palacio, y los han recortado a medida para su nueva residencia. Así van desapareciendo las almohadas y los almohadones, las arquetas, los bancos que a ellos les sirven de mesas, la cuna en donde durmió Ferdinando de pequeño. Nadie va por esa parte de palacio ahora. Si lo hiciese, incluso encontraría una o dos piezas de joyería misteriosamente desaparecidas y que ahora adornan a una hija de Archimedeo.

–Me parece que tú vas a ser el siguiente –dice el príncipe Vincenzo ya convertido en séptimo duque, al tropezarse con Archimedeo en los funerales.

–Yo que vos no estaría tan seguro –replica Archimedeo.

Su hijo estuvo escondido debajo de la mesa mientras el médico de palacio examinaba a Vincenzo, pero no hacía falta disponer de una información tan privilegiada para darse cuenta del cambio que había sufrido el hombre. El que fue muchacho impaciente y joven impulsivo y despreocupado se desintegraba a ojos vistas. La joven baronesa elegida por madame Gilbert para curar su corazón destrozado, aquella que en su pálida belleza se asemejaba a lo que debió ser Isabella cuando tenía diecisiete años... ¿Cómo adivinar que ese cuerpo perfumado era un arma de destrucción? Si no bebéis, si no coméis dulces, si tomáis esta pócima y esta otra, dijo el médico, reforzaréis vuestras defensas frente a la enfermedad, y podréis contener su progreso durante muchos años todavía.

¿Cómo dejar de beber, cuando su misma sangre se lo exigía? Y otra cosa: enfermo o no, desde luego no piensa renunciar al amor. El nuevo Papa ha rectificado la decisión del anterior y obstinado pontífice Paulo y se ha entrado en el lento proceso de la anulación, aunque reconociéndole a doña Isabella el derecho a resarcirse por los daños y perjuicios. Pronto quedaré libre para contraer matrimonio y dar un heredero al ducado. Me casaré con Maria y aseguraré la sucesión de nuestros estados.

Vuestra sobrina, dice Striggio con fatiga. Eso es algo más que consanguinidad. ¿No podríamos pensarlo mejor?

Hay cosas todavía más urgentes que casarse, como la necesidad de recabar más dinero, o simplemente vivir. Los marchantes de Venecia acechan como los buitres en espera de bajar a darse el hartazgo con toda tranquilidad. Por primera vez desde hace muchos años, Vincenzo sufre una desazón no menos dolorosa que su mal corporal. Perder esos cuadros por los que lucharon sus antepasados, que los rescataron a precios regios tras elegirlos con un ojo infalible para lo bello y lo valioso y crear la mejor galería de arte de Europa... Es insoportable la idea de ver dispersa esa colección. Recorre el palacio aturdido de pena. Perder la *Venus* de Correggio, la *Virgen* de Caravaggio, los *Césares* de Tiziano, la *Madonna* de Rafael, los Rubens, los Tintoretto, los Veronese, los Bellini..., es increíble que se haya llegado a esto.

Striggio envía un mensaje a Ottavio, que está en Venecia. Discreción total, por favor. Nuestro señor el duque no soporta la idea de que esas pinturas glorifiquen la corte de ningún otro príncipe italiano. Es fundamental que los Médicis y los Farnesios no se enteren. Los buitres venecianos han encontrado un aficionado que se llevará las pinturas a una isla perdida al norte de Francia, y se exhibirán en otra corte que no importa ni mucho ni poco. El rey Carlos I de Inglaterra es un apasionado coleccionista y quiere comprarlas cuesten lo que cuesten. Se recibe en Mantua una relación que cita los principales tesoros solicitados por el monarca. En la lista no se omite ni uno solo de los cuadros favoritos..., al fin y al cabo, el asesor del rey Carlos no es otro sino Sir Peter Paul Rubens, quien recuerda perfectamente la colección, de cuando él mismo era el pintor oficial de la corte de Mantua.

No. Los Mantegna, no, dice Vincenzo. *Los triunfos de César* no, ¡por Dios! No puedo privarme de eso. En los muros de la Sala dei Trionfi la procesión victoriosa desfila evocando glorias pasadas, con los trompetistas y demás músicos, los portadores de incensarios, los rabadanes que llevan las bestias al sacrificio, los que exhiben los trofeos, los prisioneros, los elefantes de guerra y por fin, César sobre su carro. Este César simboliza las victorias de los príncipes guerreros de Mantua antepasados suyos. Todo menos los Mantegna, implora Vincenzo antes de correr a refugiarse en su quinta de verano, a orillas del lago Garda.

Procedente de Venecia llega Ottavio con cartas de Monteverdi para Striggio. Tratan de la nueva ópera encargada para Mantua, *La finta pazza Licori*. Será una *opera buffa* sobre el tema de la locura y el engaño. Por algún motivo, y conforme han transcurrido los meses desde que empezó a componer, la pieza viene a cuento pero al mismo tiempo parece demasiado indiscreta. En palacio, y aprovechando la ausencia del duque, un criado ha introducido a algunos ciudadanos en la galería de los Tiziano. Por sus caras complacidas, Ottavio adivina que ellos se sienten también, en cierta manera, propietarios de esos cuadros.

–¿No están enterados todavía? –se vuelve hacia Striggio, mientras uno de los ciudadanos explica a su familia los detalles más sutiles de la *Venus* de Tiziano.

–Nadie lo sabe, excepto los que han intervenido en la negociación. Quiera Dios que nadie se entere antes de que hayan salido hacia Venecia los cuadros.

–Es una vergüenza –dice Ottavio–. Está vendiendo el patrimonio de Mantua.

–Decídselo vos. Si se os ocurre algún otro medio para salvarnos de la bancarrota, me gustaría saberlo. Las joyas ya están empeñadas.

En la terraza de la quinta de verano con vistas al lago Garda yace Vincenzo reclinado en un canapé para aliviarse el dolor de las piernas. Lleva una bata bordada muy holgada, adquirida en Oriente.

–Excusa que te reciba así por mi mala salud –dijo–. Es una infección que ha intoxicado mi sangre. Mira cómo tengo las piernas –y alzó la bata para mostrar las pantorrillas hinchadas y cubiertas de verdugones.

Al ver la repugnancia en el semblante de Ottavio soltó una carcajada.

–Me encuentro mejor aquí, este aire le revitaliza a uno –prosiguió–. ¿Qué me traes? Una carta de Striggio..., no me encuentro con fuerzas para leerla ahora. Le llaman el archiduque. El viejo zorro se cree el amo de Mantua. Bien, ¿y qué más? ¡Ah! Esa ópera de Claudio. No estoy seguro, nunca me gustó mucho el libreto, pero ahí lo tenemos otra vez a ese Striggio, él lo eligió. Tomarás una copa de vino y me contarás las novedades de Venecia.

–Desearía hablar de los cuadros –dijo Ottavio.

Vincenzo fingió que no lo oía. Miraba hacia la otra orilla del lago.

–Éste es el lugar más hermoso del mundo. Como tocado por los dioses. Miras esas aguas tan quietas, parecen de seda.

–Como no ignora vuestra alteza, sería tremendo que se vendiesen esas pinturas. Son el patrimonio de vuestros antepasados y como tal, no os pertenece para dilapidarlo.

–¿A que no conoces este perfume? Es pura esencia de tuberosa, acaba de enviármela un mercader. Alfonsina la llevará.

–¿Qué Alfonsina?

–La hija de Archimedeo, ¿la has visto? Tiene el rostro más exquisito del mundo, la frente alta, los labios como rubíes, el cutis blanco y los ojos negros, muy negros. Y me llega a la cintura. Quise traérmela aquí para el verano, pero Archimedeo la escondió. Aunque no importa, encontraremos a mi amor. Mis hombres la buscan en todo el palacio.

Pero Ottavio no quería cambiar de conversación, y continuó con impaciencia:

–Si vendéis los cuadros será una humillación para Mantua y para vuestra casa. Creo que los ciudadanos de Mantua participarían con gusto en una colecta. Están orgullosos de esa colección.

Vincenzo le asestó una rápida ojeada astuta.

–¿Y crees que yo no lo estoy? Es por eso que los Farnesios no deben enterarse, ni los Médicis. Consultar el asunto con la ciudadanía viene a ser lo mismo que proclamarlo por todo el mundo. Estoy al corriente de lo que sucede, Ottavio, pero no hay más remedio. Asunto zanjado. No insistas más si no quieres incomodarme.

–Lo lamento mucho, al igual que lo lamentaría vuestro padre, y vuestro abuelo...

–Hace pocos días me han enviado de África un papagayo estupendo. Acompáñame a verlo, Ottavio. Es el ejemplar más exótico de mi aviario.

Vincenzo se puso en pie con dificultad. Apoyado en el brazo de su paje, y tomando el de Ottavio al otro lado, le condujo a la sala donde tenía los jaulotes. Al entrar, los agudos chillidos de las aves y el hedor de los excrementos casi echaban de espaldas. Guacamayos y pericos agarraban los barrotes de su prisión, o revoloteaban entre sus confines como queriendo huir hacia el sol, sin hacer caso de las pinturas que los rodeaban y que simulaban templos, lagos y montañas. Para ellos nada significaban aquellas maravillas pintadas, ni tampoco para los que permanecían inmóviles, encaramados en sus palos, el plumaje encrespado y el pico abatido sobre el pecho. Al fondo de la sala se hallaba el exótico loro africano de plumaje azul oscuro, púrpura y anaranjado. Estaba sentado sobre una percha dorada y se alisaba las plumas con el curvado pico. Pero cuando alzó la cabeza se pudo ver una mancha de piel gris, desplumada, alrededor de una llaga abierta. El ave se quedó mirándolos con grandes ojos de alucinado, y luego bajó la cabeza para seguir hurgándose en el pecho y desgarrándose las carnes hasta acabar con su propia vida.

–Qué lástima de hombre, cómo ha cambiado, ¿eh? ¿Ha comentado algo sobre la ópera? –preguntó Striggio al tiempo que hojeaba los papeles en su despacho de la Reggia.

–Sólo que no le agrada el libreto que según él escogiste tú.

Striggio suspiró.

–Eso significa que habrá que buscar otra cosa... Es una pena. Habría sido el comienzo de un nuevo género. Una ópera de argumento cómico. Y qué despilfarro, con todas las obras de Claudio que andan por aquí sin estrenar. *Ariadna, Andrómeda, Apolo* y los demás criando polvo. En los tiempos de nuestro Gran Duque Vincenzo habrían sido representadas. Sabía hacerlo, le bastaba leer los papeles para imaginar la representación. Ahora tendré que escribir otra carta a Venecia para alisarle las plumas al maestro. ¿Y qué ha dicho Vincenzino sobre lo de los cuadros?

–Nada. Los hemos perdido. Tenéis razón, mi señor canciller. Es un despilfarro. Me parece que la comedia acabó.

¿Vamos a terminar en esta tónica? ¿El príncipe moribundo y sus corruptos y envejecidos cortesanos? En situaciones así, a veces la memoria nos ofrece un refugio confortable. Hagamos un alto y miremos a través de otro espejo. Busquemos los reflejos del pasado. Viajamos a través de los recuerdos, treinta años atrás, al comienzo de la comedia. Se oye ruido, se oyen risas, hay un ambiente de expectación en el Salón de los Ríos donde los músicos afinan los instrumentos para el ensayo. El compositor, un joven enlutado, toca una nota en el clavecín, y todos se ponen a aserrar y rascar con redoblado entusiasmo. Do, fa, la, templan sus voces los cantantes. Se abren las puertas al fondo de la sala y varios de los músicos se vuelven. Entra el duque y viene pisándole los talones su secretario Chieppio, empeñado en llamarle la atención sobre algún asunto que ha quedado pendiente. El duque mira en derredor y da una palmada para reclamar silencio. Empieza el ensayo de *Il Pastor Fido*. El duque mira, colocado frente a la orquesta, y luego se acerca al clave e inclinado sobre el instrumento dice:

–Aquí la acción debería ser más rápida, Claudio. Es el momento en que el sátiro se acerca a la ninfa.

Claudio sonríe.

–Vuestra alteza se adelanta a la música.

–No, es mejor para el efecto dramático, y que luego entre la música para subrayarlo. Prueba y verás.

Las ideas escenográficas del duque no se discuten, naturalmente, pero resulta que tiene razón. La escena queda mejor como él ha dicho.

–¿Lo ves? –dice el duque–. Parece más ligero, más alegre. Así es como son las cosas en la Arcadia... Escucha el texto...

Y se pone a cantar los versos, la mano golpeando rítmicamente la tapa del clave para marcar el compás, «*gozad ahora que a tiempo estamos. / El instante feliz huye presto...*».

La nueva cantante toma el relevo con su voz pura «*y cuando sea con nosotros el invierno / en vano la primavera invocamos...*».

El duque suelta una súbita carcajada, como quien acaba de escuchar una verdad desagradable, y se queda mirando a la joven, que es la hija de Cattaneo, y luego a Claudio.

–El que crea la belleza, crea el amor. Ésa es nuestra verdad, eso es la Arcadia. Continuad con el ensayo.

30

Las dos de la madrugada. Pasos en el corredor, precipitados aunque procurando no hacer ruido. Susurros en el pasillo, la puerta que se abre. Maria está despierta desde que oyó las ruedas de un vehículo a la entrada del convento. Sabe que vienen a por ella.

La linterna sorda proyecta grandes sombras sobre los muros. A su luz distingue a la madre superiora y a la hermana Letitia, que viene para ayudarla a vestirse. Maria se levanta, atenta a todo cuanto la rodea pero, al mismo tiempo, como si estuviera viviendo un sueño. La madre superiora susurra una bendición. La hermana Letitia le tiende una falda para que se la ponga, aunque sin quitarse el camisón de dormir, porque hace mucho frío para cambiárselo. Ella se peina dejándose el cabello suelto sobre los hombros. La hermana Letitia le pone una capa y le acomoda la capucha sobre la cabeza. Luego la sacan al pasillo. En las palabras de simpatía que le murmuran se nota la excitación subyacente. Sigue a la que lleva la linterna, y salen del convento por la gran puerta de roble y la verja de hierro, no sin un titubeo en el momento de abandonar esa seguridad. Y luego todo sucede como si la pusieran literalmente en manos de las gentes que la esperan. A la luz vacilante de la linterna distingue a un hombre embozado en negra capa y corcovado de figura, que la conduce a un vehículo en cuyo interior aguarda otra persona, una mujer cuya capucha no deja ver sus facciones. El hombre sube al coche y cierra la portezuela. Se oyen relinchos de caballos, chasquea el látigo del cochero y el vehículo se pone en marcha. Quiere mirar por la ventanilla pero las cortinas están corridas. Viajar en una especie de cámara acolchada, en plena noche y con dos acompañantes a quienes jamás había visto. Un rato más tarde, los ecos le dicen que el coche ha entrado en un espacio cerrado; al ruido de la rodadura responden ladridos de perros. El coche se detiene, el hombre se apea y la ayuda a bajar. Nota el relente de las baldosas de piedra a través de las suelas de sus zapatos. Está en un patio grande rodeado de muros altos que se ciernen sobre ella como peñascos. Algunas de las ventanas tienen luz y se ven siluetas móviles.

Ella tropieza en un peldaño de la larga escalinata por donde se sube al gran salón. La acompañante le ofrece el apoyo de su brazo. Los frescos de las paredes representan una batalla. Hombres revestidos de acero caídos, esparrancados, los ojos dilatados, las bocas abiertas en el trance de la muerte. A paso rápido la llevan a otra parte del palacio y después de marearla a fuerza de vueltas entran en una larga sala llena de espejos cuyas imágenes multiplican la comitiva que la recorre. Salen otras personas al encuentro de los recién llegados y entre ellas un hombre de edad avanzada, grueso y de cabello muy aseado. Le conoce, es el conde Striggio que la visitó el otro día en el convento para explicarle lo que se esperaba de ella en tanto que heredera de Monferrato, amparándose en una carta de su madre que la exhortaba, desde Turín, a seguir en todo momento los consejos del conde. Ella le pidió esa carta para conservarla, pero el conde replicó que debía archivarse junto con los demás documentos.

Detrás de Striggio viene un muchacho apenas un par de años mayor que María. La mira, y ella ve un repentino rubor en sus facciones pálidas. Así que ese muchacho tan tímido que apenas se atreve a mirarla va a ser su marido. Bien, ella está dispuesta a cumplir con su deber: el conde Striggio ya le ha explicado en qué consiste. Casándola a ella con el hijo del duque de Nevers queda preservada la unión entre los estados de Mantua y Monferrato, y se asegura la sucesión.

Ella comprende el alcance de su responsabilidad. Su cuerpo es un vaso sagrado para todos ellos.

Están en una capilla, delante de un altar, y María camina del brazo de ese muchacho, el príncipe de Rethel. El sacerdote les dice que unan las manos. Ella envuelve la de él, fría y húmeda de sudor, entre las suyas. Oye su propia voz que contesta a las preguntas del oficiante como si fuese otra persona la que habla. Ahora la ceremonia ha terminado y su flamante esposo la mira con cierta expresión de alarma, consciente de lo que se espera de él. La mujer que la acompañó en el coche y que según ha oído es la duquesa de Sabbioneta les dice que seguramente tienen hambre. Se ha preparado un refrigerio para ellos en el aposento Romano. Echan a andar por los corredores, Maria del brazo de su esposo, hasta un salón donde hay una mesa puesta con comidas y bebidas. La chimenea está encendida para combatir el relente, ya que son las cuatro de la madrugada. Comen, sin cambiar apenas unas palabras, y luego la duquesa conduce a la novia hacia una cámara, en medio de la cual se ve una gran cama con dosel y el emblema de los Gonzaga en lo alto. Sobre la cama, un camisón de seda. Es para ella. Maria se acuesta y espera. Al cabo de unos momentos entra el novio, con una bata sobre la camisa de dormir, y se detiene junto a la cama con aire algo avergonzado. Dice que lo siente mucho, que le han indicado que hay que hacerlo enseguida. El tío de Maria está muriéndose.

De momento que están ya formalmente casados, Maria no entiende por qué hay que consumar con tanta prisa y sin considerar lo fatigados que están ambos. Pero imagina que debe ser necesario hacerlo antes de que expire el tío. Sin duda es uno de los requisitos de la sucesión. Así que se queda esperando a que se acueste junto a ella su esposo. Él la abraza como si también se sintiera moribundo.

En otra alcoba, la de Amor y Psiquis de los aposentos ducales, espera la muerte el séptimo duque. ¿Será posible que sólo hayan transcurrido poco más de treinta años desde su concepción, desde que su padre y su madre hicieron el amor a los compases de *Il Pastor Fido*? Porque ésa es la edad de Vincenzo, el que yace hinchado de hidropesía y podrido por la gangrena, exhalando un hedor tan nauseabundo que los criados, antes de acercarse, han de taparse la boca y las narices con pañuelos empapados en esencia de romero. No recibe a nadie excepto a Striggio, aunque los embajadores de Viena, Madrid y Francia han tratado de obtener audiencias. Menos mal que Striggio ha sabido darles largas. Eso de morirse requiere su concentración, y no puede pensar en otra cosa.

De súbito se da cuenta del gentío que se ha formado en la estancia, hasta ese momento desierta de visitantes. La del rincón es su madre, con la misma expresión que él recuerda desde su infancia cuando ella no quería dar crédito a sus historias pero se disponía a escucharlas con indulgencia. Ella le protegerá de esos seres que se esconden al pie de la cama mirándole codiciosamente con sus caras de gnomos. Y luego ve a su hermano, con el hábito rojo de cardenal y la actitud mojigata de siempre, que se vuelve para mirar a Ottavio, de pie junto al confesor ducal. El hombre se tapa la cara con un pañuelo, así que debe ser de este mundo todavía.

–Yo también siento repugnancia de mí mismo –dice Vincenzo, como queriendo tomarlo a broma.

–Nos pasa a todos –dice Ottavio.

–Pero ¡tan pronto! –replica Vincenzo, y se le llenan los ojos de lágrimas.

Al ver a Ottavio ha recordado los días de San Martino. Los ojos de Isabella observándole mientras él acepta el melocotón, y su mirada de complicidad, como si ya lo hubiese comprendido y lo amase. El calor del sol, el silencio del jardín, una muselina entrevista bajo la falda de ella. La suavidad de su piel, el calor de sus abrazos. Todo eso lo había borrado él de su memoria, enfadado por la obstinación de ella al retenerlo contra su voluntad, o mejor dicho, contra la voluntad de su hermano. Y luego, al recordar su amor arruinado, le invade otra oleada de cólera y aprieta los puños debajo de las mantas.

–Una cosa más, padre –dice Vincenzo mirando a su confesor.

Ottavio entiende la mirada del sacerdote y se despide.

–Me voy ahora, quedad con Dios –y sale de la habitación desertada por todos excepto el duque, su confesor y los fantasmas del pasado.

A petición de Striggio, que quiere dormir unas horas, se queda montando guardia en la antecámara para impedir que entre nadie a la alcoba del duque. Cuatro horas después, hacia las ocho de la mañana, la víspera de Navidad de 1627, el séptimo duque y último de su linaje deja de luchar contra la corrupción de su carne.

Atada y bien atada la unión entre el hijo del duque francés y la heredera de Monferrato y contra el pretendiente del emperador, el príncipe de Guastalla. Striggio se siente como un maestro del ajedrez en el momento de anunciar jaque mate. Pero ha estado tan absorto en los movimientos diplomáticos de su partida ajedrecística que se le ha olvidado el factor humano, las pasiones, que rompen las reglas del juego. Esa unión, que parecía iba a dejar limpiamente despejada la línea sucesoria, en realidad cataliza la guerra. El emperador se llama a ofensa. Ese matrimonio obsceno, forzado, consumado al filo del lecho de un moribundo, y todo ello perpetrado sin su conocimiento ni su anuencia. Y el otro engaño, la falsificación de la carta materna, cuando la carta auténtica, la que negaba el permiso, llegó después de consumados los hechos. No hay más que una manera de replicar a todo eso. Se cruzan más cartas entre unos y otros y por último, y visto que Carlo de Nevers mantiene sus pretensiones, los generales del Imperio y los ejércitos de Milán y de España reciben la orden de invadir.

Ottavio contempla a los operarios que descuelgan de las paredes *Los triunfos de César*. Es una operación complicada porque el material es frágil, mostrando ya algunos indicios de deterioro, y los cuadros son de un tamaño descomunal. Una vez colocados en las cajas de madera donde van a ser transportados, acompaña a la procesión que se dirige a las barcazas en que serán llevados a Venecia. En el muelle se ha congregado un grupo de ciudadanos, los semblantes entristecidos por la pérdida de los famosos Mantegna, últimos residuos de la pasada grandeza de Mantua. Pero al duque francés no se le da una higa del arte italiano, y necesita dinero para la guerra inminente. El rey Carlos de Inglaterra tendrá los cuadros que deseaba desde hacía tanto tiempo, a cambio de los cuales incluso se ha avenido a reducir su propio ejército.

–Así se vaya con ellos nuestra mala fortuna –murmura Ottavio mientras las barcazas se alejan del muelle.

31

Sueños de venganza son los que alimenta desde hace años el príncipe Scipione. Queda en Mantua una cuenta pendiente, por el daño que le hicieron a su madre. Y ahora se le presenta la oportunidad, porque ha llegado a sus manos una carta del nuevo duque con órdenes de defender a todo trance el puente sobre el río Oglio contra los ejércitos imperiales que vienen del norte, y hasta recibir el socorro de los franceses y venecianos. El general de los imperiales es el barón Aldringhen, un hombre forjado en la brutalidad de las guerras de Alemania. Es como si le hubiesen puesto en las manos el instrumento de su venganza.

¡Y qué instrumento! No hay más que fijarse en el rostro de Aldringhen, los ojos de mirada dura y penetrante, la boca apretada en un mohín de codicia y crueldad, para comprender que uno está viendo al verdugo de los duques de Mantua. Mientras ajusta las condiciones con el general de las fuerzas imperiales y le entrega las llaves del fuerte, Scipione no puede calibrar, sin embargo, la magnitud de la venganza ni la ruina que los alcanzará a todos. Todavía no han salido de sus propios territorios los imperiales, cuando ya la chusma que va con ellos se lanza al saqueo. Las columnas de fugitivos abarrotan el camino de Mantua abandonando los caseríos y las aldeas para acogerse a la protección de la ciudad rodeada de lagos.

Ottavio está a salvo en la residencia; Venecia se ha aliado con los mantuanos en contra del emperador. Allí nadie diría que hay guerra, excepto por la ausencia de los hombres jóvenes que normalmente haraganeaban alrededor del Rialto, y que ahora están siendo llevados a marchas forzadas por tierra firme hacia los campos de batalla. La buena sociedad veneciana no habla sino de los esponsales de la hija del conde Mocenigo. Todos los que cuentan para algo se agolpan en los salones alumbrados por antorchas para asistir a la gran novedad de la velada. El maestro de San Marco, el divino Claudio, ha compuesto el primer melodrama que se va a ver en Venecia, *El rapto de Proserpina*. La leyenda favorita de los Gonzaga, pues. Después de disfrutar el banquete y el baile, los invitados se deleitan con el maravilloso espectáculo, la fastuosa escenografía y la maestría vocal de las hermanas Basile, Adriana y Margherita. Lo que ha perdido Mantua lo ha ganado Venecia.

No se habla de la guerra hasta las primeras derrotas de los ejércitos veneciano y francés. Es entonces cuando se empieza a debatir si ha sido prudente la alianza con ese ducado responsable, al fin y al cabo, de su propia decadencia. Las cartas de Mantua a los venecianos cobran acentos de desesperación. Necesitamos más tropas, escribe Striggio, nombrado ya marqués por los servicios prestados al nuevo duque. Y luego llega la noticia de que la chusma imperial transporta consigo algo peor que la guerra. Los soldados alemanes han empezado a caer víctimas de la peste, y llevan la plaga consigo dondequiera que van. Está haciendo estragos en toda la Lombardía, desde Milán hasta Mantua. La ciudad sitiada se ha llenado de muertos y moribundos.

La barcaza de Mantua llega hacia la medianoche a Venecia, después de un día caluroso de comienzos de junio. En la oscuridad es idéntica a cualquier otra y nadie adivinaría quiénes son los forasteros que trae. Pero cuando Striggio quiere echar pie a tierra, pese a las ayudas, se tambalea y le falta poco para caer.

–No es nada, sólo la fatiga del viaje –dice el marqués–. Conducidme a la residencia, tengo muchos asuntos que atender.

La mañana siguiente se encamina hacia el palacio ducal en compañía de Ottavio.

–Es menester que nos envíen más tropas, ¡necesitamos refuerzos! –repite con una nota de histeria en la voz.

Ottavio sabe que los venecianos han enviado ya todas las tropas que tenían intención de mandar.

–La basílica –dice Striggio al cruzar la *piazza* San Marco–. Entremos a orar. No puedo quitarme de la cabeza el ruido de los carromatos, los lamentos, el hedor. Muchos de ellos mueren en las calles y allí quedan abandonados. Los muertos se cargan en los carromatos amontonados los unos sobre los otros, desnudos, con total desprecio de la dignidad. Así van a parar a las fosas, una capa de cadáveres sobre la anterior, y los cubre apenas una delgada capa de tierra, de donde se alzan los vahos de la corrupción. Y en la otra orilla del lago, los hombres de Aldringhen esperan mientras sus cañones bombardean el palacio. Uno de sus proyectiles acertó de lleno en la estancia vecina de la alcoba donde la princesa Maria estaba dando a luz. No tengo palabras para describirte lo que sucede allí, la muerte esperando fuera y la muerte acechando en el interior. Es como un polvillo que lo recubre todo. No consigo quitarme el hedor de la nariz.

En la basílica se está oficiando la misa.

–Oiré la misa –dice Striggio, y va a sentarse en uno de los bancos más próximos al coro.

–¿Está Claudio aquí? –pregunta–. Necesito hablar con él. ¿Es ése de ahí?

–¿Quién? –Ottavio sigue la dirección de la mirada de Striggio.

–Allí, ese personaje delgado que viste de negro, ¿no lo ves? No, es una sombra. Me duelen los ojos, Ottavio. Creo que estoy enfermo.

El marqués Striggio regresó a la residencia en silla de manos y lo acostaron en seguida. Estuvo con fiebre y delirando durante varias horas, y luego se le hincharon los ganglios de las axilas. Para entonces el médico había puesto la residencia en cuarentena, pero fue inútil.

Por la tarde se declararon tres casos más en las cercanías de la *piazza* San Marco. Confinado asimismo en la casa como probable portador del contagio, Ottavio se sentó a cierta distancia de la cama del enfermo mientras el sacerdote le administraba los sacramentos.

–Lleva mis recuerdos a Claudio –dice Striggio, buscando a Ottavio por entre la semioscuridad de la habitación–. Le dirás que he ido al lugar de donde únicamente Orfeo regresó. Ahora recuerdo las palabras que yo mismo escribí, «el que sube tan alto descubre que la caída es inevitable». Ya lo sabía entonces, y ahora yo mismo soy la demostración de ello. Quise creer que lo hacía todo por el bien de Mantua, pero no era más que mi ambición. Estar siempre en el centro de los acontecimientos, tirando de los hilos, dominando la jugada, pero finalmente he sido instrumento de fuerzas que no estaba en mi mano controlar... Lleva mis recuerdos a Claudio. ¿Crees que se volverá a representar el *Orfeo*? Es buena música..., escribí buenos versos..., recordadme... como poeta...

Striggio murió al día siguiente, de modo que no asistió a la caída de Mantua, el 18 de julio de 1630, cuando los soldados de Aldringhen saquearon la ciudad durante tres días con sus noches. Robaron, violaron y mataron cuanto quisieron, aunque ya la epidemia se había llevado la mayor parte de la población. Conmovido por las lágrimas de su mujer ante la ruina de su ciudad natal, el emperador mandó poner fin a la carnicería. Para entonces sólo quedaban ocho mil habitantes en aquella capital que contaba cien mil al comienzo del asedio.

Los que no tienen aprecio a la vida quedan condenados a seguir viviendo. A su alrededor se multiplicaban las noticias de cuarentena en las puertas de las casas venecianas, señalando la propagación de la epidemia que Striggio, como un ángel de la muerte, había traído consigo. Ottavio esperaba caer de un momento a otro, pero la fiebre que se apoderó de él no provenía del contagio sino de su propia inquietud. Mientras caminaba por las calles silenciosas le roía la apremiante necesidad de volver a ver Mantua. La barcaza que había servido para transportar a Striggio aún estaba amarrada, y los hombres impacientes por regresar a su tierra y ver qué había quedado de sus hogares después del asedio. Así que zarparon una mañana calurosa del mes de septiembre y cruzaron la laguna para enfilar el río por donde se llegaba a Mantua. De pie en cubierta Ottavio respiró hondo y notó cómo el aire salino cedía al olor fangoso del río y el estuario. El sol caía ya hacia poniente cuando sus rayos hirieron la torre bermeja del *castello* y la aguja blanca de Santa Barbara. Desde lejos el perfil de la ciudad parecía incólume, pero cuando estuvieron más cerca pudo ver los estragos de la artillería en las murallas, y luego, a lo largo de los muelles, los restos carbonizados de lo que habían sido depósitos de seda y lana.

En cualquier día normal de aquella época del año y a aquella hora se habría visto la plaza llena de gente dedicada a la *paseggiata* vespertina. Los pocos transeúntes furtivos que consiguió divisar se cubrían las narices y las bocas con máscaras tratando de no inhalar la pestilencia. Mientras se encaminaba hacia palacio, él se llevó a la cara un pañuelo empapado en vinagre y hierbas medicinales. Al pasar frente a la escalinata de la catedral oyó una carcajada estridente y vio una mujer joven que le sonreía. Llevaba las ropas desgarradas y mugrientas, espectáculo antaño insólito en la ciudad, y le gritó:

–¿Cuántos más venís? Ocho, nueve, diez, once, doce –y luego aquella risa aguda otra vez. Sentada en un escalón cerca de ella, una anciana miraba al vacío y movía los labios en silencio como si rezase.

–Quedad con Dios –dijo Ottavio, y apartó la mirada de aquel dolor en vista de que no había nada que él pudiese hacer.

Llegado a la entrada de palacio encontró sólo cuatro centinelas. La epidemia que había devastado la población también se cobraba su tributo entre ellos. Uno de los soldados le gritó:

–¿A qué venís?

–Mensajero de Venecia –dijo Ottavio–. Traigo un salvoconducto de buena salud.

–Entonces, ¿cómo se te ocurre venir a Mantua? –el centinela soltó una carcajada tan histérica como la de la mujer frente a la catedral–. ¡Hay que estar loco!

Tampoco hicieron ademán de ir a detenerle. No pensaban sino en cómo salir de aquel infierno. Ottavio continuó sin que nadie le diese el alto hasta el patio principal, lleno de carromatos donde se amontonaba el expolio de las riquezas del palacio. La venta de cuadros por el último Gonzaga no fue nada en comparación con el saqueo ordenado por Aldringhen, que se había reservado el palacio ducal en beneficio propio. Los alemanes arrancaban los cortinajes y los tapices, enrollaban las alfombras y se llevaban las últimas pinturas como botín de guerra.

Ottavio recorrió los pasillos sin saber muy bien adónde dirigirse, el corazón oprimido al ver los estragos en derredor. Perdida la gloria de los duques de Mantua, ¿a quién echarían la culpa, sino a ellos mismos? En la galería donde antes se alineaban los bustos de los antepasados se oían chillidos y carreras de ratas. Un perro de caza abandonado, el pellejo rayado por el prominente costillar, huyó ante la aproximación del hombre. Éste subió los peldaños por donde se salía al balcón y se sentó en la balaustrada para contemplar la otra orilla del lago, donde los imperiales habían plantado sus tiendas de campaña entre los álamos. Alguien había prendido una hoguera en medio del balcón usando los instrumentos musicales como teas. Asomaba entre las cenizas el clavijero chamuscado de una viola. En un trozo de pentagrama sin quemar se leían algunas notas. Por lo demás el balcón estaba lo mismo que siempre, puesto que nunca hubo en él nada valioso que llevarse. El duque, sentado sobre la balaustrada donde estaba él ahora, mirando el lago, el cabello agitado por la brisa. La muchacha sorprendida que se llevaba la mano a la boca. Entonces supo el motivo de su viaje. Era para buscar a Isabella, y su inquietud se concretaba en una necesidad urgente de verla. Cierto que Scipione no había renunciado a su vendetta, pero de todas maneras, pensó Ottavio, ¿qué importaría una muerte más o menos? Cuando salió con intención de adentrarse en la ciudad y alquilar un caballo para el viaje, se le ocurrió preguntarse, de paso, si aún seguiría con vida Archimedeo.

Ante la verja de la quinta de San Martino un centinela de la junta de sanidad cerraba el paso a los visitantes al tiempo que señalaba con énfasis el aviso de cuarentena. El jinete procedente de Mantua estaba poniéndose muy pesado con su insistencia en querer entrar. Que no puede ser, decía el centinela apartando la cara de la bolsa llena de monedas que le ofrecían. No puedo permitirlo, señor. Está en juego mucho más que mi empleo.

Ottavio soltó un juramento ante la obstinación de aquel pequeño funcionario y volvió grupas, aunque sólo hasta perderse de vista del centinela. Entonces abandonó el camino y se metió por los sembrados detrás de la quinta. Descabalgó y mientras su caballo se quedaba mordisqueando las hierbas se acercó a la tapia por la parte del huerto. Los árboles estaban sin podar y la tapia bastante ruinosa, lo que le permitió saltar con facilidad y con la ayuda de una rama. Dejándose caer sobre el césped de la parte interior, se puso en cuclillas y miró a todos los lados. Hacía tiempo que nadie salía al huerto, según las apariencias. La hierba estaba crecida y agostada por el sol. Cuando echó a andar levantó una bandada de diminutas mariposas. El sol envolvía los espinos de las alcachofas en un aura de luz; en el aire flotaban los vilanos del diente de león. De las ramas de los codesos colgaban las vainas agostadas que parecían momias de murciélagos. Aparte las cigarras, no se oía ruido alguno. La silenciosa quinta mostraba las persianas bajadas. Subió por la escalinata hacia la terraza. Sus pasos resonaron sobre las baldosas de piedra y le pareció que alguien abriría de un momento a otro cualquiera de las ventanas para ver quién rondaba la casa. Pero no hubo tal. Como si él fuese el único ser vivo del lugar. De las profundidades del edificio salió el ladrido de un perro. Se detuvo en el atrio, los oídos atentos.

En el piso de arriba, alguna persona menuda andaba sobre el entarimado. Subió y entonces se oyó una voz de mujer:

–¿Quién anda ahí?

Cuando salió al rellano de la escalera se quedó mirándola unos momentos antes de reconocer a Emilia. Tenía el cabello gris. Ella le miró con sorpresa y se llevó la mano a los labios, al tiempo que pronunciaba su nombre. Cuando hizo ademán de acercarse más ella lo rechazó con grandes aspavientos.

–No os acerquéis, que tenemos la enfermedad, ¿no os lo ha dicho el vigilante?

–Sí lo dijo. ¿Dónde está Isabella?

Emilia alzó una mano para detenerlo y replicó:

–Está enferma. No debisteis venir aquí. No, no os acerquéis. Yo he tenido la enfermedad y he sobrevivido, pero ahora ha caído la señora.

Ottavio sintió como si una mano helada se cerrase alrededor de su corazón.

–¿Está muy enferma? –preguntó.

Andando de espaldas, Emilia se batió en retirada hasta la puerta de la cámara, donde se plantó con los brazos en cruz para impedirle la entrada, sin dejar de mirarlo fijamente.

–Creo que va a morir. No debéis verla, sería un golpe demasiado fuerte. Salid, por favor.

–No, mientras no la haya visto –replicó Ottavio, y se detuvo frente a ella. Ambos permanecieron inmóviles–. Permite que entre a suplicarle su perdón. ¿Cómo voy a seguir viviendo si no puedo rogarle eso, al menos? Deja que la vea, Emilia. ¡Quién sabe!, a lo mejor ella querría hablar conmigo. Pregúntaselo.

Los ojos de Emilia se llenaron de lágrimas.

–¡Tantas muertes ha causado esta epidemia! Mi marido, hace un mes, y doy gracias a Dios porque mi hijo se ha salvado. El de ella, Guido, que estaba con nosotras, murió también y eso es lo que le ha quitado la voluntad de sobrevivir. Ella me cuidó mientras estuve enferma, sin pensar en sí misma. Seguramente yo habría muerto también, pero ella me veló día y noche, hasta que cayó. ¡Pobre señora mía! ¡Después de tantas tribulaciones, y no llegar a vivir una vejez pacífica!

–Cuando hay guerra en un país nadie vive en paz. Por favor, déjame verla.

Emilia titubeó un momento y luego dijo:

–Prometedme que saldréis cuando ella lo pida, y se lo preguntaré. Ya no delira, pero está muy débil.

Abrió la puerta de la antecámara y Ottavio la siguió. Ella dijo:

–¡Alto! No paséis más allá –y tras meterse en el dormitorio cerró a su espalda.

Él esperó un rato hasta que la puerta volvió a abrirse y apareció Emilia, que meneó la cabeza.

–Dice que no quiere que vos enferméis también.

–No me importa morir –contestó Ottavio–. ¿No ha dado otro motivo? ¿Te ha parecido que se alegró al oír mi nombre?

–Ha sonreído, como si recordase tiempos más felices. Conformaos con eso y dejadnos.

–Necesito que me perdone –dijo Claudio, y como Emilia se acercó a la puerta de la antecámara para indicarle la salida, él pasó detrás de ella y abrió la de la alcoba de Isabella.

Las persianas estaban bajadas pero la luz que se filtraba a través de las rendijas dejó ver la cama al fondo de la habitación y en ella a Isabella, recostada en un montón de almohadas, el cabello suelto sobre las sábanas y la cara en la penumbra. Al oír sus pasos hizo intención de volverse y susurró:

–¿Eres tú, Ottavio?

–Sí… –y se dio cuenta de que le corrían las lágrimas por las mejillas como un manantial desbordado.

–No te acerques, que atraparás el contagio.

–No importa –dijo Ottavio, y esquivó de nuevo a Emilia que trataba de impedirle el paso.

Arrodillado junto a la cama, tomó la mano de Isabella y apretó el rostro sobre ella. Tenía la piel seca y ardiente, y pese a haberse bañado en esencia de espliego se notaba todavía el hedor inconfundible de la enfermedad. Los ojos estaban hundidos en sus cuencas como si la calavera mostrase ya la máscara de la muerte, pero había lucidez en su brillo febril. Bajo la piel del cuello traslucían los bultos morados de la apestada.

Ottavio la miró a los ojos en espera de una reacción.

–Si muero, se habrá saldado una deuda –dijo–. Pero antes quiero recibir tu perdón. ¿Querrás concedérmelo, Isabella?

Vio una débil sonrisa en sus labios agrietados y luego ella susurró.

–No debo guardar rencor a nadie, y como estás tan dispuesto a morir... no tengo más remedio que perdonarte. En cuanto a la deuda, que decida Dios... Bésame, Ottavio.

Oyó que Emilia exclamaba un «¡no!», pero ya se había inclinado hacia delante y besó a Isabella en la boca, respirando el aire infectado de sus pulmones. Hecho esto, se subió a la cama y se tendió al lado de ella, ciñendo su pecho con un brazo. La manga de su camisa se agitaba al ritmo de la respiración. Ella volvió la cabeza y le sonrió.

–Me acuerdo de aquel verano en Novellara, Ottavio, cuando tenía catorce años. Echados bajo los árboles, la luz a través de las hojas verdes, mientras me describías la vida en la corte. ¿Te acuerdas? Tú hablabas, y estábamos acostados como ahora, y yo te escuchaba y me enamoré de él a través de tu descripción. Tú tienes la culpa, Ottavio, por llenar mi cabeza de sueños.

–¿Así que yo tengo la culpa, como siempre? –murmuró Ottavio, y acercó su rostro al de ella–. ¿Alguna vez he hecho una cosa buena?

–No importa. Te lo perdono todo, incluso tu amor.

Ottavio se inclinó y la besó otra vez. Sus manos se enredaron en el cabello de ella, que estaba húmedo de sudor, y la estrechaba entre los brazos levantándola un poco, hasta que Emilia gritó:

–¡Basta! ¡Fuera de la cama! –y empezó a tirarle del jubón.

–Mi amor queda contigo –dijo Ottavio al tiempo que cedía y se separaba de Isabella.

Salió de la habitación casi andando de espaldas, sin dejar de mirarla, hasta que Emilia cerró la puerta con firmeza y se plantó delante de él.

–¿Adónde iréis ahora? –le interpeló con furia–. ¿A confundiros con la gente y contagiar a todo el mundo?

–Me quedaré aquí para esperar a Isabella –dijo Ottavio–. No tardará mucho.

–No podéis quedaros. Scipione hará que os maten tan pronto como se entere.

–Ya estoy muerto –replicó él–. No veo la diferencia.

–No quiero que se derrame sangre en esta casa –dijo Emilia–. Marchaos ahora mismo, antes de que nadie se entere. Marchaos, ¡por el amor de Dios! ¿Qué os figuráis que hará Scipione si llega a saber que os permití verla? Hacedlo por mí, al menos.

–Está bien. Lo hago por ti y me voy –dijo Ottavio.

Dejó la casa tal como había entrado, saltando por la tapia del huerto. El caballo todavía pastaba donde lo había dejado. Lo tomó de las riendas y continuó a pie. Se preguntaba si quedaría alguien con vida en la quinta que había dejado hacía tantos años, o si sería preferible regresar a Mantua. No tardará mucho. Soy un difunto que camina y llevo conmigo la muerte. Quizá caiga en el camino, o quizá en Mantua. A veces mata en cuestión de horas y otras veces tarda una semana o más.

La gran cúpula del cielo, extendida hasta el confín luminoso, lo encerraba en su mundo. Anduvo por la orilla del río hasta que vio cerca del puente, camino de Mantua, a tres mujeres que lavaban la ropa en el río. Una de ellas se había enrollado a la cintura los bajos de la falda, de manera que parecía llevar unos voluminosos pantalones, y azotaba con las prendas unos cabezones de piedra casi hundidos en la corriente. Cambió de dirección para evitar el aproximarse a ellas y luego prosiguió río abajo, hacia la confluencia con el Mincio.

Oyó risas infantiles y tras doblar un recodo se acercó otra vez a la orilla. Eran dos chicos y una niña que chapoteaban en el agua. Los muchachos eran delgados, de piel morena, e iban desnudos. La niña, que no tendría más de seis años, llevaba una camisola de algodón empapada, porque los chicos le echaban agua con las manos. Las risas se mezclaban con los gritos de la pequeña quien, al darse cuenta de lo desigual que era la lucha, se dio la vuelta y se encaminó hacia la orilla para salirse del agua. Cuando vio a Ottavio echó a correr hacia él como para acogerse a la protección de una persona adulta frente a la brusquedad de sus compañeros de juegos. Ottavio no supo si era que él tenía aspecto de abuelo o de viejo tío, pero vio que ella le sonreía con la total confianza e inocencia de las criaturas de muy corta edad, al tiempo que tendía los brazos hacia él.

Trató de impedirlo gritándole «¡no te acerques!» pero luego, en vista de que ella continuaba, se volvió y se arrojó de cabeza al río. El agua se cerró sobre su cabeza con el chapuzón y notó la corriente en los oídos al tiempo que sus manos tocaban los guijarros del fondo. Cuando sintió los pulmones a punto de estallar asomó la cabeza. Los chicos habían salido a la orilla y miraban con extrañeza a aquel adulto que se lanzaba al agua completamente vestido. Les gritó que se marchasen y se sumergió otra vez. Se atragantó con el agua y sacó de nuevo la cabeza, tosiendo y escupiendo al aire. Ya espantados por el comportamiento del desconocido que parecía decidido a ahogarse en el río, los niños iniciaron la retirada. Pero él se quedó todavía un buen rato hundido hasta el cuello, notando el tirón de la corriente. Cuando tuvo la seguridad de que no volvían salió a la orilla, vació el agua de las botas y se quedó tendido al sol. Sus prendas empezaban a echar vapor y a secarse. Él contemplaba las ramas de los árboles cercanos, las hojas plateadas del cañaveral, los álamos verdeantes, el cielo arriba, donde un fino cendal de nubes cambiaba continuamente de forma. Se oían las esquilas de las cabras y el agreste chirrido de las cigarras que rendían homenaje al sol con su música.

Isabella morirá, yo moriré, pero todo lo que hemos visto y escuchado continuará, las cigarras, el río, el sol, la claridad entre los árboles.

Se pone en pie, se acerca a su caballo y monta mientras empuña las riendas con firmeza. El jinete continúa bordeando el río hasta su desembocadura en el lago.

EPÍLOGO

1643

Yo gobierno las fortunas de los hombres. Este niño sobrepasa en antigüedad al Tiempo mismo y a todos los demás dioses. La Eternidad y yo somos gemelos.

Amor en *L' Incoronazione di Poppea*, 1643

Carnaval. Siempre es carnaval en Venecia. Apenas abandonan la laguna las nieblas invernales que celaban las fachadas de los *palazzi*, la gente empieza a ocultar los rostros detrás de las máscaras. Figuras negras de rostros blancos, fantasmagóricos, la mirada maliciosa tras la impasibilidad del antifaz. Con las máscaras viene la libertad para ser distinto de lo que eres. Yo no soy la persona que conociste y que se comportó de esa manera, fue otra, desconocida. La máscara asume su propio disfraz y envía los mensajes que ella quiere. Ésa anda buscando amor, esa otra quiere pelea. Permite, pues, que me quite la máscara, y veamos lo que hay. Es un viejo corcovado, hondas arrugas de amargura en las comisuras de la boca. Y sin embargo, ese viejo no está amargado, de manera que su semblante no deja de ser otra máscara como la que se acaba de quitar para contemplarse en el espejo.

Me miro en el espejo. Sí, soy Ottavio y todavía estoy aquí, asumiendo mi sentencia a perpetuidad de... ¿cuántos años suman ya? Setenta y cinco. La misma edad que Claudio. Ése es nuestro vínculo, los años y los recuerdos. En San Marco tiene un director ayudante que le suple en muchas de sus funciones, por deferencia hacia su edad. Pero es como si la música que lleva consigo no le concediese reposo. Ha terminado una nueva ópera en colaboración con el poeta Gian Francesco Busenello. Se va a representar en el teatro público Grimani. Sonríe mientras hablamos de esto en su casa cerca de San Marco. He llegado con la música más lejos que nunca. La música y las palabras son una sola cosa. Ya verás, Ottavio, tú la entenderás mejor que la mayoría. Procura no faltar.

Pocas noticias me llegan ya de Mantua, y subsisto en Venecia con las rentas de unas propiedades que ya no me acuerdo cuándo fue la última vez que las visité. Todos han muerto, Striggio, el duque francés, su hijo. Casi todos los músicos se marcharon a otras cortes. La reina viuda Maria desempeña la regencia durante la minoría de edad de su hijo. Mantova la Gloriosa ya no existe. El palacio saqueado de sus tesoros ha sido nuevamente adecentado gracias a la generosidad de otros príncipes. Los muebles del Gran Duque de Toscana, la platería de Parma, cien yuntas de bueyes y otros tantos labradores del duque de Módena para poner de nuevo en cultivo las tierras abandonadas. Incluso tiene cuadros y tapices; algunos amigos de Mantua los robaron de la misma caravana de ochenta y siete carromatos cargados que se llevaba Aldringhen como botín.

Algunas noches Claudio y yo hablamos de nuestros tiempos en Mantua, generalmente de la música, o de nuestro duque, a veces de Striggio, rara vez de Claudia, nunca de Isabella. Últimamente dice que ha considerado volver para una visita, para ver la ciudad, que probablemente será la última vez antes de pasar a mejor vida. Para ser un hombre que perdió la salud durante los años que pasó allí, ha resistido bastante bien. ¿Cuántos de nosotros alcanzamos esa edad? Aunque a lo mejor queda otro de nuestra época, a juzgar por una carta que acabo de recibir de la regente Maria. Estaban entrando muebles en la Camera degli Sposi, cuando la hallaron ocupada por un enano muy viejo y muy cascarrabias con su hija. Y no quiso marcharse de allí. Dijo que había venido para quedarse con sus antepasados, que se hallaban retratados en el fresco de Mantegna que representa la corte del viejo marqués Ludovico. En vez de enfadarse, a Maria le hizo gracia y así resulta que la Cámara de los Desposados se ha convertido en el palacio de Archimedeo mientras él viva.

Y ahora el carnaval llega a sus días finales antes del Miércoles de Ceniza, y las góndolas llevan por los canales a sus pasajeros enmascarados hacia el nuevo teatro público cerca de Fondamente Nuove para asistir a la ópera de Busenello y Monteverdi *L'Incoronazione di Poppea*. La luz de las antorchas se refleja en las oscuras aguas y el rumor impaciente va creciendo conforme se acercan al iluminado teatro en San Giovanni e Paolo. Subimos por la resbaladiza escalinata de la plaza frente al edificio y entramos en el auditorio, ya calentado y ahumado por un millar de velas. Ocupo mi asiento en el palco de otro miembro de la Accademia degli Incogniti, a la que pertenece el mismo poeta Busenello.

–Dicen que Anna Rienzi tiene una voz excelente, en cambio el castrado se duele de una inflamación de garganta –dice mi amigo *l'Assicurato*–. Quiso cancelar su actuación, pero Monteverdi le aseguró que su voz mejoraría con el uso.

–Siempre ocurre. No estaría completa la velada si no se quejase el castrado. ¿Se tiene alguna referencia sobre la música?

–Extraordinaria, dicen –replica *l'Assicurato*–. Y que hace justicia a los versos de Busenello.

Enfrente, al otro lado de la sala, otro grupo entra a ocupar su palco. Y de pronto, es como si se hubiesen borrado los años. Un hombre alto y rubio está de pie, arrimado a la barandilla, y pasea la mirada sobre la concurrencia. Veo un destello en sus ojos cuando se encuentran con los míos, pero prosigue enseguida la inspección como si estuviera buscando a otra persona. Sé que lo he visto antes, la cabeza inclinada en la postura de quien olfatea el aire. Una mujer más joven, ya que el hombre debe hallarse en la mediana edad, está siendo acompañada a su asiento en primera fila del palco. Lleva una máscara plateada, con diamantes que reflejan la luz. En el plano posterior, a contraluz, se distinguen las siluetas de otros dos hombres. Me vuelvo hacia mi amigo *l'Assicurato*, que lo sabe todo, y le pregunto quiénes son los recién llegados.

–No son venecianos –dice *l'Assicurato* en tono que implica que por consiguiente no son de interés–. Del Véneto, seguramente. Vienen para asistir al carnaval.

–El hombre me recuerda a una persona que conocí hace mucho tiempo.

–Has vivido demasiado, Ottavio. A estas alturas cualquier persona te debe recordar a otras que has visto antes –sonrió *l'Assicurato*.

Los músicos van ocupando el foso de la orquesta y templan sus instrumentos. Al cabo de unos momentos tocan los primeros acordes y nuestra atención pasa del público a la escena donde se representa el prólogo de la Fortuna, la Virtud y el Amor. La Fortuna viste una brillante túnica dorada, la Virtud lleva casco emplumado y el Amor, aunque es un niño que abulta la mitad que la una y la otra, presume de gobernarlas a ambas. Todo se somete a mi voluntad, dice el niño con un trémolo al comenzar la ópera, y ahora Ottavio ya sabe por qué dijo Claudio que él la entendería mejor que muchos. Ahí está Otón lamentando la pérdida de su amor, y Nerón se congratula por la facilidad con que acude el amor a él. Nerón, dorado y emplumado, canta con voz irreprochable, tal como había predicho Claudio, y se muestra unas veces caprichoso, otras amante, o cruel. Se diría que la música de Claudio pasa revista a sus años en Mantua. Con ella expresa todas las emociones de los personajes, así como la emoción del compositor. Los asistentes miran el escenario, silenciosos, embargados por el hechizo.

Y ahora, cuando Otón le censura a Popea su amor por Nerón, la orquesta ataca el tema de una *canzonetta* a dúo. Ese ritmo insidioso, obsesivo... Ottavio reconoce la melodía de una música de baile, y acude a su memoria aquella noche de carnaval en que Isabella conoció al duque, y la fila de bailarines en el Salón de Mantó. Paso, salto, giro y paso a un lado, de dos en dos, y luego el duque se da la vuelta para unirse a la cola de los bailarines e Isabella se ha quitado la máscara. Ottavio mira al palco de enfrente y el corazón le da un vuelco, como si la música se hubiese saltado un compás. La joven se inclina sobre la barandilla para ver mejor el escenario y se ha quitado el antifaz. Mientras la mira sólo puede pensar una cosa: ¡es Isabella! Ella le mira y aparta los ojos en seguida, como lo haría cualquier joven que se ve contemplada con excesiva atención por un viejo.

Y luego, mientras la ópera progresa hacia el gran final, los amantes Popea y Nerón miran al público para cantar a dúo. Si me he perdido en ti, ahí volveré a encontrarme, y me perderé de nuevo. El amor triunfa sobre la virtud y la fortuna se inclina ante su voluntad. El amor, dueño invisible, imprevisible, de los destinos humanos. L' Assicurato suspira:

–Bravo, Gian Francesco, qué triunfo, qué genialidad. ¡Y Monteverdi! –añade, y luego, vuelto con súbita preocupación hacia Ottavio–: *Va bene?*

–Es el calor que hace aquí. Me ha dado un vahído –y luego, sin venir a cuento en apariencia–: Claudio nunca desaprovecha una buena melodía.

Suenan los acordes finales y los cantantes inclinan sus cabezas emplumadas hacia el público, que los ovaciona y arroja flores al escenario. Sale Busenello, y luego Monteverdi, a agradecer los aplausos. Buena parte de la concurrencia patea, grita y silba en un exceso de entusiasmo. Claudio los mira a todos, su semblante austero iluminado por la alegría después de la excelente interpretación y la buena acogida que ha tenido su música. Mira hacia los palcos. Un hombre flaco, de edad avanzada, que luce hábito negro clerical, se inclina para agradecer el aplauso. Desde el patio de butacas alguien grita pidiendo un bis de la obra entera; los cantantes ríen y menean la cabeza. Luego hay un revuelo, un recoger capas, un parloteo general como si se hubiese levantado el paño que cubría una jaula de loros: los asistentes cambian impresiones sobre la ópera, ríen, se saludan los unos a los otros y empiezan a desfilar hacia las dos escalinatas, a cuyo pie se reunirán con los que salen de la planta baja.

Ottavio se ha fijado en que los del palco de enfrente salieron antes que su grupo, el de *l'Assicurato*. Entre las muchas cabezas ha acabado por perderlos de vista. Por fin distingue de nuevo entre la multitud al del cabello rubio. Se ha echado la capa sobre los hombros y los pliegues que se forman a un lado dejan adivinar que lleva espada. Está hablando con uno de los hombres de su partida. La mujer joven no aparece por ninguna parte. Ottavio estira el cuello deseando que se vuelva el hombre para poder verle la cara. Esa inclinación desafiante de la cabeza le resulta conocida, lo mismo que la manera de apoyar la derecha en la cadera, pero entonces el hombre se cala otra vez el antifaz y no se distingue ya sino el enigmático fulgor pálido de la mirada. Los ojos del enmascarado están mirando fijamente a Ottavio y se adivina en ellos una pregunta. Quizá lo más sencillo: ¿te conozco de algo? La izquierda roza ligeramente la empuñadura de la espada, y le mira de nuevo, antes de volverse hacia el hombre que le acompaña con un ademán casi imperceptible, como para ordenarle que le siga.

Ahora Ottavio sabe que es necesario que se encuentren y trata de abrirse paso por entre la multitud. Pero es más difícil de lo que se figuraba. La gente se niega a ceder el paso por más que lo intente a este lado y al otro. Los dos hombres le llevan ventaja, están ya cerca de la puerta, y luego se interpone otra persona.

–Perdón, señora –dice tratando de apartar a una anciana que lleva capa negra y una máscara en figura de pico de ave.

Baja los ojos y al distinguir en su cuello el fuego azul de unos zafiros cree estar desvariando. ¿Qué otro fantasma es ése que le visita? Quiere alargar la mano hacia los zafiros y recuerda que esa misma mano tiró una vez de ese mismo collar y los zafiros cayeron al suelo del coche.

–¿Isabella? –murmura, y la mujer sonríe y se quita la máscara. Ahora ya no hay confusión posible. Ha cambiado poco, pese a los años transcurridos.

–¡Emilia! –exclama él.

–¿Quién si no, don Ottavio? –sonríe ella.

Mirando atónito el collar, él prosigue:

–¿Así que tú lo guardaste durante todos estos años?

–Era la única manera de tenerlo a buen recaudo.

Ella le miraba cara a cara, mientras la mente de él todavía luchaba por recomponer las piezas del pasado con las del presente, hasta que dijo:

–¿Está aquí el príncipe Scipione?

–Acabáis de verlo con su hermano.

Otro latido del corazón suspendido, entre la aprensión y la emoción.

–¿Y la joven que estaba con ellos en el palco, la que se parecía..., la que se parecía a Isabella?

–Es su hija. Su hijo mayor también está aquí.

–Oye, Emilia, necesito hablar de hombre a hombre con Scipione.

–Eso no sería prudente –replicó Emilia–. Sois un anciano, tenéis derecho a morir en paz.

–Él quiere hablar conmigo, estoy seguro. Y necesito ver su cara. Quiero ver qué aspecto tiene ahora. Tengo una cosa que averiguar.

–Siempre el mismo Ottavio, el que nunca desiste. ¿Para qué remover el pasado? Sería mejor echarlo al olvido. Mirad, creo que vuestros amigos os buscan.

L'Assicurato está llamándole desde el otro lado del vestíbulo. Ottavio les hace un ademán para indicar que no le esperen, y echa a andar detrás de Emilia. Cuando salen a la calle ella se vuelve otra vez.

–Isabella os perdonó en la hora de su muerte. Deberíais conformaros con eso. Scipione no perdona, y sabe que intentaréis hablar con él algún día. ¿De veras deseáis morir como un perro y ser arrojado al canal? ¿Es eso lo que andáis buscando?

–Quiero verle la cara –replicó Ottavio con obstinación.

–Si no es más que eso, podéis acompañarme –contestó Emilia con aparente ligereza–. Van camino del *palazzo*. Los seguiremos en la segunda góndola.

Están junto al muelle. A través de la niebla nocturna se distinguen los faroles de las góndolas que se alejan en distintas direcciones. En la segunda góndola han embarcado ya dos de los criados de Bozzolo, y uno de ellos ayuda a Emilia. Ésta se vuelve hacia Ottavio pero cuando él se dispone a embarcar, una mujer corpulenta lo aparta a un lado gritando:

–¡Espere, *signora* Emilia! –y le tiende la mano al gondolero.

En seguida se deja caer pesadamente en el único asiento restante. Ottavio se adelanta pero el gondolero menea la cabeza.

–No se admiten pasajeros de pie, señor.

–¿Adónde van? –exclama Ottavio.

–Cerca del Gran Canal, a Dorsoduro –dice Emilia–. Seguidnos.

Ottavio toma la góndola siguiente pero el barquero dice:

–Yo no voy a Dorsoduro.

–Pago doble, la ida y la vuelta –replica Ottavio.

–Más la tarifa doble por el tiempo de espera –contesta el gondolero. Lleva una máscara blanca de Carnaval y una capa con capucha.

Ottavio se sienta de cara a la proa, consciente de la presencia del gondolero de pie a su espalda y del rítmico chapoteo de la pértiga, mientras van siguiendo a la otra embarcación. A la luz de la antorcha ve el rostro de Emilia que se ha vuelto un instante. Las góndolas enfilan hacia el Canale della Misericordia. A uno y otro lado se alzan, como acantilados, las siluetas oscuras de los edificios, sin una ventana iluminada ni otra señal de vida. Los faroles de las góndolas iluminan la niebla que los envuelve y crean la ilusión de unas bolas de humo blanco; más allá todo es oscuridad excepto los objetos más inmediatos. Casi sin verlo, y juzgando por el relente húmedo que cala hasta los huesos, Ottavio se da cuenta de que han entrado en el Gran Canal y se emboza en la capa.

Dirigiéndose al gondolero, comenta:

–La edad avanzada no es sinónimo de prudencia. Mira que salir en una noche como ésta...

El gondolero no contesta. El chapoteo de la pértiga sigue puntuando el silencio. Ottavio sigue atento al farol de la embarcación que los precede.

–No la pierdas de vista. Boga más, que se nos escapa.

Cuando se vuelve hacia el gondolero ve los ojos que le miran como dos pozos negros en la máscara blanca. Empieza a temblar de frío y de una invencible sensación de soledad. La luz de la góndola que va delante está cada vez más lejos, y no se oye nada excepto el agua que lame los costados de su propia embarcación. La niebla se hace más densa y parece querer cobrar formas concretas. Y ahora el farol lejano oscila, se apaga, y no ve más que la oscuridad al frente. Grita:

–¡Emilia! –pero la niebla, lo mismo que impide ver se traga también las voces.

–Está bien –se vuelve hacia el barquero–. Parece que la buena mujer nos ha dado el esquinazo.

El gondolero deja de bogar y la embarcación se mece lentamente.

–¿Adónde vamos? –pregunta el gondolero.

Pero Ottavio está pendiente de un sonido interior. Mientras la niebla oculta la ciudad a sus ojos, cruza por su mente el refrán de una música. Escucha ahora esta llamada a través de los siglos. Así fuimos, así somos todavía. Es el espejo de nuestras almas, ¿no oyes a través del velo del tiempo cómo te llamamos con esta música? Escúchala ahora, mira nuestros ojos en el espejo.

–¿Adónde vamos? –repite el gondolero.

Pero la contestación no llega. En su lugar se escucha lo que únicamente en el silencio de la noche puede oírse: el chapuzón de un bulto pesado que cae al agua. La pértiga reanuda su movimiento rítmico y la góndola continúa su viaje ahora sin pasajero, considerablemente aligerada.

POSTFACIO

L'Incoronazione di Poppea fue la última ópera de Monteverdi. Cumplidos los setenta y seis años en mayo de 1643 el compositor se lanzó a una gira de seis meses por la Lombardía, durante la cual fue recibido entusiásticamente en todas sus ciudades favoritas. En Mantua se sintió enfermo y regresó a Venecia, donde falleció el 29 de noviembre del mismo año y fue sepultado en Santa Maria Gloriosa dei Frari, en la Capilla de los Lombardos.

La Casa de Gonzaga nunca se rehizo después del saqueo de Mantua, y hacia finales del siglo el estado fue anexionado por Austria, al tiempo que Monferrato pasaba a formar parte de las posesiones de Saboya y Milán.

Los cuadros comprados por Carlos I fueron vendidos por la República después de la ejecución del monarca, aunque Oliver Cromwell se quedó con *Los Triunfos de César*, que hoy puede verse en Hampton Court. La colección renacentista de los Gonzaga está dispersa en galerías de todo el mundo, en el Louvre, la National Gallery, el Prado, el Kunsthistorisches Museum, entre otros. En Mantua han quedado los frescos de Giulio Romano en el Palazzo del Te y los de Mantegna en el palacio ducal.

Hacia finales del siglo XVII la música de Monteverdi quedó desplazada por la de los compositores barrocos que le sucedieron. Se ha perdido la mayor parte de las Misas que escribió para el coro de San Marco así como todas las óperas primitivas para Mantua excepto la primera, *La Favola d' Orfeo*. De la ópera que le supuso el mayor coste emocional, la *Ariadna*, sólo ha llegado hasta nosotros el Lamento. El siglo XX presenció un redescubrimiento de su música, y con él un entendimiento más cabal de su papel en la invención del género operístico.

La novela trata acontecimientos históricos y la mayoría de los protagonistas responden a personajes reales de la época. Quiero manifestar aquí mi agradecimiento al profesor Denis Stevens, comendador de la Orden del Imperio Británico, especialista en Monteverdi y traductor de sus cartas y madrigales, que tuvo la amabilidad de participarme sus conocimientos sobre Monteverdi y la corte de Mantua. Agradezco también el profesor Patrick Boyle, de la Universidad de Cambridge, la autorización para usar su traducción del Lamento de Ariadna. La Westminster Library y en especial la sucursal de St John's Wood tuvo la amabilidad y la paciencia de buscar para mí muchos libros raros, desde una traducción de *Il Pastor Fido* del siglo XVI hasta una historia de Mantua editada antes de la guerra y completamente agotada. De entre los libros leídos cumple citar *The Letters of Monteverdi* por Denis Stevens, Oxford University Press, 1995; *Monteverdi* por Denis Arnold, J. M. Dent, 1990; *Claudio Monteverdi: Orfeo* por John Whenham, Cambridge, 1986; *Claudio Monteverdi: Songs and Madrigals* por Denis Stevens, Lona Bar Books, 1998; *The Gonzaga – Lords of Mantua* por Selwyn Brinton, 1927; *A Prince of Mantua* por Maria Bellonci, 1956; *Music and Patronage in Sixteenth Century Mantua* por Iain Fenlon, Cambridge, 1980; *Theatre Festivals of the Medici* por Alois Maria Nagler, 1964.

El cuarto duque de Mantua, Vincenzo Gonzaga, fue famoso por su extravagancia. Coleccionista entusiasma y dotado, fue mecenas de Rubens, Monteverdi y el poeta Tasso. Después de diversos escándalos familiares se embarcó en varias guerras incluyendo tres cruzadas contra el turco, todas ellas costosas y nada decisivas.

Isabella es un personaje literario pero basado en la vida de la auténtica Isabella Gonzaga de Novellara, que aparece mencionada por

Monteverdi en una carta de 1611 diciendo que asistía a las funciones musicales en Mantua. Su matrimonio secreto en 1616 causó escándalo y su negativa a consentir el divorcio trastornó el equilibrio de poderes en el norte de Italia. El juicio contra ella está tomado de *Il Processo* de Guido Errante que figura en el *Archivio storico lombardo* publicado en 1916. El antagonismo de sus hijos contra los duques de Mantua así como el asedio de esta ciudad y sus consecuencias también son hechos históricos.

En cuanto a Ottavio, es un personaje imaginario en que se han refundido varias vidas: espíritu de la época, testigo y, a veces, manipulador de la historia.

LÍNEA SUCESORIA DE LOS GONZAGA EN 1611

- Francesco, 4.° marqués de Mantua (1466-1519)
  c. Isabella d'Este
  - Federico, 1.er duque de Mantua (1500-1540)
    c. Margherita Paleologo de Monferrato
    - Francesco 2.° duque († 1550)
    - Guglielmo, 3.er duque de Mantua y duque de Monferrato (1538-1587)
      c. Eleonora de Austria (1534-1594)
      - Vincenzo I, 4.° duque (n. 1562)
        c. 1) Margherita Farnese, anulado;
        2) Eleonora de Médicis
        - Francesco (n. 1586)
          c. Margherita de Saboya, 1608
          - Maria (n. 1609)
          - Ludovico (n. 1611)
        - Ferdinando (n. 1587), cardenal, 1608
        - Margherita (n. 1591)
          c. Henri, duque de Lorena, 1604
        - Vincenzo (n. 1594)
        - Leonora (n. 1598)
      - Margherita (n. 1564)
        c. Alfonso II, duque de Ferrara
      - Anna Catherina (n. 1566)
        c. Ferdinando, archiduque de Austria
    - Ludovico, duque de Nevers (1539-1585)
      - Carlo, duque de Nevers (n. 1580)
        - Carlo, príncipe de Rethel (n. 1600)